KUWEI
酷威文化
图书 影视

# 卖遮阳篷的人

## Der Markisenmann

［德］扬·魏勒————著　邱娟————译

## 目录

序言 /01

**第一部分**
**和父亲在一起的那个夏天** /001

第一天 /003

第二天 /025

第三天 /045

第八天 /061

第九天 /083

第十天 /109

第十二天 /121

第二十六天 /141

第三十天 /165

第三十七天 /177

第四十一天 /203

第四十三天 /223

第四十四天 /255

第二部分
**没有我父亲的那个春天** /275

菲德尔·卡斯特罗 /277

仓库 /295

献给米拉（Milla）

# 序言

当我试图回忆起 2005 年 7 月的一个星期四时，下午五点才刚刚过去，浮现在我脑海中的不是某一幅画面，而是一种感觉，一种失望的感觉。当我第一次见到我父亲时，我感到特别地失望。

我想象中的罗纳德·巴本（Ronald Papen）不是那样的。在两岁半的时候，妈妈带我离开了那个家，在那之前，我可能还经常见到他。当时只有两岁半的我后来很难回想起他真实的模样、他的声音、他的气味、他的体温或者他的特点。在之后的十三年里，我们没有任何联系。妈妈一直对我说，我爸爸压根不关心我。

直到今天，我才明白事实不是那样的，也知道了为何我从未收到过与父亲有关的任何信息。他的确没有给我寄过一张圣诞卡片，也没托人给我捎过任何消息。唯一能够证明他存在过的证据，是他和我妈妈的一张合照。照片的背面是他手写的"普利特维斯[①]（Plitvice）88"。照片上的他戴着一顶边檐异常宽大的帽子和一副太阳镜，几乎把脸遮了个严严实实。此外，照片拍得非常模糊，而且已经泛黄。一般说来，这种旧照片不会放在相册里占空间，但妈妈费心把照片贴到相册里，这无疑证明罗纳德·巴本给她留下了不幸而又重要的回忆。"这是你爸爸。"这是她对着照

---

[①] 位于克罗地亚中部。若无特殊说明，本书脚注均为译注。

片说过的唯一一句话。

孩提时代时,我经常端详着这张带有白色边框的正方形照片,尽管模糊不清,但能看出来照片上的妈妈非常漂亮,背景是一片帐篷。照片应该是在露营地拍的。

这张照片在相册的最后,它的后面还有大约三十张空白页。它就好像被扯断了的线,又好像因为其他更重要的事情突然被停下了的只讲到一半的故事。

当我上了学,学会计算之后,我对这张照片又有了新的假设。假如这张照片真的是在1988年的夏天拍的,照片上的妈妈那时候应该还没有怀上我,因为直到1989年8月1日,在她游历奥地利的途中,我才出生。两年半之后,我的父母就分开了。

当然了,我也会向妈妈问起我的爸爸。但是,每当我问起爸爸的时候,她总是岔开话题或者变得不耐烦。后来不知道从何时开始,这张照片从相册里消失了。她让罗纳德·巴本消失了。随着时间的流逝,照片变得像一场梦,刚醒的时候还能想起来,接着,梦变得支离破碎,再接着变得模糊,直到最后完全想不起来,再也拼凑不起来。照片上的他在微笑吗?他的嘴里叼着一支烟吗?或者那不是烟,是照片上的刮痕?我越努力回忆,就越只能得到一张靠自己的想象拼凑出来的东西。

我的继父海科(Heiko)在提到我父亲的时候,总是称呼他为"精致的巴本先生"。那时候我还不知道什么是冷嘲热讽,我会把精致的先生想象成戴着太阳镜、身穿三件套西装的男人,就像所有的父亲一样高大、友好,忙着处理那些高深莫测而又烦琐的工作。有时候我会在白日幻想自己突然出现在他的办公室，双手叉腰地站在他办公桌前。他则轻轻地将香烟的烟雾扇向一侧，以便看清我。我对他嚷道："你为什么从来不来看我！"这听着更像抱怨，而不是提问。可是，我没有得到任何答复，也无法看清他在烟雾中的脸。越想要进入这个场景，我就越控制不住地思考。可是，所有的电影情节都会在这里戛然而止，我无法为他的所作所为想出一个合理的解释，所以，我也无法设计他的回答。

"我太忙了，没时间。"

"我不太想来。"

"我来不了。"

"我不敢来见你。"

没有一句是合适的。我甚至猜测，他找不到我。最后，我也把他从我的白日梦里彻底清除了。

之后的几年里，我愈发坚定地相信，他没有办法联系上我。比如，他失声了；或者，我更加残酷地想，他失忆了。在很长的一段时间里，我猜他可能从山上跌落而失去了大部分的记忆。我问过我的母亲，要是遇到了这样的事，人们一般会怎么办。她回答我："他们会在一个地方住下来，并在那里等待记忆的恢复。"我还想知道，如果他们最终仍想不起来自己是谁，会发生什么。她耸耸肩说："那样的话，他们就会在那里度过余生，毕竟他们不属于其他任何地方。"我猜想我的父亲也坐在不知道什么地方的一把扶手椅里，奋力地回忆着我，却一无所获。多么愚蠢的想法！他如果失去了思考的能力，大概也不知道该思考些什么。他应该不会思考他的孩子在哪里，叫什么名字，而是会思考他是否曾经有过一个孩子。我做好了心理准备，他的康复过程可能会很漫长。由此，我逐渐失去了对罗纳德·巴本的好感和好奇。

更糟糕的是，我对这个形象模糊的男人开始滋生完全负面的看法。我开始猜测他并没有尽力地找回记忆，又或者，他可能早就已经放弃努力，并组建了新的家庭，有了四个孩子，把原来的生活塞进了一个透明文件袋，装订好，再收进文件夹，放到地下室里，任凭它蒙上厚厚的灰尘。随着时间的推移，这些想法让我开始烦躁不安。

最后，他在我的想象中，化身为一个有着大鼻子和巨型双脚的粗笨之人。有时候，我会想象他穿着样式难看、过于肥大的西装。因为，在我询问他的职业的时候，妈妈回答说他是一个"商人"，这让我生出些不好的联想。于是，在我的想象中，他说话时会咄咄逼人，而且还品行不端。我怀疑他犯过罪，所以妈妈和他分开了。可能他多年以前就被关进了监狱，或者，他逃到了国外，与我们永不相见。

带着这样的想象，我从脑海中删除了他。等我十五岁的时候，已经极少会想起他。当和我交好的女孩们发现我既不随妈妈的姓氏也不随她丈夫的姓氏，追问我真正的父亲时，我会用别人告诉我的话去回答她们。这不仅因为传闻可能是真的，也因为这个形象模糊不清的父亲已经不那么重要了："我也不记得他了。我的父母在我很小的时候就分开了。"如果她们继续追问我对他是否会感到好奇，我会回答："既然他都不关心我，那我还关心他做什么。"

要终止这个话题，这个回答还挺管用的。

况且，我已经有一个前面提到过的海科了。妈妈希望我可以喊他"爸爸"，尽管我早早就知道他并不是我的爸爸。他和我长得一点儿都不像，就好比钢琴和小提琴，有着千差万别。另外，他总把"养孩子太费钱"挂在嘴边，说"精致的巴本先生"不愿意支付我的生活费。很长时间以来，我都不理解他这句话是什么意思。我的姓氏只有在这时才会被提及，就好像它是我的污点一样。"巴本"听着就像寄生物（Schmarotzer）、寄生虫（Parasit），或者"第一段婚姻里的女儿"。海科·米库拉（Heiko Mikulla）似乎并不喜欢他太太的女儿的父亲，也不喜欢我，甚至有时候我也说不清楚他是否喜欢我妈妈。尽管如此，他还是在哈恩瓦尔德（Hahnwald）为我们购置了一套大房子。妈妈认为我们应该对此心怀感激。她就是这样做的，日日忍受着海科，像狗一般顺从。

我从来没搞清楚过他们是什么时候认识、如何认识的。可是，她显然是从罗纳德·巴本那儿直接跳到了海科·米库拉这儿的，也有可能是海科·米库拉从我父亲那里夺走了她；或者，她爱上了海科，出轨了，可能就是在那张旧照片的拍摄地。这意味着我可能压根就不是我父亲的孩子。不过，我绝不容许这个可能发生，因为我丝毫不希望自己是海科的女儿。我宁愿自己的父亲是那个形象模糊的人，也不要他是这个让人讨厌的家伙。

海科和我妈妈婚后又生了一个儿子，于是妈妈随了他的姓氏。这样一来，我就成了海科、苏珊娜还有杰弗里·米库拉（Geoffrey Mikulla）这三位米库拉中的巴本。他们喊他杰夫（Jeff）或杰菲

（Jeffy），就好像他是一只可卡犬。

我比他大六岁，开始上学了也没有人关心，因为他们要一直抱着闹肠绞痛的杰弗里走来走去。我八岁的时候，开始学自由泳，也没有人关心，因为杰弗里开始跑来跑去了，他开始用尽一切办法吸引大家的关注。幸亏我在学校里的表现很好，但除了这一点，我的其他方面还是无人关心。他就像一个成了精的鸣哨浮标，稍有不顺就鸣叫。

这样的家庭模式也有好处，那就是，通常没人来打扰我。其实，这是对没人关心我的一种委婉表达。我倒不是以此来批评我妈妈，只是，事实就是如此，这样的忽视甚至让我感觉很自在。没有人提醒我必须按时上床睡觉，没有人因为我卧室墙上的贴画或者房间乱糟糟的而批评我，因为，压根没有人会进我的房间。

可是，有时候我倒希望有。我有时会坐在书桌前画画，并幻想妈妈走进来，走上前，抚摸着我的后背，表扬我。我把画送给她，她把画粘贴到冰箱上。可是，那里从来都没有粘贴过我的画。

这听起来真的有点伤感，但对我而言，其实还挺好的。我拥有一个属于自己的大房间，甚至还拥有半个浴缸。浴缸的另外一半归杰弗里所有。我偷偷地喊他"大虾"。我用这个称呼来指代没教养、没有丝毫温情、没有人性、诡计多端又贪婪的冷血动物。我真的很厌恶这个和我有着一半血缘关系的弟弟。他是我这个不令人期待的、法律义务上的女儿之外的，那个被宠爱的、令人期待的儿子，尽管这不是他的错。杰弗里，来这儿；杰弗里，去那儿。

妈妈和海科忙着商议购买一些没有实质意义的物品，把房子一点一点地塞满。我则度过了我的童年，成了像他们那样奢靡、自我的人。我也可以撒谎说我热衷于社交，加入了"新觅路人同盟"，或者至少可以说顺利地加入了体育协会，或者早早地便积极投身于政治。其实，直到今天我还没有加入任何协会。我觉得政治是一件非常无聊的事情。事实上，我是一个情感上被忽视、物质上被宠坏了的女儿，以至于海科和苏西[①]宁可去打那该死的高尔夫球，也不愿意和我共度哪怕多一秒的时光。所以，我说继父和母亲对我而言完全是一种干扰，也就不足为奇了。

据说狗是没有饱腹感的，哪怕已经吃了五公斤食物，你只要把一颗夹心巧克力放到它们的嘴边，它们立马就会去啃食。姓米库拉的那个人也是如此。海科通过参股积累了一大笔财富。他不断地买入、卖出公司，为他人的想法投资。用他自己的话来说，就是"我是在投资这些公司的前景"。如果对一家为有钱的阿拉伯人生产白色台球桌的公司感兴趣，那他会买下该公司大份额的股份甚至整个公司，和有钱的客户联系，重组生意。一旦成功了，他接下来就会卖出公司。当然了，我们家里也会多一张白色台球桌。

海科和我妈妈经常收到各种邀请，他俩跑遍半个欧洲，考察任何可能的投资机会：酒店里的健身设备、约翰·列侬[②]生前的最

---

[①] 苏珊娜的昵称。

[②] 约翰·列侬（John Lennon，1940年10月9日—1980年12月8日），英国男歌手、音乐家、诗人、社会活动家，摇滚乐队"披头士"的成员，2004年入选《滚石》杂志"历史上最伟大的50位流行音乐家"。

后一辆汽车、养鹅场，等等。海科从不关心他所收购的公司或者产品的原主人，驱使他的，是他那将想法转化成货币的可怕直觉。

我一直不明白我妈妈对他的感情是爱、崇拜还是畏惧，或者兼而有之。对我来说，他俩的关系就如同他们共同的往事一般神秘。其实，他俩大部分时间都在争吵，假如他们之间突然爆发和平——除了这样说，我想不到别的更好的词，我会觉得，这比起他们因为他在吃饭的时候发牢骚而互相谩骂，或者互扔碎冰都要恐怖，尽管大多数时候他都是理直气壮的。

关系好的时候，他俩则形影不离，直到让你误以为自己撞破了他们的初次约会。这时，我就会让自己变得比平时更加没有存在感，躲在自己的房间里，装作彻底消失，或者躲到迪莉娅（Delia）那儿去。

在我十一岁那年，迪莉娅教会了我吸烟。她家就在我们家附近，她的父亲是一家达克斯上市公司的董事会成员，享受着人身保护，每天早晨被一辆安装有空调的汽车接走，等到晚上再被送回家，就像一款进口美食。海科嫉妒他。不过，海科觉得这样也有好处。如此一来，我们整条街道就都被保护了起来，海科也就节省下报警装置的费用了。我们的报警装置在几年前被关掉了，因为我妈妈有一次在凌晨四点喝醉后跌进了游泳池，当时的报警装置把哈恩瓦尔德一半的人都给吵醒了。

迪莉娅还把我带进了偷窃艺术的大门。在我不到十四岁时，我们已经从科隆市中心的"猎物"那里偷了价值几千欧元的化妆品。之后，我把它们全部以低于市场价的价格在学校里卖掉了，虽然我并不需要那些钱。我更需要的是那些从我这里买唇膏和口红的小女孩们对我的崇拜。我从她们小小的钱夹里抽走那些皱巴巴的零花钱，然后把它们抛之脑后。后来不知道什么时候，我从每一条牛仔裤里都能翻出来一张张皱皱巴巴的十欧元纸币，它们已经和牛仔裤一起洗过了，这些残破不堪的钞票经过翻找才得以重见天日。

我和迪莉娅的友情一直维持到了我留级的时候。打那之后，她就不想和我来往了，因为她嫌我太小了。我那时候才刚上八年级，而她已经上十一年级了。

她抛弃了我，但我那时并未把这些事情联系在一起：那个形象模糊的父亲离我而去，我妈妈在某种形式上离我而去，现在迪莉娅也离我而去。他们是彼时对我而言最重要的三个人，只是当时的我还没有意识到这一点。从那以后，我便开始努力地与被无视的命运抗争。我抗争，是因为我想要被看到。我成功了，尽管绝对不是以我真正期待的那种方式。

考夫霍夫百货大楼的保安抓住我胳膊的时候，我正准备把一个化妆刷套装塞进毛衣里。结果，它掉在了地上。倒霉透了。套装摔散了，于是我不得不付钱买下它。我收到了警告和限制令。最糟糕的是，他们给我妈妈打了电话。她并没有骂我，而是在走进保安办公室的时候完全无视我。保安给她回放了监控录像，告诉她相关后续事宜。而她居然开始和这个家伙聊天，问是不是真的能监控到所有角落。这保安有一双老鹰般的眼睛，她则装傻充愣地称呼他为"警官"。最后，她问他，是不是可以支付给他一笔合理的费用来嘉奖他的谨慎,把发生的一切当成一场实地演练。他有些为难,后来,他说他已经发布了警告,来不及撤回了。我妈妈的口气这时立马来了一个三百六十度的大转弯,冰冷得像墓室里熄灭的蜡烛。

然后,她转过身来,对我扭了扭头,我就跟着她走向了停车场。在开车回去的路上,她一个字都没有说。傍晚的时候,海科扬言他不想和一个破坏社会规则的人坐在同一张桌子上。他们让我在厨房里吃饭,我则把意大利烩饭倒进了垃圾桶。我确信,海科一定会因此暴跳如雷。之后的几周里,家里的气氛就像1945年4月30日的元首地堡[①]。我对这个结果还挺满意的,如此一来,我就不用被米库拉一家的融洽亲密关系折磨了。

我差点终结了他们的这段婚姻和我自己九年级的学业。尽管有时候我整天整天地和朋友们坐在大教堂的广场上或者莱茵河畔,那里很少有寻找逃学的学生的警察。海科、我妈妈和我之间达成了一个"互不侵犯条约":我不惹他们生气,他们也不来管我。

毕竟,我从未喝得烂醉如泥地被送回家,也不吸毒;我不会在家里藏水烟斗,也没有再偷东西。不知道从什么时候开始,我对几乎所有的事情都变得无所谓,除了一艘潜水艇和皇冠上的珠宝,大多数东西都无法吸引我。想要什么,我可以用我的备用信用卡买,钱都是他们付的。钱也够用,我对它也毫无兴趣。我更想偷走的,是和我妈妈在一起的美好时光。在我的记忆里,还是

---

[①] 始建于20世纪30年代,于1944年完工,是1945年希特勒的自杀之所。

有这样的时刻。她会轻轻地抚摸我，甚至还会给我一个亲吻。她给我爱，然后又收了回去，就好像这让她感到羞耻似的，就好像她突然又意识到了我是谁的孩子。

十年级的时候，我爱上了全校最帅气的马克斯（Max）。现在回想一下，不得不说，为他着迷也很正常。他相当会讨少女的欢心。他在新年晚会上逮住机会，拿走我的初吻的时候，我觉得既不可思议又浪漫。一月份的第一周里我就意识到，这并不意味着我等到了毕生所求的爱情。确切地说，我什么都没得到。当我想要约他到家里谈谈的时候，他拒接我的电话，带着讥笑的表情从我身旁若无其事地经过。

这让我既伤心又生气。我感觉自己再次被抛弃了，尽管马克斯其实从来没有和我在一起过。从这个意义上来说，他也没有抛弃我。可是，他曾经是我梦里的初恋。尽管我有幸确定，在我的一生中再也没有比那一次亲吻更糟糕的爱了，但是失去他的痛苦仍然十分强烈。"马克斯事件"后的几周乃至几个月里，我愈发消沉。因为在学校里要经常躲开他，所以我更不想去学校了。我开始伪造请假证明，当需要证明的时候，我会去找妇科医生，说肚子疼。这样一来，不需要做检查就可以开出证明。学校没有为我带来什么，我也没有给学校留下什么。

与此同时，我也失去了和学校的联系。复活节前后，我收到了学校关于我的学业成绩可能无法达到年级要求的通知。我妈妈表现出了一切如她所料、认为一切都非常合理的样子。她疯狂地抽烟，然后给我讲了一大通道理，告诉我教育的重要性，说我在亲手毁掉自己的人生。对年轻女孩来说，一个正规的文凭是尤其要紧的，这样至少不会深陷对别人的依赖。她仿佛是在说她自己。我感觉深受伤害，眼泪马上掉了下来。妈妈抱住了我，我们彼此相拥了十多分钟。这一小会儿，基本上就是我整个青少年时期最美好的时刻。接着，她放开了我，说我太糟糕了，懒惰、固执、毫无进取心。她一直认为我并不笨。谈到该拿我怎么办时，她又说会和海科谈一谈要不要把我送到寄宿学校去。

我丝毫不担心她要把我推开。在这一点上，我是可以完全相信海科的。当晚他宣布，不会把他辛辛苦苦赚来的钱浪费在要把我培养成一个对社会有用的人这件事上。如果有人应该为寄宿学校付费，那个人也该是精致的巴本先生。这件事情就这样不了了之了，因为我妈妈没有属于她自己的钱。

我自然也没有想过要在罗登基兴（Rodenkirchen）文理中学好好表现，与命运抗争。甚至可以这么说，充满斗志地和命运抗争这件事与我没有丝毫关系，更准确地说，我只是垂死挣扎了一下。我实在无法通过那岌岌可危的四门功课。我一点儿都学不进去，或者说，我一边学一边忘。

圣灵降临节[①]之后，我的三门功课略有起色，另外一门功课却越发糟糕。那就是数学课，直截了当的六分[②]，让我没有任何指望，就好像要用漏勺去舀清汤。一切都太晚了。那些由数学、化

---

[①] 又称"五旬节"，被定于复活节后的第五十天。
[②] 德国的评分体系采用六分制，一分为最高分，六分为最低分。

学公式、我没有掌握的单词以及只是粗略翻阅过的校本读物组成的洪流把我冲到了瀑布的边缘,奇迹般地把我送回了十年级。接着,我又一次回到同样流速的洪流中。我觉得自己是一个失败者,更不知道接下来该做什么。

讲这么多是为了说明在人生大事发生前的几个月里,我都是怎么度过的。任何事件都不是偶然发生的,很多事件通常都会有所关联。我必须提起这些事件并描述接下来要说的导致我人生发生巨变的那一天的事,只有这样,你们才能理解我是怎样被送到罗纳德·巴本那儿去的。

海科发现了一款新产品,他想要把生意做大,做到很大。那是 5 月底的事情。这款产品是他从美国带回来的,是他在佛罗里达州的一个熟人那里看到的。那是一款庞大的、丑得惊人的烧烤架。根据食材的不同,这个庞然大物可以在炭和燃气之间做出选择。海科的脸上难掩兴奋之情。烧烤架有一个很重的盖子,可以把肉弄得服服帖帖的,然后慢慢把它们烤熟。烧烤架还有一个蔬菜蒸制区、一个传统烧烤区。海科说起它的时候非常自信,就好像这个庞大的东西不是一个烧烤架,而是一个火星站。只是他还没有想好给它起个什么名字。我猜可能是"烧烤猛兽",或者"烤肉巨人",也可能是"肉肠坦克"或者"海科的暖房"。他异常激动,这通常表明他正在构思一桩大买卖。

接近傍晚的时候,邻居三对夫妻来家里做客,海科又激动地开始了他关于美国泳池厨房优点的乏味的长篇大论。果不其然,客人们也都变得激动起来。气氛烘托到位,他终于点燃了炭火,虽然不是一下子就点着了。他差不多向煤炭里倒了半升酒精，煤炭还是没有烧红。我倒是无所谓，可是我妈妈却生气了。在饥饿之下，她的声音变得急切。她的声音和杰弗里的混杂在一起。杰弗里无法忍受大家的焦点不在他的身上。

海科开始咒骂起那台烧烤架，这相当于承认了它就是一个荒唐的想法而已。终于，煤炭开始燃烧起来，他把香肠、羊肉串和肉排放到了铁架上，气氛明显没那么紧张了。天已经黑了下来，沙拉也基本上吃完了。在整个过程中，我都乖乖地待在桌旁吃东西，因为我妈妈不能接受客人来家里做客的时候我选择隐身。在外人面前，我们必须是和睦的一家人。

后来，其中一个客人，那个姓于滕瓦尔德（Hüttenwald）的油腻偷窥狂，开始询问起我在学校里的情况。我没有回答他，因为我不知道该说什么。海科替我说了，他向烧烤小组解释说，家里的小巴本再一次延期完成学业。他还说，可惜他的基因只传给了一个人，否则一切都会不一样。

于滕瓦尔德大笑起来，一边笑还一边盯着我的胸部。他的太太叹息说无法事先挑选孩子。我妈妈对我的所有保护只是一句"她其实并不笨，只是沉溺在她微不足道的灵魂的苦闷之中"，就好像我根本不在场一样。我真应该站起来，可是那样又会给他们理由说我"真是固执任性"。所以，我继续坐在那儿，盯着桌面，寻找东西来分散我的注意力。我想做点什么，而不是在众目睽睽下像一只被圈养的病恹恹的倭黑猩猩。我伸手取下桌上随意放置的一个塑料瓶，开始按捏它。

海科看起来像搞定了他和烧烤物的战斗，喊道："再有几分钟，你们的耐心就会得到更多的犒劳。"客人们开始碰杯，我的兴趣开始消退。我继续坐在我的椅子上，感到自己的内心开始燃烧，我眼神下瞟，盯着地面。

就在此刻，杰弗里手舞足蹈地走了过来。他手里拿着两支花园火把，在泳池边爬上爬下。他跳着萨满舞，或者说九岁的他所理解的萨满舞。妈妈喊着"杰弗里，小心火"，海科则咆哮着，这是属于哈恩瓦尔德的烤肠舞。他和客人们有节奏地打着拍子，这让杰弗里更兴奋了，他的动作看起来越发大胆、滑稽。

"拍手啊，金①。"妈妈命令我。但是海科摆摆手说："不要管她这个被冒犯的肝香肠②。杰弗里！杰弗里！杰弗里！"大家一起呼喊他的名字："杰弗里！杰弗里！杰弗里！"鼓掌、鼓掌、鼓掌。那个小男孩旋转着，我用力地捏瓶子。下一秒，我的弟弟就被火焰包围了。

之后的几周里，人们频频问，我当时为什么会那样做，我当时脑子里在想什么，我到底清不清楚自己做了什么，是不是想杀了杰弗里。而我的回答一直都是一样的：我不知道；什么都没有；不，还是不。

我就是那样做了。什么都没想，也没有什么特别的感觉。同样的，我也什么都回忆不起来。在儿童与青少年心理中心那间紧

---

① 叙述者的小名。
② 德语俚语，指开不起玩笑的人。

闭的诊疗室里，心理咨询师给我台阶，开导我说，我可能认为瓶子里装的是水，我可能担心杰弗里会被他手里的火把烧伤；我只是想做好事，帮他把火把熄灭。我应该学着从这个角度去解释整件事情，但是这也太可笑了。我当然知道我拿在手里把玩的瓶子里装的是可燃酒精。我还知道盖子上有一个洞，知道如果用力挤压，它就会喷射出一股酒精。这些我都知道。

我坐在烧烤架旁边的椅子上。海科把装着可燃酒精的瓶子放在我的旁边。天黑了。我觉得自己是个废物，被羞辱、被窥视。杰弗里才是最重要的。大家都在大笑大喊，还有那可怕的鼓掌声。可能是因为那鼓掌声，也可能是因为我的弟弟跳着舞走向我时的那张脸。那张脸上的表情无疑是在对我喊："这样才能让父母开心！你这个失败者！你这个废物！你这个巴本家的人！"

我也曾经怀疑过一个九岁的男孩的脸上怎么会出现这样的表情，但我始终相信，作为一个十五岁的人，我可以读懂表情的含义。杰弗里只是太开心了，在一群喝醉了的成年人的煽风点火下，拿着两支火把，跳舞跳得眩晕起来的小男孩脸上就会出现这样的表情。

杰弗里经过那张桌子朝我走过来。桌子沿着泳池的长边边沿摆放着。太阳正落山，泳池中的灯光自动开启。灯光柔柔地照在他身上，为他的表演营造了氛围。烤肠滋滋作响，玻璃杯发出碰撞的声音，海科在喊杰弗里，大家都在喊杰弗里，所有的人都醉醺醺的。只有我清醒着，希望一切赶快结束，像咆哮一样的喊声、各种挥舞火焰的声响、鼓掌声、茴香肠的臭味……我家花园里的这场闹剧。可是我又不能走开。下一秒，我就拿起瓶子对准了杰弗里 T 恤衫的正中心，喷射出一股强有力的酒精。我清楚地看到"水滴"穿过其中一支火把的火焰后燃烧了起来，燃烧着的"水滴"又落在了杰弗里那可以充当助燃器的衣服上，紧接着的千分之一秒里，所有的一切都被巨大的火舌吞噬了。

时至今日，我的眼前还会像慢镜头一样回放那一刻和那之后的事情。海科扔下烤钳，如离弦的箭一般从我身边冲向他的儿子，拽着他跌进泳池，两支火把也一起落入泳池，熊熊火焰瞬间熄灭。这一切不过三四秒。而今天的我则需要十分钟的时间才能重新将其回放完毕。如果说有什么是值得我直到生命最后一刻都对海科·米库拉心存感激的，那就是他在那个瞬间的机智果断。

客人都在帮海科把他儿子从水里抱出来的时候，我的手里还拿着那个瓶子。拉特（Rath）太太站在我面前说我是魔鬼。她读懂了我眼睛里的恶毒。于滕瓦尔德打电话呼叫急救医生，他还说这里发生了谋杀案。因此，很快同时来了三辆警车。

两个小时之后，我就坐在了儿童与青少年心理中心的诊疗室里。警察无法安抚我的继父，我妈妈在儿童医院陪伴杰弗里，只好立刻把我送到了心理中心。烤肠也没法儿吃了。

我在心理中心待了接近六个礼拜，不需要去上学，反正上学也没什么用。其实，相比待在家里，我还挺喜欢待在心理中心的。我妈妈总共来看过我三次。

我和一个来自埃尔夫特施塔特（Erfstadt）的同龄女孩住一个房间。她的长发像窗帘一般耷拉在脸上，她想尽办法搞到任何尖锐的物品，然后躲在洗手间里自残。我每天都要参加团体治疗。我们一起做饭，然后坐在一张长桌旁吃饭。晚上，我们会看电影或者玩耍。每天下午，我都要和一个年轻的心理治疗师会面。我喜欢她，可是她帮不了我，因为我压根儿不觉得自己有病。

我从未表现得有攻击性或是有暴力倾向，不论对别人还是对自己。我没有被虐待或者殴打，没有吸食毒品，只是无法忽略对香烟和气泡酒的与日俱增的喜爱。有一阵子我干了很多偷窃的事，我在学校里表现得很差，年初的时候还受了一次情伤。对于一个十五岁的女孩来说，这些都没什么特别的。然而，我差点害死了有一半血缘关系的年纪还很小的弟弟，况且还不是出于疏忽大意。心理治疗师说这是一个意外，还说人情绪压力过大的时候就会出现意外，任何人在不堪重负的情况下都有可能做出令人难以置信的事。这种情绪可能一直都沉睡在我的内心深处。这一定也与我和母亲的艰难关系有关。我们必须做点什么来摆脱压力。我同意，我只是不知道自己该做什么。当治疗师问起我的亲生父亲时，我还是照常回答了她。治疗师会意地点着头。

一个星期四的下午，我妈妈来接我了。心理中心暑假期间要关门，里面的青少年们在学年的最后一天统统都要离开那儿。和我一个房间的女孩被她父亲接走了。他长得和她一模一样，连头发都一样。

妈妈来接我。她和心理治疗师在办公室谈话，我则收拾我的东西。之后，我们上了车。我问她杰弗里是不是已经出院回家了。"杰夫和海科在机场。我们要去迈阿密。"

我很困惑。这次换地方换得太奇怪了。先是去心理中心,接着去佛罗里达度假。"真的吗?现在?去美国?"我问道。

"我们去,你留下。"

我们停下车等红绿灯。我妈妈看着我,在太阳镜之下,我还是看出来她哭了。她和我解释,她没能说服海科重新接纳我。她不知道接下来该怎么办。他们会飞往迈阿密,和烧烤架制造商谈生意,然后去度假。据说那里有一名专家可以继续给杰弗里治疗。眼下最要紧的就是和我保持距离。至少海科这样认为。

我们沿着莱茵河开了一段路,之后远离心理中心继续开。过了五分钟,我问:"那我假期应该待在哪儿?"我妈妈过了一会儿才回答。我感觉她似乎这才开始考虑该拿我怎么办。当然,这么说也不对,她只是难以找到恰当的表达:"这个假期只能让你去你父亲那儿了。"

一想到必须去找我那个形象模糊的父亲,我立马就变得紧张起来。我当然会把米库拉这家人的决定看作是他们对我的报复。罗纳德·巴本就像一个监禁营,至少听起来如此。我从未想过会走到这一步。"我不去,我又不认识他。"我喊道。

"那你就试着认识一下他。"

"他从来就没有关心过我。为什么偏偏是现在?为什么是在我接受心理治疗的时候?"我喊道。必须去我父亲那儿比和杰弗里一起去度假更加让我恐惧。

"不,应该说,偏偏是在你把你弟弟烧伤的时候。"我妈妈喊道。我们沉默着继续开了几分钟的车。重新冷静下来后,她说:

"我已经和你父亲,你真正的父亲,讲好了。我俩,还有海科,都认为你和我们,我们和你,暂时分开一下是最好的选择。假期结束的时候,我们再考虑要不要把你接回来。"

"我父亲住在哪儿?"我还抱着隐约的希望,希望商人巴本住在尼扎的一艘游艇上或者托斯卡纳的一座城堡里。

"在杜伊斯堡。"

"杜伊斯堡在哪儿?"

"离这儿不远。你先收拾东西,我开车送你去火车站,之后我还要去机场。"

我妈妈甚至想到了要拿走我的钥匙,以免我从那个形象模糊的父亲那儿逃跑,回到家里。把我送到了火车站后,她将火车票塞进我的手里,给了我一个吻,就开车走了。我觉得她有点儿着急,因此,毫无疑问,她应该是伤心的。火车准时出发,不到一个小时就抵达了杜伊斯堡。大约下午五点的时候,我走出火车车厢,外面显然得有三十摄氏度。我在站台上四处寻找一个商人的身影,几乎要被太阳给晒晕了。当火车开走后,站台上又空空荡荡的了,只剩下了一个人。那个人应该就是巴本先生了。当他朝我走过来时,我瞬间失望透顶。

·第一部分·

和父亲在一起的那个夏天

Der
Markisenmann

# 第一天

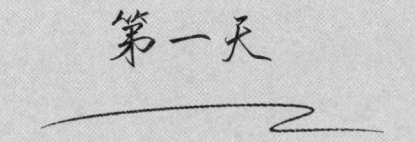

大家都说，期望越大，失望越大。但其实我的期望一点都不大，也不复杂。你们可以想象一下，我刚刚被家人给推出来，要面对一个全然未知的夏天。然而，罗纳德·巴本，也就是我的父亲，让我仅有的期待统统都化为泡影。这真是了不起的杰作。更糟糕的是，经历了几周前的事件，我的余生已经毫无希望。所以，压根谈不上我还会抱有什么期待。但接下来发生的事，失望中或许也夹杂了一丝惊喜。旅客们纷纷离开站台，只剩下巴本先生和我站在原地。我俩的距离可能只有十来米，我看到的并不是我的父亲，而是我自己。

罗纳德·巴本，那个形象模糊不清的人，那个照片上看不清楚、脸藏在一顶帽子下、被罩在阴影中拍糊了的人，我的父亲，就像三十多岁的我的翻版。我们都有着扁宽嘴、高颧骨，学校里某个老师曾将此形容为"北欧人特征"，可能事实也是如此。尽管不太理解，我还是把这种形容当成了对自己的夸奖，因为这让我觉得自己充满神秘感。他也有和我一样高高突起的额头，有一头细软的、介于淡金色和金黄色之间的、半长的、至少不算很短的头发，发型有点奇特，不像是疏于打理，倒更像是自然生长的，发丝上的光泽依稀可见。当他走向我的时候，我还透过歪歪扭扭架在他鼻梁上的眼镜看到了我浅蓝色的眼睛。他的眼神中同样混合了惊讶与好奇，我的眼睛绝对不会欺骗我。他表现得既像个孩子，又像一个老态龙钟的人。罗纳德·巴本给我留下了一种混乱而又复杂的印象，人们常常可以在年老的男人脸上看到那样的神情——带着随年龄增长而与日俱增的怒气，并透过他们刚刚推上去的眼镜寻找着什么；同时，他看起来又有些激动不安，情绪有些异常，就像一个被香气和灯光弄得眩晕的小男孩在飞快地围着圣诞树跑来跑去——正为生活的丰富多彩和挑选礼物带来的快乐而晕头转向。这两种截然不同的表情竟出自同一个人。罗纳德·巴本看上去既苍老又年轻。显然，事情也超出了他的承受能力。

　　接着是他的外形和体态。精致的巴本先生展现出来的样子并非字面意义上的那种成功商人的样子，他反倒更像一个柔弱的小男人。巴本也没有身穿我想象中的西装，而是穿着牛仔裤，上面系着一条略微磨损的腰带，仿佛拎小牛犊用的麻绳。他的白色衬衫看着有点肥大，鞋子的款式非常老土，还有些破旧。虽然能看出来他打理过，但这乍一看就像场灾难。他还穿了一件薄款灯芯绒夹克，那颜色令人作呕。尽管如此，夹克的扣子一颗都没少。上衣胸前的里袋鼓鼓囊囊的，从里面探出一片纸和一支油墨毡笔来。

　　他只比我高一点点，脸上满是笑意。

超过十三年没有见过面、讲过话的几乎陌生的人,也是我的翻版,现在就站在我的面前,对我说:"真稀奇。你来了。"

我放下我的箱子,我们快速地轻轻拥抱了一下,但几乎没有触碰到对方。在此之前,我常常幻想见面的场景:像我继父一样高大的一个男人,面对着我,弯下腰,立刻把我整个包裹住。这个矮小的男人不符合我的想象。精致的巴本先生看起来还真是柔弱。

紧接着,我生气了。你的亲生父亲在十多年之后第一次见到你的时候,说的唯一一句话居然是"真稀奇"。这听着像指责,就好像他不得不在这儿等待我一样。我放开了他,我们在站台上沉默着站了一会儿,直到他拎起我的行李箱,说:"那我们走吧。"

他拎着箱子走下台阶,朝着出口走去,走着走着便开始喘粗气。我跟在他的后面,保持着几米远的距离。

巴本吃力地拎着我的箱子,径直走向停车场。箱子里塞满了泳装、运动服、化妆品、洗漱用品、护肤品,还有如果白天不想一直躺在泳池边就得换上的衣物,但我还没有预料到我几乎用不到它们。和我的父亲在一起的六个礼拜,其实只需要一个小小的运动包就足够了。可是,如果事先就了解了这一点,妈妈可能需要把我打晕才能把我拽到杜伊斯堡来。

那个形象模糊的人走到一辆破旧面包车的车尾,停了下来,并开始转动行李箱盖子上的锁。

"这是什么?"我问道,我还从未见过如此破烂的汽车。如果说第一面已经将我关于亲生父亲是一位顶级经理人的想象撕裂了的话，那它现在完全破灭了。他开的是什么废铜烂铁。他转过身，兴奋又诚恳地对我说："这是我的巴本汽车。"

"好吧。"

"那把衣服也一起放进来吧。"他喘着粗气，用力地把我的箱子举到面包车里堆放东西的地方，那里已经堆满了各种各样的破烂。车子里面飘散着一股令人不悦的气味，闻起来就像他身上散发的气味一样。巴本砰的一声关上后门，说："上车，关门。"这样的兴致勃勃让我开始担忧起来。到目前为止，我看到的这一切没有一样是能让我稍稍宽下心来的。如果我能决定，我一定直接换一个站台，坐火车回家。可是我无法作决定。我没有钱买火车票，也没有家里的钥匙。

我围着巴本的汽车走了一圈，然后打开副驾驶座的门坐了进去，因为巴本把之前我这边座位上的所有东西都扔到了后座上。

我感觉到了他的紧张不安，毕竟，他在四分钟之前才成为我的父亲，还无法适应这个身份。我和他一样紧张不安。尽管如此，我还是想知道我即将面对的是什么。这看起来可不像什么悠长的假日。谁知道会不会有一个女人，甚至还有一个孩子要和我一起乘坐这辆车。

罗纳德·巴本系上安全带，掏出一个太阳镜片夹，把它夹到了他那变形的眼镜上，这多少有点土气。接着，他发动了汽车，我们就驶上了马路。

"我们现在要做什么？"我问道，并四处张望，充满期待地等待着答复。或许哪里躺着飞机票，或者可以在旅途中吃点什么。

"哦。我想着我们先回家。你一定很好奇接下来的一个半月你要住在哪里。"

"我们会去度假？"在我问出这个问题的时候，车子正费劲地爬行着穿过杜伊斯堡。几个小时之前我还不知道这座城市的存在。我们开过一条宽阔的马路，途经的建筑物外墙看上去就像一些对余生没了期待，不想再打扮自己的人。在炎炎夏日下，这个地方就像巨人的器官一样，缓缓地跳动着。

突然间，我们就驶离了城市，穿过了田野，驶过了一条流速缓慢的河，尽管它的河岸看起来还绿意盎然。

"你有假期，可惜我没有。"罗纳德·巴本说。他随即止住了话头。我问："那你是做什么的？"

"我要工作。我要一直工作。但是你可以度假。"

"在哪儿？这儿吗？"

我们正经过一片无人区。灰砖砌成的厂房已经年久失修，人们就用大量的油漆重新涂刷了一下。这儿全都是安装了格子窗户的平顶的功能性建筑。这是我到目前为止见过的最让人失望的地方了。我感觉我的提问充满了修辞技巧。我想象不出来，世界上还会有人在这里度假，想在这里度假，能在这里度假。

接着，我们又左转驶上了一条狭窄的马路，准确地说，是一条两边堆满了报废汽车的路。罗纳德·巴本说："我们马上就到了。"听起来就好像天堂的入口就在我的眼前。然后，我们开到了一个露天小广场，广场中央有一个水洼，它仿佛永远不会消失。总之，它看起来就是这样，因为上一次降雨已经是两周之前的事了。

巴本在一个有着宽大卷帘门的仓库前停下了车。这幢老旧的建筑被刷成了乳白色，有很大的、不透光的格子窗，窗户的边框已经生锈。"我们就住这里。"我父亲说着解开安全带。他把太阳镜片夹放回了架子上，下了车。

"请问，我们住哪儿？"我带着一些慌乱问道，跟着他走向仓库的边门。他打开锁，推开门，说："到家了。请进吧。"

我踏进巴本用一卷卷黑色布料将其与仓库其他区域隔出来的一间房。咔嗒，房间亮了起来。他打开了四盏大灯，它们从高高的黑色房顶上垂下来。房间里摆放着一个撞坏了的沙发、一个灶台、一张车间工作台、一张书桌和各种各样的废弃物。裸露的水泥地面看起来冷冰冰的，还有裂缝，不过倒很干净。房间的正面全是卷帘门，看着像从未被打开过，因为巴本在这摆放了家具和破烂。

整个房间看起来就像临时搭建的，住在里面，就像躲在电话亭里等雨停一样。看到这个仓库的第一眼我就意识到了三点：我父亲是一个可怜的穷光蛋；他自己一个人住；我接下来要面对我这一生中最难熬的六个礼拜。我打心底里不愿住在这儿。

"现在带你去看看你的地盘。"他愉快地说，并示意我过去。他穿过房间，走到对面的两扇门前，说："从这里可以去浴室。"

他说着，打开了左边的那扇门。可以看到里面是一间小小的，稍稍清洁过的浴室，不管是闻着，还是看着，都像刚刚才被清洁过。他又打开右侧的门说："来这边。请进吧。这是你的房间。"

这是一个没有窗户的房间，罗纳德·巴本在里面摆放了一张床，还配了一个窄窄的床头柜，上面有一盏夜灯，另外还有一个衣架。靠墙的一人高的架子上堆放着工具、设备，装满螺丝、螺母和钉子的纸箱，还有小零件、各种油类、颜料罐、稀释液、刷子、图纸、空的瓶瓶罐罐、木板、多孔插线板和电线。罗纳德·巴本已经为我的衣服清空了三个格子，还用一块橙色的布罩住了天花板上悬挂着的白炽灯泡，还好灯光不算刺眼。可是我受够了。我要回家。

"我要回家。"我面无表情地说。

"我都是睡在大厅里。"我的父亲不安地回答。

"无所谓你睡哪儿，我要回家。"我宁可连续六周都和同母异父的弟弟那张变形了的脸待在一起，也不想在这个破地方睡，哪怕只有一分钟。

"我知道，环境不算理想，但总好过一无所有吧。"

"我要回家。"我又重复了一遍，然后便开始哭起来。我的眼泪压根不是因为伤心，而是因为无法面对现在的情形。我还很愤怒，因为我知道，杰弗里、海科和我的母亲，现在可能正在飞往佛罗里达的飞机上，在空中影院享受着一部影片。他们把我推给了一个不名一文、全然陌生的男人，这个男人正在试图用一种极其笨拙的方式安慰我，拥抱我。我挣脱开来，把他吓了一跳。他退后了三步,说:"我理解你的心情。我也不希望这样。"

真伤人。他压根不想要我。像我一样,他也是被迫的。他根本就不关心他自己的孩子,可是现在却有人强迫他这样做。我的母亲、我的父亲现在都不打算要我了。这出乎我的意料。但我并非唯一的身不由己的人。显而易见,罗纳德·巴本也是如此。尽管如此,我还是很伤心。

他走出大厅,留下我一人。不久后,他又带着箱子回来了。他把箱子放在房间的中央,说:"我有一个建议,你先把东西整理出来,然后我们做点好吃的。我买了东西。我们可以一起烧烤。"光是想到这个我就反胃。

"有香肠,"罗纳德·巴本补充说,"还有沙拉。"

我快速地考虑了一下我所能做的选择。我当然可以直接拒绝,到我的小隔间里,锁上门,在螺丝刀和润滑油分离机及其油污的包围下,等待窒息的到来。或者,我也可以试着逃跑。这个方案倒是看似可行。

经过短暂的权衡,我决定把箱子拖进我的隔间,先坐到床上。我可以在那里考虑一下我的出逃计划。等我冷静一下,吃点东西,熟悉一下周边情况。我还得逃票坐车。我得直接到火车站去,这样才能想办法去科隆,到了科隆就回到我熟悉的地盘了。我可以试着翻进家,假如海科在出门度假前没有启动家里的警报装置的话。或许我只能搞坏点什么,但是,眼下这些对我来说都不重要。

逃跑行动有一定的风险。如果我逃走了,罗纳德·巴本可能会报警。他们会比我早到哈恩瓦尔德。那里找起来范围很小。我也去不了别的地方。我没有钱。整个计划就是异想天开。不过总好过在这个令人绝望的地方,和这个令人绝望的男人待在一起。

我打开我的行李箱,假装往外拿东西。他应该会以为我已经接受了自己的命运。我把几样东西放到架子上,然后又重新坐回到床上。我审视着这个狭小的房间,看着架子上的那些废品投在墙上的影子,即使是它们的影子,看起来也都锈迹斑斑。我的处境荒谬至极,外面阳光灿烂,我却无所适从地坐在一个没有窗户的房间里。夏天无处不在,除了我的周身。

不知何时,罗纳德·巴本从门外探进头来说:"出来呀,金。天气这么好。我们可以吃饭了。"我点了点头,站起来,心情沉重得就像一个犯下了弥天大错,需要终生忏悔的罪人。

我跟着我的父亲走到外面。他脱掉外套,把衬衫袖子卷了上去。仓库前摆放着一张小桌子、两把野营椅,他正在调整一个有四个小支架的小型烧烤架。烧烤架上放着四根小香肠。所有的设计都如同他的外表一般脆弱不堪,却充满勇气和希望。如果不谈烧烤的话。这个东西恰恰不同于几周前为整个故事拉开序幕的庞然大物。不过,当我看到地上那瓶摆放在烧烤架旁的可燃酒精时,我的胃口又荡然无存了。我的父亲注意到了这一点,他站起来,从我的视线范围内拿走了那个瓶子。

然后,他在小桌子旁边坐下,打开一瓶水,慢慢地将两个玻璃杯倒满。他拿起一个杯子喝水:"你真的烧死了你那同母异父的弟弟吗?还是烧伤了?"

"妈妈把一切都和你说了？"我羞愧得无以复加。

"她给我打了电话。这是真的吗？"

看来，在他眼中，也有可能是我妈妈编造了这个故事。我也可以趁机撇开自己的责任。没有，当然不是真的。她只是想找个借口抛弃我。但是，这样撒谎又能为我带来什么呢？除了之后要在内心承认自己是多么无可救药。

"对，是真的。不过，这还是取决于她怎么去讲述它。"我想知道他都知道了些什么。

"她告诉我，你在过去的半年里到处惹是生非。她真的不知道该怎么管教你了。你还向手持火把的弟弟喷射了大量酒精。"

可以这么说。我点了点头，等着下一个问题。但是他没有再问。他站起来，走向烧烤架，用手指拿起香肠，把它翻了个面。接着，他又坐下："他叫什么来着？"

"杰弗里。"为什么他不问那个问题？每个人都问，而他却没问。

"哦，对，杰弗里。就是这个名字。假如你出生的时候是个男孩，就会起这个名字，杰弗里。"

得知这一点，我有些好奇。母亲从没对我说过这些。我的脑海中立马涌现了一百个问题，也有可能有两百个。问题是，我因为受到了不小的惊吓，还缩在坏情绪的角落中，因此无法快速地走出来。我也不想走出来。我还一直想着，等天黑下来的时候就逃走。

"你不是特别喜欢这里，对吧？"他一边问，一边舀了一些他买来的面条沙拉放到我们的盘子里,"你们应该过得很好。海科一定很成功,可以为你们提供优渥的生活。"

"你认识海科?"

"当然。我们是朋友。曾经是。"

我大吃一惊。那个粗线条、狂妄自大的海科和这个柔弱的男人根本就不是一路人。他慢吞吞地吃着沙拉,就像一只乌龟,眼睛始终没有离开烤着的香肠。

要不要接着问?每一次主动的对话都会让我更靠近那个没有窗户的工具房。我不想去信任这个我不熟悉的男人,也不想给自己放弃逃跑的理由。

"那你们为什么没有继续做朋友?是因为我妈妈吗?"

"香肠烤好了。"说着,他站起来从烤架上取下香肠。桌上有芥末酱,我没有勇气问有没有番茄酱,那样未免显得我和他太亲近了。开口要番茄酱意味着想让事情好转,可是我不想。我的问题仍然像工业园里的高温一般让人坐立不安。

"有时候,朋友也会渐行渐远的,大概就是这样吧。"很显然,他只想一语带过。

我们吃东西的时候,我看向空地。对面是物流厂的平房,前面停着几辆罩着脏兮兮的防水帆布的卡车。右边是一个乱糟糟的汽车修理厂,之后就是马路。左边有一条狭窄的沥青小路,通往乡间。

"你不想谈论这个。"

"你也不想谈论你的弟弟。"

这就是他没有问我为什么的原因。他也不想被问为什么。

"好吃吧？"他指着香肠说，"这些可是上等香肠，里面添加了牛至①。好的香肠里都应该有牛至。"他真是转移话题的高手。我们有一段时间没有讲话，他用香肠搅拌着一摊芥末酱。他发现谈论牛至不是很合适。"你肯定有问题要问吧？我是说，我不知道你妈妈是否和你说起过我。可能很少说起我，是不是？"

这是迄今为止我从罗纳德·巴本口中听到的最长的一段话。对，我当然有问题，但是，只有一个问题是重要的："为什么你从没找过我？"

这个问题就像一把激光剑，点燃了罗纳德·巴本的仓库前的这个碎石小广场上方的热空气。我感觉自己从椅子上飘了起来，飘荡在空中。我可能已经在心里把这个问题想了不下五十遍，可这是第一次用我自己能听到的音量问出声来。

"为什么？"

我没有时间。

我不想去。

我不被允许。

我不敢去。

罗纳德·巴本喝了一口水，看着前方的物流厂，说了些别的，我以前从来没有想到过的："因为不行。"

"为什么不行？"我带着一个十五岁的女孩最厚颜无耻的表

---

① 一种草本植物，具有去腥、增香、提味的作用。

情问他。

"我解释不清。"

"你可以试试。"

之后,那个形象模糊的人身体一僵。他不再吃东西了,而是看着盘子。过了好一会儿后,他才说:"想象一下。你制造了大麻烦,天大的麻烦,大到不能再大的麻烦。你身边的人都为此而痛苦。可你却无法改变它。你能想象得到吗?"

我完全可以想象。于是我点点头。

"你也曾经请求原谅。只是,问题在于你自己无法原谅自己。你为你的所作所为而痛恨自己。哪怕别人原谅了你,也无济于事。你所能做的唯一一件事就是离开。"

"所以是你离开了我们,而不是妈妈离开了你?"

"事情没这么简单。"

"那就是很复杂。但我有权知道。"我直截了当地重申了一遍。巴本站起身,微笑着说:"你有权放假,可惜我完全不知道放假的时候该做什么。"

"不要转移话题。"

"你妈妈和我当时决定不能再继续那样下去了。我们决定由她带着你生活。我们只有在非常重要的时候才会联系彼此,就像现在这样。"

"你夺走了我的父亲。"

"对,某种意义上是的。希望你能理解。"

说着他突然跃起身来,站到我面前:"但是还不晚。我们还有一辈子的时间。"此时此刻,我放弃了审问他到底做了什么显然很可怕的事。首先,我认为那件事不会比我做的事更可怕。其次,我可以预料到我盘问不出什么。我不得不缓一缓关于他的罪责的谈话。这也意味着我不会逃跑,至少不会在当天晚上逃跑。

"我想给你看点东西。"罗纳德·巴本说,"跟我来,你一定会喜欢的。"

他没有转头看我就径直走开了。他知道我会感到好奇,不会坐着不动。他穿过广场,朝着物流厂走去,接着左转,踏上了灌木和树丛中的那条路。我跟着他,两分钟之后,我们就来到了水边。水质闻起来不太好,不过,那里一片绿意,鲁尔区的大地上夜色渐浓。

"这是莱茵-黑尔讷运河(Rhein-Herne-Kanal)。"巴本说,"看右边,在那前面,它会汇入鲁尔河。再往前,鲁尔河会汇入莱茵河。"

我知道莱茵河。

"美吧?"

奇怪的是,我竟然真的觉得这里很美。这个地方既不是佛罗里达,也不是马略卡[①],归根到底,它甚至都算不上一个地方。眼前的河面上漂着一艘破旧的小船,蚊子在我脸旁嗡嗡地飞舞。因为我们的对话、我的罪过,直到我人生的最后一天都折磨着我的罪过,我还非常地内疚。可当我站在一个码头上,站在落日余晖

---

[①] 马略卡岛(Mallorca),又称马洛卡岛,是西班牙的度假胜地。

之下时，我感觉这个地方奇异般地平和，尽管我们所站的防波堤很是脆弱。这里的确美极了！

"我觉得你可以在这里度假。"他说，尽管他刚刚还声称他不知道该如何安置我，"你可以睡懒觉、游泳、读书、晒太阳、听音乐，也可以直接……"他思索片刻，似乎在寻找合适的词语，"好吧，差不多就这些。"

"足足六个礼拜！"我的反应体现着青少年特有的困惑。我还是不能相信真的毫无安排。好吧，真的没有，除了在这里晃荡。

"好吧，我们也可以做点什么。"刚刚成为我父亲的他有一丝动摇地说，"迷你高尔夫，或者足球场。就像其他女孩们那样。"

"那你整天都做什么？"我问。

"嗯，我要工作。"

我完全无法想象工作对他而言到底意味着什么。虽然我看见了那些车间工作台、小零件、工具，但是还没见过他用它们来做什么。

"那你是做什么工作的？"我几乎带着挖苦问。他看起来明显不像收入很高的人。又或者，我的父亲是一位隐姓埋名的国王，或者商业大亨，却非常吝啬，所以只给我准备了小香肠。

"我是做直销的。"他略微尴尬地说，"就是说，我直接面向终端客户进行销售，不通过中间商。"

"那你不通过中间商，直接销售的是什么？"

"遮阳篷。"

"遮阳篷？"

"你知道什么是遮阳篷？"

我当然知道什么是遮阳篷。我家的露台上就有。有白色的杆子，海科用遥控器控制它们，让它们从轨道上打开或者收起。我点头："你说的是阳台或者露台上的那些可以让人不被太阳晒到的织物。我们以前用的就是这种。"

"完全正确。"

"你有一家遮阳篷公司？"

"没有公司，也没有店铺。可以说我是直接面向客户。遮阳篷和一些实用的发明可以提高生活水平，确保家庭和谐。"听着可真够上档次，"跟我来，我带你去看看。"他转过身，快步走向仓库。白色的衬衫粘在他的后背上。天色渐渐暗了下来。

我跟着他回到他那老旧的仓库。等我站到他身边，他把用来隔开居住空间和其他空间的黑色帘子向一侧拉开。打开灯后，我看到了成卷的织物和堆积如山的加固用的材料。不计其数的库存的遮阳篷，估计可以遮挡半个德国，至少看起来如此。其实我对德国一无所知。

"这里有多少顶遮阳篷？"我问。

"三千四百零六顶。"

"你要把它们卖给谁呢？"

"卖给所有拥有露台的人。"

"那你事先怎么知道谁有露台呢？"

"我会事先进行实地勘察。我开着车，看着那些房子，看到了，哈哈。哪里有一个露台还没有遮阳篷，我就去按门铃，然后卖给他们一顶。服务包括安装和维修。就是这么简单。"

我的父亲是一个遮阳篷代理人。他莫名地兴奋起来，继续讲着："当然了，这个生意是季节性的。三月至八月正是销售遮阳篷的好时候。到了九月，就没有人购买遮阳篷了。我必须改售另一款产品。不过，现在是销售遮阳篷的旺季。你在这儿等着。"

我的父亲消失在夜色中，没多会儿，他胳膊下夹着两卷篷布回来了。他走向他的车间工作台，放下篷布。

"我这儿提供各个型号的遮阳篷，都比较实用，它们分两种款式。"说着，他缓缓展开其中一顶，又展开另一顶。乍看之下，这些款式丑得令人费解，于是我情不自禁地笑了起来。其中一顶上是混合着棕色、黄色和橙色的渐变色，另一顶上是扎眼的嫩绿色，上面还有黄色和棕色的几何图案。真是太滑稽了。

"它们是从哪儿来的？"我兴致索然地问。在什么地方，一定有什么人可以做出这样的东西来。

"我接手了它们，之前有个'淘金热'。当时，信托机构接管了东德所有的崩盘了的公司，并以低廉的价格出售了这些公司。于是我就买下了它们，"他一边说着，一边抚摸着那些绿色的塑料管，"把它们存放在这里。"

"祝贺你。"我再次兴致索然地说。他会接手这样的东西一点儿都不让我吃惊。

"我得到了这些遮阳篷和这个厂房。你知道为什么是这个厂房吗？"他故弄玄虚地问。

"不知道。"

"因为它就在这儿,在杜伊斯堡,在鲁尔工业区。除了鲁尔工业区,整个德国就再没有哪个地方有这么多人挤在这么小的土地上。要出售一款像我卖的这样的产品,需要开车走遍这片区域,在这里,我就有了数以千计的潜在客户。"

说罢,他离开工作台,走到书桌前。桌边的墙上悬挂着一张很大的鲁尔区地图,上面插着一些小图钉,颜色有红绿两种。

"我主要靠的就是这个,一张精准的销售区域的地图。从杜伊斯堡,"他指着杜伊斯堡,"到哈姆(Hamm),"他指着哈姆,"还有,从这儿,"他指着马尔(Marl),"到这下面,"他指着施韦尔特(Schwerte),"有四千五百平方公里。我估计有两百万户人家、五百万口人。当然,不是每家都有露台。而且有些人已经有一顶遮阳篷了。但是,"他举起了右手的食指,表示接下来的话很重要,"还有至少二十万个露台和阳台有待安装。"

罗纳德·巴本又把篷布卷了起来,问:"你现在有什么要说的吗?"我对他的生意一无所知,我估计他也是一知半解,只是我当时还没懂得这一点。尽管如此,他的讲解立刻说服了我,即便我还是觉得那些篷布糟糕透顶。

"听着像个不错的生意,"我含糊地说,"所以,你十四年前买了这些东西,打那之后,你就一直开着车在整个鲁尔区卖?"

"对极了。"仓库最深处传来他的声音,他正在把卷好的篷布放回原处。等他回来,我问:"过去的时间里你卖出了多少顶遮阳篷?"

"嗯,差不多有两百顶吧。"

外面完全黑了。我帮他收拾好餐具，接着和他一起清洗。极度的疲惫和迷茫之下，我既无法出逃，又发不了火。罗纳德·巴本闯了大祸，他买下了一大堆丑陋的遮阳篷，十四年来，他都在不知疲倦地、努力地挨家挨户卖这些遮阳篷。我躺到床上，努力计算他每年能向鲁尔工业区的五百万居民卖出多少顶那样奇特的东西。尽管我算数不佳，但我还是算了出来。一秒钟之后，我便睡着了。每年差不多十四顶。

# 第二天

牢房至少还有九平方米，通常也会有一扇窗户。这样看来，罗纳德·巴本的"女儿监狱"违反了青少年人道收容原则。床是新的，至少这张床是新的。被褥、枕头和床单也都是新的。他一定已经尽力了。可是这个房间最多六平方米，其中柜子就占去了整整三分之一。

　　没有窗户，睡醒后也不知道是早是晚，是深夜，还是太阳已经升起了，杜伊斯堡的路面是被烤得发烫，还是下雨下到地面上都是积水。没有窗户，也没有声响。我打开桌上的夜灯，端详着柜子里的旧物投射的怪异影子。我开始幻想自己住在一个溶洞里，洞顶上有水珠正在凝结，氧气也消耗殆尽，甚至可能连蜡烛都无法点燃。我感觉自己命不久矣。

　　没有理由再继续躺在这张床上了，何况我必须去上洗手间。尽管如此，我并没有起身，因为我不想让自己的行为像个正常人。上厕所、刷牙或者喝一杯茶都是妥协的表现。它们意味着我接受了这种局面，试图与罗纳德·巴本及我的母亲和解。最后，我实在坚持不住了。要么窒息，要么尿在床上。我掀开被子，穿好衣服。我没有勇气穿着内衣走出小隔间，毕竟不知道那个形象模糊的父亲在不在那儿。

打开门的瞬间，我的双眼被透过窗户照进客厅的阳光晃到了，就好像刚刚走出一段隧道。罗纳德·巴本就坐在堆满各种纸张的书桌前，用一个大大的杯子喝茶。他转过身对我说："我正担心你呢。已经九点半了。"说着，他站起身，走进厨房，"你喝咖啡还是可可？我为你买了可可粉，速溶可可粉。用牛奶冲泡一下就可以喝，味道好极了。孩子们都很喜欢。"他没有等我回答，就自顾自地将牛奶倒进了玻璃杯中。"孩子们都喜欢可可。"他重复了一遍，仿佛在念魔法咒语。

假如我只有六岁，我一定会立刻表示同意。但是，现在距离我上一次喝可可已经有差不多十年的时间了。我曾经特别喜欢在可可粉还没有真正溶解的时候，用勺子敲一下漂浮在牛奶上的棕色巧克力块，这样它们会突然裂开，接着，粉末会缓缓沉入牛奶中。巴本殷勤地用勺子在玻璃杯中搅来搅去，然后将杯子递给我。我虽然并不想喝，但还是被他那笨拙的关怀感动到了。这又是一个让我既感动又恼怒的细微时刻。

我喝了一口，然后走向洗手间。我回来的时候，他又坐到他的文件堆前了。"现在呢？"我问他。

"现在是周五早晨，工人要精神抖擞、尽职尽责地去上班了。"从书桌那里传来声音，"我马上要走了。你要是愿意，可以随我一起。我们可以聊聊天，我可以带你看一下鲁尔区。"

我没有立刻比较出来，和他聊家常或者花几个小时逛工业区，到底哪一个更索然无味。再说，我还想着离开这儿。对我来说，没有什么比让他先走一步更好的了。"听上去的确吸引人，不过，我也可以留在这里，适应一下周围的环境。"我尽量用一种实事求是的口气说，"我也可以去买东西啊什么的，或者打扫卫生。"

"买东西太麻烦了，要走很远的路。附近什么都没有。打扫卫生？这里已经很干净整洁了。"

我不同意他的观点，但我还是很高兴听到他这么说，毕竟我也不知道该如何打扫。

"我还是更想留在这里。"我们沉默了一会儿，我靠在厨房里喝着那杯我承认确实好喝的可可饮料，巴本则翻看一本已经有些破旧的地图册，并用油墨笔在上面写着什么。

"你在做什么？"

"我在确定今天的路线。首先找到我要开车前往的城市，然后是具体地址。我先查一下上次去是什么时候，或者是否去过。如果去过，上面会写着一个日期。如果离上次去的时间已经超过一年，我可以再去一次。哦，这里我还没去过。"他热情地说着，并用笔点着地图册的某一页，"奥伯豪森（Oberhausen）的这个地方对我来说还是一个未知地，因为上面还没有日期。我会在上面写上今天的日期，这样就算标记了。"他更像在和自己而不是和我说话。他取下笔盖，圈出奥伯豪森的一块区域，写上了日期。"奥伯豪森，我来了。另外，我还有两个预约的维修单，一个在达特尔恩（Datteln），一个在黑尔德克（Herdecke）。"他看向我，似乎在等待我的出发指令或者意见。可惜我没有，毕竟，我连奥伯豪森、达特尔恩、黑尔德克在哪里都不知道。

"好吧。"我说。他看上去不像准备充分的样子，甚至连一台电脑都没有。海科有一大堆办公设备，他很早就开始用因特网了，早到人们或许会以为是他发明了因特网。

"你这有无线网络吗？"我问。

"没有。"他回答，那模样就像完全不明白你在说什么，但是又出于本能，拒绝弄明白并蔑视你，"我有更好的——传真机。客户需要服务的时候随时都可以联系我。当然，还有座机，就这边这个，还有手机。"他从裤子口袋里掏出来一部诺基亚3310给我看，就好像是避开了三百束激光灯的照射，从伦敦塔里偷出来的。

"你也没有电子邮箱对吧？"我说。

"呵呵，电子邮箱、因特网、万维网等，不过都是赶时髦而已。我还是更应该依赖靠谱的耐力。"

我不明白他想说什么。他坐在他的办公椅上转过身来对我喊道："你的因特网能让太阳光变暗吗？"

我耸耸肩说："这有什么好处？"

"不要跑题。能还是不能？"

"不，它不能。"

"看吧。"他带着胜利的喜悦喊道，"但是我的遮阳篷可以。"确切地说，它们其实也做不到，但是，我根本不想和他讨论这个。

"等发出了最后一封邮件，那个什么网络因为失败被关闭的时候，我的遮阳篷还会继续为奥伯豪森的露台遮挡夏日炽热的阳光。"

我不知道该怎么去反驳他,可能会这样吧。"你的公司叫什么?"我问,试图转移话题。

"巴本遮阳篷创意。"

"有多少员工?"

"我。"

"还有谁?"

"没有了。只有我一人。这是巴本的个人企业。"

我完全无法理解他盎然的兴致。在那一刻之前,我所知道的唯一一个开着个人企业的是夏天开着冰激凌车,在我们社区兜售冰激凌的那个家伙。海科曾经带着我们计算过,他要卖出多少勺冰激凌球才能支付起他的进货成本、汽车、汽油、房租和他一家四口的日常开销。当然,海科觉得他至少有五个孩子。最后,海科得出的结论是"冰激凌就是一文不值的垃圾"。

尽管罗纳德·巴本不用支付员工工资,也不用照顾家庭,换言之,巴本遮阳篷创意公司的收入百分之百归他所有,但我还是无法想象他能以此为生。除非,他能把这么难看的东西卖出很高的价格。可惜,事与愿违。

"好吧,你要和我一起去奥伯豪森吗?还是留在这里享受假期?"

这话听着像在挖苦我,好在我已经有些了解他了,知道他说的是真心话。在杜伊斯堡的工业园里享受假期,他完全想得出来。

"我觉得,我还是留在这里吧。"我尽量用一种令人信服的口气说。

他用双手拍了一下大腿,接着又转向书桌,收拾好资料和地图册,站了起来。"好吧。今天晚上我们吃烧烤好吗?"他问,"我会顺道买好香肠。"

"好主意。"我发自内心地称赞了一句,心想,如此一来,我就距离科隆更进一步了。然而,他仿佛洞悉了我的心思,笑着说:"如果你还能留在这儿就太好了。我真的会很开心。"

他朝被逮住了小心思的女儿走近了几步,做出了一个父亲般的拥抱姿势,可惜,最后还是只把手放在了我的肩膀上:"祝你度过愉快的一天。"他与我四目相对,同样是一双蓝眼睛,他的眼睛映在了我的眸子里。

然后,他走了。我听着他发动他那台小破车的声音,随后,他缓缓地朝着奥伯豪森的方向驶去,留下我在那儿迷惘。我从他那里得到的信息既不充分也不准确。他究竟以何为生?他如何忍受得了生活在这样一个偏僻、贫穷的地方?而且,连电视机和因特网都没有。我决定四处看看,打探一下他的仓库。越不想在他这里度过一个半月的时光,我就越对他和他的世界感到好奇。既然他已经预料到了,那么至少今天晚上我是不会逃跑的。他假设我忍受不了这里,那我就偏偏不让他的假设成真。

显然,他没有女人,他对前往马略卡或者波罗的海之类的度假的地方丝毫不感兴趣。他今天仍旧穿着昨天的那套衣服。他拥有一大堆遮阳篷和创意,虽然那些已经过时了。罗纳德·巴本突突突地开车行驶在声名狼藉的鲁尔区,上门兜售着那些异常丑陋的遮阳篷。他还烤香肠。除开他那瘦削的身材和温和的脾性，他简直一无是处。我想着，像我妈妈这样的女人，决定不和这个人生活在一起，绝对是有她的理由的。尽管如此，他们还是生了一个女儿，这或许表明他们曾经在一起的生活可能充满希望、令人期待且有着光明的前途。

恰恰因为这间仓库看起来完全没有未来、没有期待、没有前途，于是，我越发对我父亲感兴趣，就像科学家们对苍蝇为什么要搓头部感兴趣那样。我放下可可饮料，开始了探索之旅。

仓库的后半部分是巴本的货仓。每顶遮阳篷都由一个篷布卷和一包固定用的材料、一个可伸缩的支撑杆和一个手摇柄组成。篷布卷靠墙堆放在地上，从一堵墙到另一堵墙，堆放得满满的。他把它们都整齐地堆叠起来。假如我算数好一点儿，就可以轻松计算出那里到底有多少顶遮阳篷。他说过有三千多顶，可是我感觉他的估计有点保守。要把这么多遮阳篷卖掉，他需要一个庞大的销售团队或者一个销售天才。可是，我的父亲看起来没有一星半点海科的才华。我完全无法理解。但是我突然意识到，我的父亲多年以来都在重复做这种无用功。

仓库旁边的地方像一个车间。那里形形色色的机械设备应有尽有，似乎他一直在那里加工着什么。有的看起来像一面安装在几个齿轮上的壁钟，有的像盖子上有两盏红灯的匣子，还有很多用胶带从侧面黏合起来的薄膜。我猜那就是他所说的"创意"。估计他也同样卖力地向人们兜售过那些"创意"，就如同兜售那些遮阳篷一样，徒劳无功。再往外，靠着仓库的地方，被巴本用来收藏家具。一些在里面用不到了的家具，就被放在了外面，用一块帆布罩在上面，任由它们腐烂。我看到一套长沙发、一张很宽的床、各色椅子、一张桌子、几个五斗橱和柜子，还有一台没了背板的电视机。

　　仓库前面摆放着那套露营的家什。太阳炙烤着空地，在那儿放一顶遮阳篷倒是个不错的主意。我决定扩大我的活动半径。我出门溜达，走过小广场，于是不得不在水洼那儿绕一个大弯。它既混浊又有一定的温度，因而招引了不少蚊子。左转是人工河道，右转是马路。我选择右转，经过那个汽车修理厂，正好有人在焊接挡泥板。那个身形消瘦的人身旁火花四溅。他应该六十岁出头。如果不是头发花白，他看起来应该会年轻一些。他穿了一条工装裤和一件脏兮兮的 T 恤衫，裸露在袖子外的文身已经褪色。他看到了我，放下了手里的焊枪，把面罩推到了头顶上，喊道："喂！你！你在这里干什么？"他的音调中带着惊诧，而不是警告。一个女孩子是没有理由在这里四处闲逛的。

　　我停下，喊道："我是这里的客人。"

　　"你是谁家的客人？"

　　"我是巴本先生的女儿。"我被自己吓了一跳，过去近十六年里我从未说过这样的话，而且这样的理所当然也让我自己觉得很陌生。

　　"他有一个女儿？"他难以置信地说，"你来这里做客？"

　　"是的，来度假。"

　　"好吧，祝你开心。"男人说。他又拉下面罩挡住脸，重新打开焊接设备。交谈结束。我继续往前走，边走边思索那个男人刚刚疑惑地说的"他有一个女儿"。尽管那个陌生的家伙瞧不起罗纳德·巴本的生育能力这件事情对我来说无关紧要，但是这句话还是伤害了我，让我油然生出了一种情绪。他在贬低我的父亲。这让我有些不高兴。

其他的仓库，包括那个物流厂，都笼罩在一种雾气蒙蒙的潮湿中。尽管才十点，空气中已经充满一种我初次闻到的气味。刚开始，我还无法分辨出那是什么气味，可后来我知道了，那是各种润滑材料、油、刹车片、座椅靠垫和旧橱柜的腐朽气味，是所有你能想到的钢铁、锈迹、腐烂的电线和被鞋底踩得嘎吱作响的碎屑混合而成的、属于工厂的气味。这是所有的东西散发出的气味。这种混合的气味不是那么的刺激，闻着也不臭，不刺鼻，也不会让眼睛流泪。这种气味没有直冲鼻孔，反倒能融入情绪，让我宁静，让我好奇。我继续往前走，发现了在炎炎夏日里蒸腾着的这种气味的来源，那就是罗纳德·巴本选择在一个物流厂和汽车修理厂旁边的工业园安了家，里面堆满了废料和回收的设备。

通往死胡同也就是通往巴本遮阳篷创意公司的道路右侧，是一片超级大的区域，堆着各种各样的东西，它们被回收、分类，堆放在那里。铝合金物品堆成了亮闪闪的小山，旁边是同样堆积如山的电线、电缆以及日常的重型废料，就好像要分拣巨大的一堆咖啡渣、大米、面条、面粉、小麦粉和砂糖。原来，工厂不仅仅生产，还会被生产，这是我以前所不知道的。如同其他被制造出来的东西，例如收音机或者电吹风一样，工业设备有一天也会不再被需要，从而被拆毁，送到类似这样的地方。在这里，人们敲下那些原材料，再重新加以利用。所以，这个地方绝不是陵园，不是安息地，反而更像一个新生之地。这里堆积的一切都在等待着新生。不过，我是认识了阿利克（Alik）很久之后才意识到这一点的。

我看着他爬过一个垃圾堆，爬上一个巨型钢铁容器。那个钢罐上有一些阀门和用螺丝固定的大型金属管状喷嘴，它们被一层橡胶包裹着，男孩正费劲地拆卸那层很厚的橡胶。在直射的阳光下，他在宛如巨型炸弹的钢罐上挥舞着四肢，那动作就像骑马一样。我蹲在一堆垃圾上看着他，右手放在额前遮挡太阳。他的势在必得和无所畏惧立马牢牢地吸引了我，因为它们恰好是我所缺少的。我无法想象自己接受这样一个任务，更不用说去完成它了。在我的世界里，没人会干活干到汗流浃背。人们要么请专业工人来做，要么就直接扔掉。我甚至没有耐心给我的自行车轮胎打气。有一次，我的自行车后轮胎扁了，我坚持要一辆新的。其实，它只是少了气阀。妈妈找来了一个之后，自行车就可以继续骑了。

男孩继续奋力地拆着橡胶层。就在我以为他马上要成功的时候，他手中的钳子滑落了下来。他盯着那未完成的工作，似乎在思索该拿钳子怎么办。"要是我，会试一下炸药。"我说。

我突然出声把他吓了一跳，他不由得四处张望，寻找说话的人。我就坐在距离他六米不到的地方，只是，他因为陷入了沉思，没有察觉到我。"你在这儿干什么？无关人员禁止入内。这样很危险。"

"这样很危险。"我模仿他说话。他的声音听起来很年轻，还不像一个真正的男人。这声音因为生气而略显低沉，但是很好听，有一点像肉桂口香糖。当然，我单指他的声音。

"下去。"他生气地说，"这里没有你要找的东西。"

"这些是你的垃圾吗？"我开玩笑地问。

"这些不是垃圾，是宝贵的可回收材料。"我听了他的话，从垃圾堆上下来了。他背靠着钢罐往下滑，在距离地面一米半的时候往下跳，双脚落在闪着红色铁锈的地面上，扬起一阵尘土。

"说吧。你在这里做什么？"

"什么也不做。散步。"

"这里不能散步。"

"你不是看到了吗？"

"这里是私人领地。"

"你是这里的主人，还是什么？"

他面露难色，眯着眼睛看着我。我立刻就喜欢上他了。但是，我不想让他发现。"我在这里工作。"他说，好像在虚张声势。

"你在这里工作？你还不到十五岁吧？"我说。

"十一月就十五岁了。"他愤愤地说，"我已经在这里工作三年了。一般是假期才来，如果我想来的话，平时也会来。我还有自己的工作柜，上面有我的名字。"

"随便你怎么说吧。"

"可能他们并不需要我，但也没人拦我。我都是自己找活儿干。我什么都干。我会记下自己的工作时间，每个月末他们会付给我钱。"然后，他向我伸出手，说，"我是阿利克。"

我时常会回想起和阿利克初次相遇时的这个场景。我觉得，在过去的十五年里，直到今天，我都在寻觅一个像他那样的男孩。阿利克有幽默感，有一双棕色的眼睛，有浅棕色的皮肤，有一张大嘴和一头时常灰蒙蒙的深色鬈发。他不胖也不瘦，不高也不矮，普通到可以淹没在人海中，但他让人觉得有趣，又不会表现得过于古怪。他给我一种郑重其事的感觉，他努力地理解我。有一次，他说我像一个超级大谜团，应该把我送进实验室，放在琥珀里观察。他会愿意为此花一大笔钱，尽管把我用来做镇纸会太大了。

现在，这个脏兮兮的男孩就站在我的面前，趁我和他握手的时候打量我。他已经脱下了那副肥大的手套。我说："用钳子在管子上敲敲打打，到底有什么特别的？"

"我可不只是在上面敲敲打打，我是在拆分材料。"他拉长了音调说，就好像他在和一个小孩说话。

"有什么用处吗？"

"我们在这里分类的材料可以被很好地重新利用起来，然后出售。就像你们在家里处理废旧纸张和纸板那样。"

我们家里从来不进行垃圾分类，因为海科觉得垃圾分类有违自由。海科认为，在一个自由的国度里，人可以按照自己的意愿处理垃圾，这是每个人不可撼动的自由。虽然我并不认同他，但我还是感谢他让我可以不假思索地随意处理垃圾。我们想得很简单，不加思考。后来，我有一次和阿利克说起这件事，他生气地说海科是一个不负责任的人。恕我直言，他是在将海科视为尊敬的长辈且不了解海科为人的情况下说的。

放眼看着这个地方,我如实地说:"对我来说,这些只是废品、污秽、垃圾。"

"对,第一眼看不到它们的本质,事实上,这里都是宝藏。我们收集、分类、清洁、保管这些重要的物资,这些工厂需要的物资。"他讲解着,"当然了,首先得有这些传统意义上的废品,不然就没有加工的可能。不过,看到我们这片区域的时候,大多数人还是会像你这样想。"

"嗯哼!"我应付道。我的兴趣开始慢慢衰退,不过这丝毫没有影响到阿利克。

"我们也会回收工具钢、快速切削钢、热加工钢、冷加工钢,当然还有可以用于铣削和钻孔的硬质合金,以及钨合金和钛金属。"

"真是不可思议。"我说。阿利克明显受到了鼓舞。

"这还不是全部呢。这里可以重新回收的纯金属和镍金属很多,人们只看到了冰山一角。这是艺术,令人惊叹的艺术:镍、钴、铬、钽、铌、铼、钒、锰、锆,还有钼!"

"听着可真漂亮[1]!"

"是钼!"他急于纠正我。

"好吧。请问那是什么?"

"一种半金属,可以阻止不锈钢在加工过程中的回脆,经常

---

[1] "漂亮",modän,德语发音接近"钼(Molybdän)"。

被应用在航空部件的加工过程中，因为它有着优秀的耐热性。作为一种亚硫酸盐的活性成分，它可以用来制作优良的工业钼润滑脂。"

"太有趣了。"

"对的，千真万确。关于钨，我可以给你讲很多故事。"他打开了话匣子，于是我不得不打断他。

"我是逗你的。一点意思都没有。"刚说完我就后悔了。阿利克触动了我身体内部一根抵制教育的神经。我的言语伤害了他。

"这样。好吧。对我来说还挺有意思的。"

他从一只脚晃到另一只脚，失去了接着说下去的兴致："你在这里散步吗？"

"是的，我就住在那前面。"我转过身去，视线确实可以穿过墙，看到罗纳德·巴本的仓库。

"你住在那里？"

"是的，因为放假了，我就到了父亲这里。"

"那里住的是谁？"

"罗纳德·巴本。"

"他有一个女儿？"

我很惊讶，他居然认识他，以至于忽略了他言语中的侮辱。我问他是怎么认识巴本的。

"这里的每个人都认识他，他一直都住在这里。那个卖遮阳篷的男人。"

"你说的那个男人是我的父亲。"这是今天我第二次需要在全世界面前保护巴本。

"抱歉。当然了。我真蠢。"

"你也住在这里吗？"

阿利克住在离这儿大约两公里的一个社区里。他是步行或者骑自行车过来的。"几乎没什么人住在这里。吕茨（Lütz）住在汽车修理厂，你父亲，还有物流厂的阿希姆（Achim），可能还有什么人住在那下边的巴尔冬街（Baldungsstraße）。其他的我就不知道了。这个地方压根儿不让人住。往莱茵河方向过去一些的鲁尔奥特（Ruhrort）倒是有人住。可是这里……"他摇摇头，继续解释说，"这个地方其实不属于鲁尔奥特，而是属于梅德里希（Meiderich）。不过我对此却无所谓。我有点饿了。"

"现在我得回家了。"阿利克说，"回家吃午饭。如果没有准时回家，我妈妈会担心的。你要不要和我一起？"

"不了，谢谢。我不饿。我还有事。"

"什么事？"

"算账。为我父亲的公司。这算是我的暑期工作吧。"

"明白。"阿利克说着便把巨大的钳子扛在肩膀上，然后缓缓走向一所小房子，打开掩住的门，放下他的工具。

我们道别后，阿利克骑上了他的自行车，那是一辆老旧的女款自行车。

"明天我还会来的。"他说，"你叫什么名字？"

我告诉他我的名字："金。"阿利克点了点头，然后就走了。我忍着饿意往回走。我并没走出多远。

在接下来的两个小时里,我得出一个结论:在这个地方,回收才是最重要的事。这里有一个建筑废料加工公司,各种废品(包括废油、其他危险品和刺激性物质)处理公司,还有一家炼油厂、一家水泥厂、一家机车发动机维修厂、一家液压设备和碳素回收设备服务厂,这些是我在牌子上看到的。方圆一公里内,除了建筑材料、水泥、浓烟、橡胶和两个炸薯条摊位,其他什么都没有。北面被火车轨道拦住,南面被莱茵-黑尔讷运河拦住。这里面积接近科隆的哈恩瓦尔德,人口密度却类似撒哈拉沙漠。如果阿利克不打算再来,那我可能会无聊到生锈,或者分解成灰,或者被哪家回收处理公司拆分了。

通往仓库的那条窄路好像无意间从主路分岔了出来,沿着它往回走,我还发现了一个小酒馆——汽车修理厂旁一个低矮建筑里半露出来的"罗西的比尔森啤酒屋"(Rosi's Pilstreff)。除了一块招牌,找不到其他可以证明它是一家酒馆的证据,就好像唯恐有客人光临似的。

这一天里,剩下的时光实在难熬,我无聊到了极点:躺在床上,盯着白炽灯泡发呆;翻遍冰箱,把为数不多的水果都吃光了——那分量只够小孩子享用;绕着仓库漫无目的地溜达,去了运河,又返回;喝了一瓶可乐,又打开了一瓶;打开收音机,坐在沙发上听了一会儿电台。其实,我盼望着父亲回来,阿利克来也行。

接近五点半的时候,罗纳德·巴本结束了他的旅途。他在路上已经脱掉了夹克,衬衫粘在后背上。我坐在仓库前的野餐椅上,半掩在阴影中,他朝我走来。"真离谱啊!"他喊道,"坐在阳光下享受,真是奢靡。"

"钼。"我说。

"什么?"

"随便啦。所以呢?这一天如何?你今天卖出了几顶遮阳篷?"

父亲在我旁边一把椅子上坐下,椅子发出小动物一般的声响。"呃。一顶。几乎要卖掉了!如果我一年半之后再去应该就成了。我真的感觉到他们手痒了。可是,这样的一项采购,他们当然需要再好好地考虑一下。"

"非常好,是的。"我附和着他说。

他的脸上难掩疲倦和失望。"也不能抱太高的期望。"他补充了一句,好像要安慰我似的,"他们会买的,他们想要我的产品。他们只是心里还不清楚而已。"

"当然。"我说,"今天还是香肠?"

他拍了一下额头:"该死的!忘记了。随便吧。"

他站了起来,于是我完全笼罩在了阴影中:"我们出去吃。来吧,我饿了。"

我站起身来,跟着他。巴本快步走过院子,我得一路小跑才能跟上。他径直朝着罗西的比尔森啤酒屋走去。

"那里有什么吃的?"我担心地问。

"嗯,有时会有。看看吧。"说着,他打开了门。走进去的瞬间,我什么都看不见了。等眼睛适应了里面的昏暗之后,我才认出来,整个昏暗的房间里放了一张木头长桌,上方挂着一些吊柜。

房间的另一侧,一台游戏机发出荧光,前面摆着一把高脚凳。光线模糊的窗前摆放着两张小桌子,各有两把椅子。木头长桌旁还有五把高脚凳,有三把上坐着人。窗户的玻璃被涂成了深棕色,这样一来,就算罗西换上超过二十瓦的灯泡,里面也不会亮堂起来。这家酒馆至少有二十年没有翻修过了。罗西显然是一个男人。

"啊哈,是巴佩①一家来了。"他看到我父亲后嘟囔道。父亲友善地和他们打招呼,并对我说:"这是克劳斯(Klaus),他是店主。自太太去世以后,他就接手了这家店。"然后他指着长桌旁边的三人组说,"那是吕茨,这边这位是阿希姆,前面的这位是章鱼(Oktopus)。"

"你们好。"我胆怯地轻声说道。看着这一群酒鬼,我有些害怕。

"这位年轻的女士是谁?"一位胖胖的老先生咕哝着问,就是我父亲介绍为章鱼的那位。

"是他女儿。"吕茨轻声说。吕茨就是那个汽车机械师,我上午认识的。

"他还有一个女儿?"

---

① Pappe,此处人名系发音错误。

# 第三天

那是我人生中第一个在酒馆度过的夜晚。回想起来,我不得不说,打那之后我经历过比和五位男士在罗西的比尔森啤酒屋待在一起更无趣的事情。或许有人会说,一个十五岁的女孩待在一个肮脏的港口小酒馆里是不行的。如果我有一个未成年的女儿,我也会这么想。不过那时候我没感觉哪里不对。

次日,我在我的小房间里醒来,因为巴本在播放音乐,音量还不低。他可能是想叫我起床,但又不敢踏进我的领地。我起床嘟囔了几句,因为那会儿才七点半。如果你只有十五岁,而且还在假期,那是绝不会在这个时间点起床的。

他坐在他的书桌前,专心致志地标记着他今天的行程。我喊道:"声音小一点可以吗?"他被吓了一跳,手中的笔掉落了下来。然后,他站起身来,走向他蒙了一层灰的音响设备,调低了音量。"这是什么破音乐?太可怕了。"我喊道,我真的完全无法接受那样的音乐。

这非但没有打击到他,反倒让他有些兴奋,他说:"啊,你不知道普迪斯乐队[1]吗？普迪斯。"说着他又调高了音量。

> 我要像一棵大树那样老去
> 风暴无法摧残我的树根
> 像一棵大树那样老去，多年以来，始终、始终、始终、始终为孩子们带去阴凉

他看向我，似乎在听取我的意见，要取回他的唱片封套。那是他的音乐。我觉得太难听了，只好逃回我的床上，过了一刻钟之后，他才主动调低了音量。然后，我在饥饿之下走进厨房，为自己准备了一份水果谷物圈。又是一款他认为的孩子一定会喜欢的典型食物。在这一点上他倒是对的。我还为自己冲了一杯可可，然后看着他工作。

"你还有别的这么棒的唱片吗？"我问。我是成心气他，可我发现他完全不会生气。

"当然。还有好多好听的呢。"他转向我，扳着手指，开始列举他的胶片收藏，"克劳斯·伦夫特组合[2]，City[3]，Stern-Combo

---

[1] Puhdys，是一支德国摇滚乐队，于1969年成立于东德的奥拉宁堡（Oranienburg），是首批获准前往西德的东德乐队之一，也是最为成功的德语摇滚乐队之一。
[2] Klaus Renft Combo，东德摇滚乐队，成立于1958年。在东德获得了巨大的成功，1975年被当局取缔，1990年重建。
[3] 东德重金属摇滚乐队，成立于1972年。

Meißen[①]。我有 Karussell[②]。当然了,冈德曼[③] 和史蒂芬·迪赛尔曼[④] 也不错。还有 Die Firma[⑤]。"

我听得一头雾水。"这些我都不认识。"说罢,我立刻意识到自己犯了一个错误。

"那试试别的。"罗纳德·巴本跃跃欲试,开始忙着在他的胶片收藏里翻找一个可以证明他音乐品位的代表。

"现在不用,"我说,"清晨听音乐对我来说太早了。"

"对的。"说着他把一个胶片放了回去,"我现在也没有时间弄这个。我得出发了。"他走回桌旁,把他的资料整理好,再将他的咖啡一饮而尽。

"今天去哪里?"我问。

"去翁纳(Unna)。主要是去翁纳。"他急忙地说。

"做这个有意思吗?"

"那当然了!"他回答说,"我习惯了吃闭门羹。你永远不知道下一扇门后面是不是有人在等待你。这多令人期待。客户就像……"他久久地停顿了一下,寻找着合适的比喻,"就像榛果。有时候很难啃,但是里面……"

"有美味?"

---

① 东德摇滚乐队,成立于 1964 年。
② 东德摇滚乐队,成立于 1976 年。
③ Gundermann,煤工歌手。
④ Stefan Diestelmann,德国歌手。
⑤ 德国嘻哈乐队,成立于 1996 年。

"不，不是我们知道的那样。"

"棕色的？空的？"

"也不是。更像还可以忍受的，如果你能明白我在说什么。我说过的，你可以随我一起。"

可是我还没有做好准备。另外，我还期待着和阿利克再见面呢。

"我还是待在这儿吧，"我说，"可以看看书或者听听音乐。"

罗纳德·巴本含蓄地笑了一下。我意识到自己开始用另一种方式对待他了，更像对待一位父亲，而不是生物课上的颤蚓。这一点从一开始就很明显，我喜欢他，在火车站的时候就喜欢。只是我当时在忙着安抚自己，以证实自己的假设——那个形象模糊的人绝对不会带给我人身威胁，也不会伤害我。后来，这种无害的印象完全转化成了一种好感。我喜欢他对待我的方式——他对待我很认真，甚至可以说过于认真。与此同时，他极其慎重又诚恳。他为我准备了一张有毯子和枕头的床，买了挂帘和被套，还有儿童食品和小香肠。除此之外，他什么也提供不了。他当然会为此感到羞愧。他如释重负地和我道别，然后开启他一天的日程。他预祝我度过愉快的一天，"愉快"的声调里带着一些忧伤，预示他将带着满身的疲惫，两手空空地返回。尽管当时还无法想象他的工作，但我还是预感到它将充满挫败之感。

等他开着他的面包车离开院子，我经过水洼，晃悠到吕茨那里，吕茨正在捣鼓一辆汽车的发动机。我看他看了有好几分钟，直到他发现我。他比前一天友善多了。

"梅德里希的女王来了。"他怪叫了一声,"臣能否为陛下您呈上芬达呢?"我假装友好地点头,他递给我一罐汽水。然后,我们就在车间的门前坐下,沉默不语。这个地方似乎很流行一起沉默这种社交方式。以前我不知道还可以这样。在我的世界里,人们总是在说话,喋喋不休,满腹牢骚或是大喊大叫。如果别人不说话,我会感到不安,就好像我理解能力有限一样。一直都是如此。现在我惊讶地发现,我很享受挨着吕茨坐在一张破旧的户外长凳上,抿着冰凉的芬达,像他那样沉默地看着仓库。我也明白了,这种沉默并非不知道该说什么,而是因为没什么可说。完全地心照不宣。就是坐在那里喝点什么,还需要说什么呢?我没有焦虑不安,吕茨更是无所谓。他抽着一根 Ernte 23 牌香烟,抽完以后,他说:"我要干活了。你呢,要做什么?"

"或许我会去看看阿利克到底来了没有。"

"那个小俄罗斯人?你要和这个小俄罗斯人干什么?"

"你不喜欢他吗?"

对于吕茨来说,这个问题显然很难回答。看来,他从未考虑过这个问题,或许他也不打算考虑:"我要去干活了。你别追着他跑,永远都要记住这一点,要等着对方来找你。如果你不打算等着那小俄罗斯人来找你,你将永远不清楚他是否对你感兴趣。"

"我又不是要嫁给他。你也不要喊他小俄罗斯人。他叫阿利克。"

吕茨再次消失在发动机里,我只听到他一点点的说话声,好像不是在和我,而是和那辆旧奔驰的化油器在说:"如果你问我,那他就是疯了。"我有些生气了,因为这不是真的。

吕茨有一点很有道理:永远不要追着别人。假如阿利克直到中午都没有出现,我还是可以去回收场那里看一下他是不是被打死在什么工业废品旁了。我还是决定回去,我无意间脱口而出。我觉得吕茨要么没听见,要么听见了也不觉得奇怪,因为他没有回应。我说的是"我要回家去了"。

我翻找了一会儿可以读的东西,阿利克出现在门口时,我因为无聊,正感觉一阵困倦袭来,无法阻挡。"你要工作吗?算账还是什么?"

他认定我在这里没有什么可供消遣的,我的小谎言被拆穿了,我说:"差不多吧。你要干吗?"

"不干什么。随便看看。"

"看什么?"

"看你都在干什么。你什么都没干。"

我递给他一杯可可,最后说:"其实我下班了。我们可以做点什么。随便什么。"

"我们可以去沙滩。"阿利克说,"可以去那里晒太阳。"

"什么沙滩?"我问,眼前浮现迈阿密的海滩,妈妈和海科正躺在那儿晒日光浴。霎时,我好像被什么刺中了,我立刻意识到,杰弗里肯定不在那里晒太阳。有那么一刻他也出现在了我眼前,他惊恐万分,无声地哭泣着。我摇摇头试图甩掉这一念头,但是阿利克看到了我脸上噩梦般的神情。

"怎么了?你不想去沙滩?"

"想。你指的是哪个沙滩?"

"嗯,我们的私人沙滩。"然后他从冰箱里挑了酸奶、奶酪、两瓶水,放进了一个塑料袋里,又从倒挂架上取了玻璃杯,"你们有毛巾吗?"

我走进浴室,拿出来两块大浴巾。"很好!"阿利克喊着,冲出仓库。我跟着他走过空地,左转,一直走到水边。他把从我手中拿走的浴巾铺在了草地上。草地上遍布沥青、碎石、旧螺丝和厚螺丝圈,他细心地一一捡起,扔进了灌木丛。然后,他脱下T恤,在一块浴巾上坐下。"来。"他喊道。我在他旁边坐下。

我们就这样坐了一会儿,看着莱茵-黑尔讷运河。它给我的感觉是它随时都会爆炸,因为真的太热了。我们沉默无言,喝着东西,直到阿利克脱掉牛仔裤,穿着底裤走向河岸。

"你不会想要下水吧?"我问他。

"为什么不呢?否则海用来干看的?"

"杜伊斯堡什么时候在海边了?"

"一直都在。"阿利克说,然后沉入水中,他游出去几米,喊道,"下来,太舒服了!"

"不必了,谢谢。"我笑着喊回去,真羡慕他的自由自在。我吃了一些奶酪,看着他在河里游来游去。他不再是一个小男孩,也还不是一个年轻男人,他介于两者之间,头发上洒满阳光。我没有办法脱掉衣服。阿利克的一切都是真实的,海滩上的他,在河里游泳的他。与之相反,我支着膝盖坐在一块浴巾上,无法加入他的游戏。那一刻,我感觉自己前所未有地陌生。

他从水里出来,像狗一般抖落身上的水珠。"天哪!今天的海水是咸的。"他说着,拿浴巾擦头发。

"为什么你明明是俄罗斯人,看起来却像非洲人?"我问他。

"我妈妈是德国籍俄罗斯人,我爸爸是突尼斯人。我有俄罗斯的名和突尼斯的姓。阿利克·谢里夫(Alik Cherif),"他说着,在已经湿了的浴巾上坐下,"其实应该是马利克(Malik)。"

"那么现在到底是阿利克还是马利克?"

"我自己其实也不是很清楚。"

"一个人怎么可能不知道自己叫什么?"

阿利克用右手的食指掏着他的耳朵,可能是因为耳朵进水了,也可能是因为尴尬。然后,他给我解释了他为什么既叫阿利克,又叫马利克。在他出生的时候,他母亲卡塔琳娜(Katharina)希望给她的儿子起一个俄罗斯名字:阿利克,是亚历山大(Alexander)的简写。可是,他那个受穆斯林传统教义熏陶的突尼斯父亲无法接受这样的做法。儿子,第一个儿子,毫无争议的继承人。最后,卡塔琳娜建议,在出生证明上登记马利克。这是一个阿拉伯式的名字,意思是"国王"。年轻的父亲阿明(Amin)对这个建议很是中意。但是,卡塔琳娜坚持平时喊他阿利克。这样一来,俄罗斯名字也有了——太聪明了!没有人会去看那张出生证明。认识他的每个人都喊他阿利克。他也这样做自我介绍。这个世界上那个唯一坚持喊他马利克的人是他父亲,为此,别人一直试着去纠正他父亲。如果他喊马利克,通常人们会问他是不是不知道自己儿子的名字。没有人比阿明·谢里夫更清楚,他有多痛恨自己出于虚荣把马利克这个名字登记到出生证明上的那一天了。卡塔琳娜·谢里夫达成了自己的目的。我现在已经开始喜欢这个女人了。

阿利克·谢里夫能成为彼时我所遇到过的人当中最特别而又最正常的人，并不仅仅因为他那个神奇的俄罗斯和突尼斯名字组合。他还融合了俄罗斯人、北非人和德国人的特点，拥有一种极其罕见而纯粹的性格特质，举止十分自然、毫不做作。这两者都让我着迷不已。他给我讲了他的家庭故事。他的父母为了让他认同各自的民族根源，使尽浑身解数，策略多多少少奏效了，阿利克拥有了一种完全独立的自我认同。在他这个年纪，他已经清楚地认识到了。他说："我既不是俄罗斯人，也不是突尼斯人，我只能成为阿利克·谢里夫。"

他没有朋友，因为他感觉自己不属于任何人。这也是他喜欢在废品厂干活的原因，这里没有人打扰他、评判他。他知识渊博，梦想成为一名回收工程师，如果有这个职业的话。他给我讲那些金属和相关的拆解机器的知识。没有什么比再加工更令他着迷的了。当他发现我在打盹的时候，他问："说说你吧？"

"我怎么了？"

"嗯，你从哪里来的？为什么你以前从未来过这里？你来做什么的？"

于是，我把整件事告诉了他。我妈妈、海科和"大虾"杰弗里，以及我们在哈恩瓦尔德的生活。阿利克对后者尤其感兴趣，因为他和哈恩瓦尔德相距不止六十公里，那就是另一个平行宇宙。我和他讲了偷窃的事、海科的卑鄙以及我糟糕的学业，因而我受到了他的批评。他自称成绩优异，会成为他们家第一个大学生。接着，他问我，为什么我在梅德里希，而不是在迈阿密度假。

我无心解释太多，也不想给他留下坏印象，只好含糊地说因为一次争吵，所以最好保持距离。可是阿利克很聪明，不是那么好糊弄的。一个从未来过父亲这里的人现在需要在这里度过六个礼拜，一定有很特别的原因。"到底发生了什么？有这么严重吗？"

于是，我告诉了他发生在我差点害死同母异父的弟弟的那个晚上的事。我如实地讲了所有的事情，连同那该死的烧烤架、游泳池和那些愚蠢的访客。我讲了杰弗里怎样手持火把跳着舞走来，讲了海科怎样当众取笑我，讲了我怎样把玩酒精瓶，讲了我怎样挤压瓶子让它喷射出酒精。我说，我将永远是个罪人。我讲了他们不知道该拿我怎么办，我母亲怎样把我像物品一样丢到火车站，而自己前往机场。他们的美国之行就像一场逃离，从我这样的一个怪物身边逃离。除了离开，他们别无选择。

"然后就是你看到的。还有五个半礼拜。"

阿利克吃着酸奶，看着像在沉思。

"怎么？你在想什么？"我问他。我做好了接受他的评判的准备。我罪有应得。

他没有问为什么，也没有问现在该怎么办，我很感激。他也没有说杰弗里是自找的，但显然那个可怜的家伙是无辜的。过了一会儿，他说："你看，所有的事情都有好的一面。"

"什么？"

"是呀，你来到了这里！如果你没有闯祸，那现在的你只能在迈阿密海滩闲逛，而不是在梅德里希的沙滩。你将会错过全世界最好的地方，而且，我们也就不会相识了。"

毫无疑问，他说得对，我顿时豁然开朗。几个小时之前我唯一的愿望就是不要待在这里。此时，眼下的情形突然有了意义和价值。现在，我知道了梅德里希海滩，认识了阿利克·谢里夫，我还有什么不满意的。

另外，我还认识了吕茨、克劳斯、阿希姆和章鱼。我给阿利克讲述了我和那些男士相遇的经过。他趴在那儿，两只脚在半空晃荡。他看着我，就像一个年轻男孩在看一个女孩朗诵。

吕茨向其他几位男士介绍我是罗纳德·巴本的女儿之后，阿希姆坚持要请大家喝一轮。他的意思其实是给他自己、章鱼和吕茨点考尼格啤酒（König Pilsener），给我父亲水，给我芬达。克劳斯把瓶装的芬达倒进杯子里。它看起来像长年累月地在酒馆里等待，却无人问津，瓶子上的标签像被多次换过，里面也没了气泡。

章鱼和吕茨戏弄我父亲，说他可能还藏着其他的孩子。克劳斯问我，觉得我父亲怎样。这个问题问得太突然了，我只好回答说他还挺温和的。我诚实的回答引得罗西的比尔森啤酒屋的老顾客们哄堂大笑。

罗纳德问菜单上有什么吃的可以点。克劳斯略显尴尬，因为他没找到菜单。接着，他走进厨房，几分钟后出来说有肉丸，还有一份土豆沙拉。我们点好单，他又走进厨房。要等一会儿。我们要多一点耐心。

"要等十分钟。"吕茨说。

"我觉得起码要十六分钟。"阿希姆说。

"不会少于十七分钟。"章鱼说，"不知道他是不是也这样想。"

"对，"罗纳德·巴本说，"我说十八分钟。"

然后每个人拿出一张五欧元的纸币放到长桌上，阿希姆开始计时。

"他们一直这样，"阿利克解释说，"他们什么都赌。"

这一次赌的是克劳斯需要多长时间，骑着他的自行车到薯条摊，买到肉丸和土豆沙拉，再骑回来，锁好自行车，通过后门进入厨房，然后将肉丸和土豆沙拉装盘，上菜。

正好用了十八分钟，克劳斯从厨房出来，将两个盘子放到桌上，喊道："两份'伤痕'，配土豆沙拉，献给巴佩和这位尊贵的小姐。"

他放下盘子时，阿希姆说："十八，和我说的一样。先生们，我很荣幸。"

"你说的是十六。"吕茨说。

"我没有。"

"反正你说的不是十八。"章鱼咕哝着。

"我说的当然是十八。"

章鱼把头转向我，说："请这位女士做裁判：谁都说了什么。"

我复述了他们打的赌，并判定是巴本说的十八。我脱口而出:"我爸爸说的是十八。"就这样,人生第一次喊巴本爸爸,在罗西的比尔森啤酒屋。当时我并没有意识到,但是我看到了罗纳德·巴本喜悦的微笑。或许也可能是因为阿希姆放弃了反驳,收拢了纸币,推到了他的面前,其中一张还伸进了土豆沙拉的盘子。

"你们在赌什么?"克劳斯疑惑地问道。

"金的年龄。巴本当然最清楚了。"章鱼骗他说。章鱼还宣称自己属于一个波罗的海国家的贵族,谁给他一百欧元,他就给谁看他的家族徽章,他让人把图案文在了左侧屁股上。可惜大家对他家族的兴趣不大,这让他有点受伤。那是一个非常有趣的夜晚。

"章鱼很了不起。"阿利克在我讲完这件事的时候说。

"你认识他?"

"我认识他们所有人。有时候我在车间里给吕茨帮忙,整理东西什么的。我在那儿认识的他们。你知道他为什么叫'老章鱼'吗?"他翻过身来,仰面朝天,眼睛看着太阳。

"不知道。为什么?"

"因为其他人总是说他醉得像八条腿的动物。他还是制动盘远程投掷世界冠军。"

我大笑,说自己从来没听说过这样的胡话。阿利克盯着我,他希望我喜欢他讲的故事:"是真的。他真的是官方认可的世界冠军。"

"还有制动盘投掷世界比赛?"

"制动盘远程投掷,就在汽车修理厂前面的那片空地上举行的。章鱼赢了,打破了世界纪录。他把一个重达九公斤的三缸发动机宝马汽车制动盘扔出了惊人的六点二米。看到他的人都觉得难以置信。"阿利克不断点着头,就好像在说一项无法被超越的奥林匹克纪录。

"好吧。"我说。

"第二名是吕茨。他有点不高兴,因为他只扔出了四点五米。"

"我父亲呢?他肯定是最后一名。"我努力想象我的小个子父亲举起那个东西。

"不,尽管他只扔出了两米。最后一名其实是阿希姆,距离是负数。"

"什么?"

"在投掷的瞬间,制动盘从他手中滑落,向后方飞了出去。距离为负数。他要求重新比赛,但是章鱼说真正的世界杯每四年才举行一次。"

我们待在水边,直到夕阳在莱茵河上方降落。我们说笑着,不知道什么时候腿上和胳膊上都是蚊子包。我想每分每秒都和阿利克在一起。

当我回忆起梅德里希的那个夜晚,我无法相信,我们当时竟然没有接吻。

# 第八天

人拥有的适应力能让自己叹为观止。我曾经觉得不可能的事情，现在也都接受了。大约一周后，我已经忘记了要逃跑的想法。当然，我父亲这里既没有网络，也没有一台能正常播放的电视机，这让我相当恼火。我想念我的房间，有时候也会想念我的家人，尽管和他们一起生活的日子经常挑战我的忍受极限。我想念家里的游泳池和无限量的软饮料以及零食，随时随地可以得到想要的一切，既舒适又让人疲惫，因为米库拉家对于消费的狂热转化成了一种永久的压力。如果超市里出现了新款薯片，来吧！那把芬兰桑拿椅如何？快看这个愚蠢的割草机器人！一直在转圈呢。这个卫星接收器可以让我们多收八百个频道。意大利火腿好不好吃？扔掉那个彩色的沙发靠枕，我们现在有这些柔软的动物抱枕了。好吧，最后一个是我捏造的，但其他的都是真的。还有代替电视的投影仪，加拿大早餐麦片加枫叶糖浆，羊绒软鞋和地暖。我想念家里的这种疯狂。我确定，在我父亲的仓库里，我才第一次意识到我有多想念它们。

哈恩瓦尔德随处可见的东西在罗纳德·巴本的世界里一概没

有。我不知道巴本在冬天怎样取暖，因为我没见到任何取暖器。他的冰箱只有三个抽屉，不像我们的双开门冰箱，中间还有一个棺形夹层。尽管如此，巴本也没有饿着自己。和妈妈相反，他购物时非常慎重，看着像一名精明的消费者，他清楚地知道火腿片的保质期、什么时候该再次购买Schnippi牌奶酪。现在，这种持家的态度发生了变化，他的购物计划也改变了，因为我在他那儿。

一周之后，还有五周呢，已经过去了六分之一的时间，他的存货见底了。早晨，他宣布要在旅途开启之前去采购："要不要一起去？你在这里已经待了一个礼拜了。"

是的，听着像温和的批评，但其实我这段时间还挺忙碌的。每天早晨我都要去视察一下那个水坑，它在第五天的时候由于水分蒸发，成了一个水洼，边上的一圈褐色消失了。于是，第六天的时候，我往里面浇了一桶水。我无法接受水坑就这样消失不见。

我把桶里的水浇进散发着腐臭的雨水中时，阿希姆正好走出物流厂。他一如既往地穿了一件工作服，上面印着"Oehmke物流，无论远近"。他停住了脚步，看我在做什么，然后说："你现在正是疯狂的年纪。但愿你还没有完全发疯。"

"我要照料这个水坑，不然它会消失的。"我欢快地喊道。

"你应该去看医生。"他回喊。之后他走远了，去调度卡车，做他工作职责内的事，尽管他的工作职责看起来不是很明确。有时候我会有这样一种感觉，阿希姆只需要穿着工作服，在那个厂区跑来跑去就可以了。阿希姆还不到三十岁，长得也不错，至少第一眼看上去不错，他不应该被发配到这个地方度过人生。尽管如此，他还是要和卡车一起度过人生，要清洁车篷，要调度、检查车辆。之后，他会拿着一块接线板，一本正经地走过场院。在我看来，这些都不是什么正儿八经的工作。有时候我会问自己，他究竟都从中学到了什么。后来我总结出来了：什么都没有。阿希姆年轻的时候非常厌学，现在也是如此。他的无知和难以让人忽略的斜视导致人们无法信任他。他们肯定不会考虑让他担任物流公司的经理。但是，停车场维护和调度工作让他有了一种公司老板的优越感，虽然他并不具备什么资格，不过没有人为此和他争论，所以他也可以认为公司是属于他的。

他并不是公司里唯一的员工，不过，其他大多数人都是司机，只有在要发车的时候才会出现。除了他们，公司还有一名老板和一名女秘书，有时候女秘书会搭老板的车回家。阿希姆从不和他们打招呼，但不管怎样，他都是个友善的人。

与阿希姆相反，阿利克觉得我往水坑里浇水没有丝毫问题，一点都不蠢。他表扬我的行为充满善意，尽管除了蚊子的幼虫，没有什么可以从中受益。为此焦躁不安的阿希姆反倒让他觉得很有趣。于是，我们俩每天早晨就一起往水坑里浇水。我们知道，这时阿希姆已经在喝他的第一杯咖啡，看向窗外了。阿希姆抓破脑袋也想不明白我们为什么要这样做。我们笑得直不起腰。

出发去采购前，罗纳德·巴本制订了一份详尽的采购清单，并按照他逛超市一贯的路线进行了排序：首先是水果和蔬菜，然后在果酱和早餐类食品那边拐弯，接下来是咖啡、茶类和面粉制品，之后是火腿、奶制品。制订好采购清单后他问我有没有要买的，接着他发现自己要重新列一份，因为之前那个版本的路线没有考虑到如何去采买我想要的东西。此外，我没描述清楚的"咀嚼类食品"也令他困惑不已。这可能是薯片，也可能是坚果，甚至是酥脆的面包干。他轻声告诉我，他想破了脑袋也没想出来。最后，他决定把"咀嚼类食品"写在字条的边上，没有进行超市区域的归类。

我们开着他的小货车离开院子，然后左转，朝市中心驶去。不是杜伊斯堡的市中心，而是鲁尔奥特的市中心。在超市里，他匀速地推着购物车，极其专注地、毫无偏差地从货架上取下清单上的物品。显然，他绝对不是那种会因冲动而消费的人。在这一点上，他明显区别于他的前任太太和她的配偶。他们会把每一次购物变成仓鼠式的囤货，而且兴奋到无法自已，哪怕只是因为超市上架了一款香蕉味的厕纸。"该死的，快看这个！香蕉味的厕纸。为什么我没有想到这个。"这时，海科就会心痒，一次性购买十六卷，然后永远地囤在车库里。因为回到家之后，海科会愤怒地发现它们闻起来就像臭烘烘的猴子一样。放在车库里就不会臭到他了——毕竟他可能也不知道自己什么时候会用它们擦他那辆 1979 年款的 500SL 级奔驰车上滴下的汽油。

米库拉们会一直买买买，直到他们的信用卡被刷爆。我父亲没有信用卡，消费世界对他来说没有丝毫吸引力，他甚至会对那些东西嗤之以鼻。我兴冲冲地拿着一根香蕉走向他，打算买下，他当时正站在牛奶货架前，脸上表现出不悦的神情，说："我们之前已经去过水果区了。"

"所以呢？"

"我就是说说。水果要先买，否则我们会掉进'超市心理学'的陷阱。"

"什么？"

我父亲往购物车里放了一升牛奶，然后面朝我弯下腰。他切换到一种提及阴谋论时使用的语气，低声说道："每当我们遗漏了什么，需要回头去找的时候，我们就会发现一些我们认为自己忽略了的或者需要的东西。这样一来，我们就会越买越多，超过我们的实际需要。就是这个体系。你要理解这个体系，才能战胜它。"

"什么体系？"我迷惑地问。

"消费诱惑体系。我们会一直买一些毫无意义的东西。"

我瞥了一眼购物车里的那些我放进去的东西，衷心地希望我父亲不会质疑那款裹了面粉的迷你意大利香肠和里面有巧克力碎的淡奶油酸奶。我觉得这些产品不仅特别有意义，而且还是生存必备。他用他那湖水般湛蓝的眼睛严肃地看着我，继续说："我精心制订采购清单，就是为了杜绝无意义的购物。这样我才能战胜那个体系，适度消费。"

"但是有时候人就会想吃，比如说，火腿沙拉。"我尝试着用享乐主义来反驳他。他的反应完全出乎我的意料。他的爱就像巨大的波浪向我汹涌而来，令我感动。这是第一次，之后也有很多次，他在毫秒之内放弃了一贯的原则，只为弥补过去十五年来他无法表达的父爱。他带着一种近乎担忧的语气，微笑着说："既然你喜欢火腿沙拉，那我们现在就买火腿沙拉。不会因为给你买火腿沙拉，我们就败给了那个体系。"

我无法断言，他那个关于体系的批判是一个虔诚的愿望，还是一个古怪的念头，反正他立刻就去找火腿沙拉了。等他把它放进购物车时，我没有勇气告诉他，我其实不喜欢它，那只是我的一个比方。之后，他每次都必买火腿沙拉，我则努力把它们消灭光。若干年后依然如此。

回家的路上，他和我讲解了"超市心理学"。他偶然在报纸上看到这个话题，进行了深入的阅读，从中获取了大量知识，并通过自己的观察对该理论进行了补充。他和我解释，顾客总是被诱导着左转。其结果就是，吸引人的货架总是靠墙放在行进方向的右侧。因为大多数人都是右手取物，这样摆放就方便他们取下货架上的商品。水果和蔬菜总是被摆放在入口处，因为先把健康的东西放进购物车里会为顾客带来好心情。牛奶和黄油这类人们一定会买的商品则放在离收银台最远的位置，这样一来，人们就不得不经过所有可能诱惑他们的商品。酒精类和薯片类商品则在超市的尽头，这样人们就不用在别人的眼皮子底下长时间地拿它们作比较。

罗纳德·巴本镇定地讲解道，昂贵的东西旁边一定还会放着更昂贵的东西，这样一对比，昂贵的东西便会看起来相对便宜一些；在到顾客头部或者胸部高度的货架上摆放的商品一定会比放在货架下层的商品贵。他痴迷于研究这种逻辑，我也听得入了迷。

我们回到仓库院子时，他开着车用右前轮碾压了水坑，从而溅起了水花。

"你为什么要从水坑开过？"

"我希望它能干涸。我希望它至少能彻底地消失一次。我还从没见过水坑干涸。你觉得这很幼稚吗？"

我摇摇头，因为我一点都不觉得幼稚。但是我知道他不会成功，至少在这个夏天肯定不会。

他又出发去工作了，去的是韦瑟尔和克莱沃（Wesel und Kleve）。我从没听说过，也不知道是哪里。我拿着我的浴巾走到沙滩上，阿利克已经在那儿躺着了，他看着我穿着比基尼走向他。我喜欢他看我时的眼神，特别迷人。

我们挨着彼此躺了一会儿，把自己晒黑，阿利克说："马略卡和迈阿密的海滩上一定有酒吧，人们可以拿着一杯冰镇饮料，坐在高脚凳上，无所事事地放空自己，放松身心，是不是？"他说起话来有时候像电视里的主持人在介绍谁家翻新了浴室，邀请邻居参观，并向邻居介绍自己的新浴室多么漂亮。我猜，他肯定认为那样的表达方式特别优雅，反正他就是这样说话的，也没有让我们笑成一团。而且，他的提问是认真的。关于马略卡的那个问题我可以很肯定地回答他，因为我熟悉马略卡。

"应该在这里开一家酒吧。"

"哪里？"

"这里，就是这里。"然后他站起身，站在我面前，遮住了阳光。他一边做着手势一边和我说应该如何设计酒吧，酒水单上要有什么，怎么定价。

"请问，谁会进你的酒吧？这里可没有酒鬼。"

"你说的不对。章鱼、阿希姆、吕茨，还有你父亲，他们都是会付钱的客人，还有我们。"

"我以为我们会在酒吧里工作。"

"我们也在里面呀！这样就有六个人了。"

"克劳斯肯定会很开心的。"

我想象着，我们把罗西的比尔森啤酒屋的可怜店主仅有的几位顾客抢走，因为这巨大的不幸，他选择自缢在他那个酒桶的龙头上。

"我们可以邀请他合资，这样就是双赢的局面了。"阿利克说。

又是一句电视里的套话，不过，是另一个电视节目。然后，他双眼放光，描绘着用少量建筑材料就可以在水边砌出的一个用餐区域，丝毫不担心我们的年龄对于经营一家活动场地还太小了，也忽略了我们俩在自己的店里只能喝汽水这个事实。

"另外，我们丝毫没有经商的经验。"这时，阿利克转向河水。他看起来有点生气了。我的质疑严重地挫败了他。然后，他说出了那句伟大的哲学名言："如果成功只取决于经验，那就不会有人登上月球了。"不知道他这话是从哪儿听来的，听起来非常有远见、非常正确，让人无法反驳。再说了，我们还在放假，也没有其他可做的事情。

于是，我站了起来。我们开始着手建造沙滩酒吧。在往废品站走的路上，我们想出来一个名字，这一点我擅长。多年以来，我都和海科·米库拉一起想各种点子，让华夫饼模、狗窝、盆栽营养土变得更有吸引力。

罗西的酒吧（Rosi-Bar）、沙滩上的皮尔斯（Pils at the beach）、锈迹斑斑（Zum Rostfraß）、向阳面（Sunny Side）……我噼里啪啦地说了一堆名字。阿利和金（Alikim）、杜伊斯堡酒饮（Duisburg Drinking）、海港之夜（Harbour Nights），阿利克听了觉得都挺好的。他很聪明，但不是特别有创意。走到废品站门口的时候，我拉住他。灵光一现，我举起双手喊道："MBC。"

"MBC？这是什么意思？"

"意思是，我年轻的突尼斯-俄罗斯-德国朋友及合伙人，梅德里希沙滩俱乐部（Meiderich Beach Club）首字母的缩写。"

"好吧。"阿利克说。他的语气平静得让我觉得其实我也可以提议取名叫"燕麦片"或者"大客车"。我猜，他只是单纯地想和我找点事情做，所以，在我激动不已的时候他还能继续保持他的务实。

我们思忖着建造一个能让六个人活动的餐厅需要用到哪些材料。我们打算只用废品和罗纳德·巴本挨着他仓库摆放的那些废弃物。我们花了一整天的时间挪动那些旧家具、木板和其他我们认为的在河边空地上搭建一个沙滩酒吧时用得上的东西。其实我们缺少的只是沙滩，但阿利克认为我们应当想象一个沙滩。"沙滩就在我们的心里。"他坚称。照他这么说，人是可以躺在一根钉子上的。

我们从吕茨那儿借来一辆手推车搬运我们的建筑材料。最后，我们还带上了挨着仓库用帆布罩着的那套组合沙发，它们好像一直在等待变身成为某个夏日俱乐部的一部分的时刻。最后，我们去找克劳斯，争取把他变成我们的合伙人。阿利克向他介绍了我们的想法。阿利克说得有点生硬，因为他似乎在宣布，克劳斯是时候走出他那个阴森的洞穴了，他的老顾客们现在有机会在夏天的时候一边喝着酒，一边欣赏沿河风光。

"现在的顾客对一切还挺满意的。"克劳斯说，似乎受到了冒犯。他完全无法想象在白日光线下喝酒有什么技术上的可能性。

"可是想一下，在水边享受比尔森啤酒。"阿利克诱惑他说，但是克劳斯不信任地连连摇头。

"我没有露天营业许可。"他咕哝着。

"那又怎么样呢？也不是正式的酒吧。只是一个假日俱乐部。"

"假日俱乐部，"克劳斯重复了一句，"我没有假日。"

"正如此呀。"我说，"MBC俱乐部对于所有无法脱身的、不能度假的人来说，就是一个在河边享受下班后的时光的地方。可以这么说。"

克劳斯好像对这个项目的亮点了解了些："那你们需要我做什么？"

"提供酒水。我们没有酒水可以提供。酒水、杯子，我们需要这些东西。"

"这些东西，"克劳斯说，"所以我要送给你们。"

"你可以分得一半的收入。另外一半归阿利克和我。"我说。

"你的意思是，只从原本可以从顾客那里赚到的钱里分一半，就因为我一边喝酒一边晒太阳。这生意太棒了。"他说的也不是完全没有道理。罗纳德、阿希姆、吕茨、章鱼本来也可以像在十一月份时一样，在七月里坐在他那间光线昏暗的屋子里喝酒。

"我们觉得你或许会对我们的主意感兴趣。"阿利克说，"至少你可以去看看我们的酒吧。"

"我没时间干那个。我有事要做。"克劳斯不乐意地说。

"是吗？什么事？"我问。

克劳斯深吸了一口气，因为他不知道应该怎么回答，他其实根本没有其他事情，他也可能有些好奇。他从柜台后面走了出来，做了一个很有老板派头的手势："好吧，请吧，我去看看。"

一刻钟之后，我们就把杯子、烟灰缸、白酒、啤酒搬到了河边，还有可乐，因为克劳斯的芬达实在不好喝。他坚持要把他的咖啡机也搬到沙滩俱乐部，因为阿希姆喜欢下班后喝一杯。克劳斯也不明白为什么，因为阿希姆在此之前通常已经喝了两三升了。咖啡令他极度上瘾，简直无可取代。

"怎么冰镇饮料？"克劳斯问，"我们不能在这里提供热的啤酒，连章鱼都不会喝。"于是，我们跑到仓库去取巴本的冰箱，用手推车推到沙滩上。最后，我们从物流公司和吕茨那儿借来了四卷电线。下午的时候，MBC 摆设完毕，我们三个人等待着客人们的光临。克劳斯手绘了一张牌子，挂在罗西的比尔森啤酒屋的门上，指引客人们过来。

第一个出现的是阿希姆。他点了一杯啤酒，没说其他的。我觉得这还挺出乎意料的。他来了之后，在旧沙发上坐下，说："克劳斯。比尔森。"就这些。

第二个出现的是摇摇晃晃地骑着自行车来的章鱼。他艰难地下车，把车子靠在一棵灌木上，结果车子倒了，他说："什么破玩意儿？随便吧。克劳斯。比尔森。这外面有坚果吗？"坚果自然是有的。

之后吕茨出现了。他是唯一流露出些许兴奋的人。"真是个不赖的主意！"他喊着，穿着他那条满是油污的工装裤，在高脚凳上坐下，这是阿利克从酒馆里搬过来的。因为我们自己搭的吧台只有八十厘米高，高脚凳在那儿显得格格不入。吕茨看起来就像是猴山上的猴王。

克劳斯教会我们怎样用啤酒杯垫记账。每上一杯酒水要在杯垫上做一个记号。克劳斯做的啤酒的记号和白酒的记号看起来略有不同。店主的艺术在于哪怕心情再好也不会漏掉一杯酒水，能顺手在杯垫的边缘做好记号，又不会引起客人的注意，令其不快。

有趣的是，梅德里希沙滩俱乐部的老顾客们就是那些被称作酒鬼的人，我们从未见到过他们中的任何一个喝得烂醉如泥。没有人从高脚凳或者沙发上倒下。没有人对我或者阿利克说过什么胡话。他们只有在对待彼此时才会用一种不拘小节的方式，但是，如果需要走到世界尽头去拯救他们彼此，他们也绝对不会有丝毫的犹豫。我可以肯定地这么说。同时，我也知道，章鱼毕生去过的最远的地方就是奥伯豪森。

天色渐渐地黑了下来，我们听到了罗纳德·巴本的面包车的声音。"我很好奇他会说什么。"我说。

"我知道。他会说，你好，请给我矿泉水。"吕茨说。

"五欧元。他会说，晚上好。"阿希姆说。

"我猜,他会说,你们在这里做什么?"章鱼说。

男士们每个人在柜台上放了五欧元,我们等待着。五分钟之后,我们看到我那瘦小的父亲穿着他的白衬衫走了过来。在夜色中,他看起来就像一个白色的幽灵。

等他走得够近了,所有人都停止了说话,毕竟柜台上放着十五欧元呢。这时,罗纳德·巴本说:"我的冰箱在哪里?"

接着,他很高兴地得到了一瓶水,不过他不想付钱,因为那是从他自己的冰箱里拿出来的。他还不算是一个糟糕透顶的商人。他在一张沙发椅上坐下,看着河水,岸边成群的蚊子在嬉戏飞舞。

夜晚在章鱼和吕茨一如既往的胡扯中过去了。吕茨声称,杜伊斯堡足球俱乐部通过一个秘密的矿井隧道系统在地下与红白埃森足球俱乐部[1]以及沙尔克04足球俱乐部[2]连接在了一起。有人曾经看到球员在训练时突然消失在了某个地方,接着又在另一个俱乐部现身,有的则再也没有出现过。

天黑了,阿利克打开了从克劳斯的资产里借来的灯带。我坐到父亲旁边。他拿着水坐在较远的地方,看着河面。和他在一起的头几天里,我误以为他这种忧郁是因为心情不好,所以选择假装没看见。在我们家里,每当妈妈或者海科心情不好的时候,我也会这样做。我故意远眺,让自己没那么惹人注意,这样他们就

---

[1] Rot-Weiss Essen,德国职业足球俱乐部。球队位于北莱茵-威斯特法伦州的埃森,现属于德国足球乙级联赛球队。

[2] FC Schalke 04,德国甲级足球联赛俱乐部,是德国及欧洲足坛的一支劲旅。球队位于德国西部北莱茵-威斯特法伦州盖尔森基兴市沙尔克地区。

不会在自己心情不好的时候想到来询问我的学习成绩。

但是我父亲的忧郁没有针对性。他的心情不针对别人，甚至不针对我，单纯是因为内向。他的内心住着哀痛，这种哀痛从未消退过，他总是以一种或含蓄或灿烂的笑容来掩饰自己。我认为，他不是一个有怪癖的反人类者，只是羞涩、被动罢了。不过，他喜欢罗西的比尔森啤酒屋的常客们。这是一个由提前退休的人、无用之人和梦想家组成的命运共同体，尽管里面的成员总是喊他"巴佩"，还总是拿他那明显的不属于杜伊斯堡的温和的口音开玩笑。巴本看起来像一个旅行者，暂时搁浅在这里，因为没有钱继续前行，就在这里等待着。虽然他渴望抵达旅途的终点，但也清楚自己当下的处境。当他坐在沙发椅上，凝视对岸的杜伊斯堡时，他看起来永远不会到达终点，所以他只是在佯装平静。

"如何？你今天过得如何？"我问。

"非常棒！"他说，并对我微笑。

身后传来一阵喧闹的争论。阿希姆声称他随时可以在高脚凳上来一个倒立，吕茨打赌他不能，克劳斯和章鱼在帮腔。阿希姆表示了感谢，闪电般地将赌注塞进了他的裤袋，却没做倒立："我可没说我会做一个，我说的是我能做一个，如果我愿意的话。这是两码事。你们这些笨蛋尽管赌我不能吧，随你们便。"

"卖出去了吗？"

"没有，今天没有。"我父亲说，好像这只是一次例外，而不是正常情况。

"上一顶遮阳篷是什么时候卖出去的？"我问。他沉思了许久，似乎不想回答。"四月，"他说，"还有一顶在三月。"他再一次微笑，喝了一口水，可能希望结束这个话题。

"一顶遮阳篷能卖多少钱？"

"不一定。有时候是五百欧，有时候是六百欧，也有可能只有三百欧。看情况。"

"什么情况？"

"当然是尺寸之类的东西。"讨论这些让他有些不适。我后来才知道，他卖出去的实际价格取决于顾客能付多少钱，或者愿意付多少钱。他根本就没有真正的价格表。

"明白了。"我说，其实我还有一些没想通的地方，我能想通的是，这是一场艰难的冒险。从海科那儿我大概知道了什么时候生意难做，什么生意会失败。遇到这些情况，他就会换一个生意。海科对待任何关系的态度都是不浪漫的，或者说是务实的。我父亲显然不具备这种性格。这让我很着急。

"我可以问你点事情吗？"

"当然。"

身后关于那个傻瓜赌注的争论正在升级，输了钱的要求阿希姆要么还钱，要么用那些钱再赌，结果被他拒绝了。

"既然遮阳篷生意这么难做，实际上也赚不到钱，你每天晚上回家时都那么沮丧，那为什么还要做？"

罗纳德·巴本沉默了许久。尽管我和吕茨一起练习过沉默，那时，也包括今天，我还都不太擅长用沉默来回答问题。于是，我又补充道："假如是海科，他早就把它们扔进垃圾桶，或者送人了。"

"是的,"罗纳德轻声说,"他知道该怎么做。"这听着不像讽刺,顶多是有些苦涩。我看着父亲的侧脸,他紧紧地抿着嘴唇,继续看着水面,就好像在等待一艘救生艇。

"爸爸,你能解释给我听吗?能不能告诉我,你为什么要这么做?"这是我第二次这样称呼他,他注意到了。他把头转向我,报以微笑。我,他的女儿,面庞像和他一个模子刻出来的,同样弱小、无助,被命运所抛弃,看着他,就像看到我自己一样。

他把手放在我的腿上,说:"你知道灯塔守护者,对吧?"

我当然知道。他和我说话的样子就好像我只有六岁,但我还是点点头。

"他一辈子都待在灯塔里。天黑以后,他打开灯,留意着船只,防止它们撞上岸边的暗礁。没有船进港的时候,他也会这样做。你知道这是为什么吗?"

"因为他是个笨蛋,不知道找一份更好的工作。"我说。

"不,因为那是他的职责,因为他在认真对待它。或者出于其他原因,他必须这样做。无论如何,他都会继续履行他的使命,直到夜晚不再降临,或者没有了船只。但这两件事情都不太可能发生。你能明白吗?"

是的,就像他要找到三千个人,这些人都愿意买下他那些难看的遮阳篷一样不可能。这么说,他就是杜伊斯堡的灯塔守护者。只是这里没有灯塔,只有遮阳篷。他那个愚蠢的灯塔守护者的比喻让我产生了新的问题:出于哪些其他的原因,我父亲必须卖遮阳篷呢?

"灯塔守护者也可以直接走人啊!"我说。

"不,他不能。否则灯塔就无人守护了。因为没有人来接替他。"

"走人也无可厚非,"我说,"这份工作糟糕透顶。"我有些恼怒,不能接受灯塔守护者为什么如此地不自由。

"这是视角的问题。"我父亲说,"他当然可以离开他的岗位。但是,在这个岗位上的他也可以不被打扰。他不需要和任何人协商。没有人来规劝他。他可以看书、画画,或者整夜整夜地听音乐。或许他喜欢这样的独处。"

"这和你的事有什么关系?"我问,"你不是必须做这个。你也可以做点别的。"

"不,我不能。"

"那又是为什么?"

"这是有原因的。"

我们身后安静了下来。一来,阿希姆在玩石头剪刀布的游戏时把钱输给了吕茨;二来,章鱼说他要走了。那只八爪生物把他的啤酒杯垫递给了店主,走向他的自行车,要在这片没有灯光的区域骑行。奇怪的是,他骑自行车居然比他走路要稳当。

"你能和我说一下那些原因吗?它们和我有关吗?"

"和你?不,没有直接关系。我的灯塔就是那边那个仓库。我必须卖掉那些遮阳篷,把它们统统卖光。只有当我做到了,这事才算完。那样我就可以彻底赎罪了。至少我是这么认为的。没有人强迫我。这是我自己所做的决定。否则我都没脸看镜子里的自己。"

他再一次笑了起来,好像笑能给自己勇气。

"什么罪?"

"我冤枉了别人,海科。"

"什么?哪个海科?妈妈的那个海科?"

罗纳德·巴本站起身来,把杯子送回柜台。我跟在他身后:"爸爸,你做了什么?"

"我亲手毁掉了我们的友情。"巴本迟疑着回答道。显然,他不想继续谈论下去。

"吕茨也毁掉了一段友情,"阿希姆吵着说,他在看可以拉拢谁跟他结盟,"看,"他说着用他的右手食指和中指做了一个"V"的手势,"你觉得这是什么?"他问我。

"这是剪刀。"我说。

"这是井!"他咆哮着。

"井是这样的。"阿利克用双手的大拇指和食指围成了一个框。

"好吧,你这个王八蛋是这样,但我不是。我的大拇指僵硬,做不出来,所以我就是这样做的。"他喊着,又做了一个"V"的手势,"这是我的井。我的井就是这样的。"

"你输了,就是这样。"克劳斯肯定地说,当他这样说的时候,每个人都知道,夜晚接近尾声了,"再说,你大拇指什么时候开始僵硬了?"

"一直都是僵硬的!"

"你没有。"

"打赌？"

我父亲打开冰箱，把最后三瓶啤酒和一瓶可乐取了出来，把它们放在柜台上，再拔下冰箱插座，把冰箱放上手推车。然后，我们道别，带着我们的冰箱往家走。差不多走到半路的时候我们听到了一阵喊叫。是阿希姆。

"你这个浑蛋把我的大拇指给折断了！"他的喊声回荡在工业园区。

我们忍不住笑了。回到仓库，我们把食品收进了冰箱。

"你还有什么要和我说的吗，爸爸？"

他停顿了一下，看着我说："我失去了海科，也因此失去了你妈妈和你，还有我自己。我对朋友犯下了深重的罪过。"

他合上冰箱门。我虽然不是很聪明，但是也明白，在那种情况下我不能继续追问。他把房门开得比较大，因此我能瞧见里面一片黑暗。唯一能够照亮他，了解更多关于他和海科的友谊，以及他和妈妈的秘密的办法，就是在他这里待久一点。

"明天你要做什么？"我问他。

"明天？我看一下。"他连忙说。他看起来很高兴，可以换个话题了。他走向他的书桌，翻开那本已经被翻烂的鲁尔工业区地图册。接着，他说："明天只有布尔（Buer）。"

"那是哪里？"我问。

"它位于盖尔森基兴[①]北部的一个市辖区。我明天去那里。那里或许可以完成一笔交易。我有预感。"

这样的预感并不代表什么,但我点了点头,然后说:"我可以和你一起去吗?"

我父亲满脸放光,向我走了过来,说:"当然了。两个人就是一个人的两倍了。"

---

① Gelsenkirchen,位于鲁尔区的北部。

# 第九天

次日，我醒来时，罗纳德已经做好了所有的准备。他摩拳擦掌，似乎迫不及待地要向我展示他的代理人世界。假如早一点明白这对他来说意义非凡，我早就随他一起去了。他像陪伴我长大的父亲那般，兴高采烈地站在我的面前，拿着他的文件包和一个塑料袋，里面装着路上的口粮和一件刚刚熨烫过的白色衬衫。我这才意识到，有的时候有些事情比我自己的利益更重要。那之前我信奉的人生格言是，要做对自己最好的事，即便这样会让别人吃亏。我甚至特意调查了杰弗里收到的圣诞礼物是花了多少钱买的，如果发现他收到的礼物比我的贵，我就提出弥补的要求。我会要求母亲单独开车去买，只因我想要趁她不在家时从海科的衣袋里翻找出些钱当零花。在那个早晨之前，我没和他一起去，也不过是因为我更愿意和阿利克待在一起。我丝毫没有兴趣顶着火炉一般的骄阳，坐着巴本那辆没有空调的破车，从一个失败到另一个失败。此刻，他满怀期待地站在我面前，笑逐颜开，我也忍不住开始期待我们的旅途了。

"哪儿来着？"我问，同时狼吞虎咽地吃着水果谷物圈。

"盖尔森基兴，"罗纳德·巴本说，"可以说它是鲁尔工业区的心脏。"他补充道，就好像他是盖尔森基兴的导游。

"你怎么知道你该去哪里？"

我父亲把手里的东西放在仓库的地上，招手示意我到他书桌边。然后，他打开鲁尔区的地图册，翻到有盖尔森基兴的那一页。"这上面哪里的房子会有露台？"他问。

我看着地图下方的盖尔森基兴，地图上标有大马路、小马路、绿地、道路之间的一栋栋房子、市区分界线、水域、火车轨道、高耸的地标式建筑、医院、火车站、沙尔克足球场，并没有标上露台。

"我什么都没看出来。"我满嘴含着食物说，一滴牛奶顺势滴到了那一页上。

罗纳德擦掉了它，说："对的。在这样一张地图上是看不出来那些房子有没有露台的，但能看出路上是不是有大型建筑、办公楼或者工厂，因为它们通常会有比较大的停车场和轨道交通站口。大多数这样的大型建筑都是住房。建筑越大，里面的公寓也就越多，也更有可能设了露台。"

我把小碗放进了水槽里，说："所以你就一直去有大型建筑物的地方。"

"那里藏着大买卖。当然也可以到社区，到那些独栋别墅，或者联排住宅区去。但是，只能去那些比较新的社区。因为老社区都已经'板上钉钉'了。"

他说的"板上钉钉"指的是那些住房已经拥有遮阳篷。我喜欢这个词。他的推理看起来还是有逻辑的。他已经在地图上用不同的颜色标记出了不同的区域，有红色的、黄色的和绿色的。我问他这些颜色都代表着什么意思。

"红色代表没有希望，例如中心城区。那里停车很麻烦，而且露台也很少。如果有，也都是背对着马路。从外面看不出来该去按谁家的门铃。我只有在看到有人还没有被钉上钉子的时候才会去按门铃。"

我点点头。中心城区是红色的，工厂、公园、墓园、森林和工业区也是红色的。居住社区则是黄色的。罗纳德·巴本说的已有钉子的所有地方都被一条绿色线条框了起来。他坚信，他的遮阳篷会让人艳羡，或者至少会让买他的遮阳篷的人的邻居产生购买欲望。因此，这值得他时不时在这些地区开车转一转。

"现在我们就去实地考察一下这些成交场所吧！"他喊道。上车后，他把他的东西都放到了后座，脱下了他刚刚穿上的夹克，把它挂在他驾驶座头枕的后方。

"你不需要地图吗？"我问，因为他把地图放在我的膝盖上。

"我不需要它指路，我只做规划就好。"他连忙说，然后发动了车子，"盖尔森基兴 - 布尔 - 哈瑟尔，"他嘟囔着，"走59号高速，接着是42，直到奥伯豪森（西），然后是3和2，到格拉德贝克（Gladbeck），接着上224，也就是52，从肖尔文（Scholven）出口下来，之后再看吧。也可以直接上40，从盖尔森基兴（南）出口下来，然后从中心穿越市区。"

他确定了第一条路线之后左转。当时，我不明白他方向感如此之好的原因。他认识鲁尔工业区所有的高速公路、岔路、国道、环城公路、长途公路和水道。它们对我来说就像一盘超级意大利面，那些地区就像面条里的大大小小的肉末。从杜伊斯堡西部到多特蒙德（Dortmund）东部，有一条路可以直达，当然，还有上百条，乃至两百条其他的选择。当时的我只觉得那令人沮丧，而如今想来，那些纵横交错的线路图真是饶有趣味。

罗纳德·巴本从一条高速公路切换到另一条高速公路，像一只黑猩猩从一根树枝跳到另一根。他优雅、灵活且自信满满。他从未开错过路，或者至少没让我注意到他开错了路。后来我知道了，十四年来他别的什么都没做，一直都在复杂的城市交通里找路。假如让他到科隆、汉诺威（Hannover），或者鲁尔区的其他城市，比如克雷菲尔德（Krefeld）去，他那可靠的方向感便会在陌生地区开出一公里之后完全崩溃。

"要半个小时。"巴本说，尽管我没有问他行驶时间。然后，他打开了他的车载收音机，开始播放唱片。

> 有的人活的时间短
> 世界说，他走得太早
> 有的人活的时间长
> 世界说，到时候了
> 我的女朋友很漂亮
> 我醒来时，她已经离开
> 在她醒来之前，不要吵醒她

我躺在她的影子里

绝对的恐怖。罗纳德跟着小声哼唱。"这还是那个蛹（Pupus）吗？"我问，故意气他，况且我也真的忘记了那个乐队的名字。

"是普迪斯。"他纠正我说，"你都听什么？"

还是有几个的：詹妮弗·洛佩兹（Jennifer Lopez）、小甜甜布兰妮（Britney Spears）和莎拉·寇娜（Sarah Connor）。他都不认识。

"你从来不听电台吗？"我问。

"不，至少不听音乐电台。我已经有音乐了。"

"哈哈，好吧。"

> 一切都有它自己的时间
> 岩石汇聚又粉碎
> 树木种植又砍伐
> 生命、死亡、冲突
> 有的人活的时间短
> 世界说，他走得太早
> 有的人活的时间长
> 世界说，到时候了

我们又接着开了一会儿，沉默不语，《机器》（Maschine）专辑里的比尔（Birr）继续唱着。再继续下去，我恨不得用一块熔岩把耳朵给堵上。终于，罗纳德·巴本说："我有个善意的建议——我们去买一张你喜欢的音乐唱片，咱们轮流播放。先听听你的，再听听我的。如何？"

这个想法让我感觉轻松了一些。鲁尔工业区渐渐被我们甩在了身后。果然，大约半个小时后，我们抵达了盖尔森基兴。它看起来和杜伊斯堡很像，只是没有那些锈褐色的工业钢架。巴本开下高速公路时说："现在我要让你看一看地图上的问题。"

我们又开了五分钟，然后，他在几幢素净的多户住宅楼前停下。他拿起我膝盖上的地图册，翻开，指着上面一个用红色框起来的区域："这里，是施宾斯杜尔（Spinnstuhl）社区。从地图上来看，这里绝对需要遮阳篷。你看到了吗？"

他指的是地图上那些灰色块状的地方。这是社区，在社区中间，狭窄的小路穿行而过。他说得对，那里还挺有希望的。"透过窗户，你又看到了什么？"

我立刻就明白了他的意思：简单的山墙，没有露台，什么都没有。上百个工人公寓，没有一丁点彩色的东西。

"地图也会骗人。这不行。所以，我用红色圈了起来。这样一来，我就不会因为疏忽而再次来到这里。"红色的框线旁边还有一个日期。现在距离他上次也就是第一次来这里时已经有十二年了，当时他就做了一个"失败区域"的标志。

我渐渐感受到他的工作量有多大了。他差不多测绘了鲁尔区四千五百平方公里的土地。"我们现在做什么？"我问。

"我们去其他的地方。哈瑟尔挺大的。"

有点夸张，可是他却振振有词，就好像其他地方有带露台的公寓。我们缓缓驶过维布林豪斯街（Wiebringhausstraße）的时候，巴本的心情变得很好了。他指着窗外让我看："那里，还有那里，非常好。今天我要全部走访一遍。那些草坪绿油油的。"

草地上只有高温。普迪斯还在唱歌，就像怒吼的石头。巴本缓缓地把车子开到路口，停好车。他解开安全带说："我预感今天会有所收获。咱们走吧！"

答应陪他一起来的时候，我并没有想过这不仅意味着要坐在他旁边，还得和他一起去上门，等着他按下陌生人家的门铃。我得目睹证明他完全没有销售天赋的一幕。一想到这里，我就羞怯难当，失去了尝试的勇气。

"我还是留在这里等你吧，以后再陪你一起去。"

"你感到尴尬是吗，和你的父亲一起按遍门铃？"他用一种温和又平静的口气说，这让我如释重负，我点点头。他说："我懂。第一次的时候我也是如此。但总有一天，你会做到的。我们还有时间。"说着他便关上车门走了。第一栋楼里有六间公寓，每一间公寓都有一个临街的露台，其中的两个阳台还光秃秃的。进楼之前，他转过身朝向我，右手的大拇指和中指捏在一起，食指对着我，做出一个看似行云流水的动作。这个手势完全不适合他，这个手势就像不同语言拼凑起来的商务套话，或者无人接听电话的语音提示的结束语。我想不明白他这样做是不是希望给我什么特别的感觉，他也可能只是觉得这样看起来比较专业。

我确实羞愧，不是为他，而是为我自己。显而易见，我甚至不能给我父亲哪怕最微小的支持，而他并未因此而恼怒。我有些沮丧，尽管我已经关掉了唱片，搜索到了 1 Live 电台，摆脱了普迪斯。

五分钟不到，我父亲回来了。他在驾驶座上坐下，从后座拿起一个用亚麻布捆绑的账本。"怎么样？怎么样？"

"等一下。"他说着拿起笔，翻开账本，找到某一页，在上面写了些什么。他又盖上笔盖，看着我，不好意思地说："部分成功了。一间公寓里没人，另一间公寓里的人说他没有钱买这样的奢侈品。"

"噢，真可惜，抱歉。"我说。这个工作日才刚开始，就一下子收到两次拒绝。

"用不着。一间公寓里的人总有一天会在家的；而另外一家呢，财务状况也可能会改变——继承了一笔钱、赢了彩票或者升职，从而可以允许自己买点什么。"

好吧。然后那些人第一个想到的就是罗纳德·巴本出售的棕色、橙色的德意志民主共和国的遮阳篷。我心想，笑了。

他把手放到了车门上，准备前往下一栋楼。那里有三个露台还没有装上遮阳篷。

"我还会再来一次。"

等他走后，我转身取下那本账册。后座上总共放着七本那样的账册。我打开那一本，里面详细地记录了过去的十四年里的每一次登门拜访。巴本的记账体系很简单，但很有条理。每本账册里各记录了几座城市，按照邮政编码进行了排序。下面罗列了他去过的街道，再下面是房号。旁边是拜访的日期和结果，用字母简写"N"表示"否""不""零""未知"。开始的好多页上满是这样的 N。他在右边的一列里做了备注，但大多数是空着的，有时候会写上一个年份，2007 或者 2008。这应该代表他之后会再次造访，又或者是一个已经过去了的年份，已经过去了的年份又都被划掉了。我猜，这意味着他的第二次造访仍然没有成功。

"N""N""N"，出现了上千次后才出现第一个"A"，这可能表示"订单"或"完成"。右边的一列里记录了销售的细节：遮阳篷的大小、价格、客户的姓名。每隔几页才会出现一个"A"，就像沙漠中的灌木一样稀缺。

我父亲回来了。他打开车门坐下，从我手中拿走账册，微笑着写上"N""N""N"。

"你饿不饿？"他愉快地问，"袋子里有面包，还有水。"

我摇摇头。

"那我先吃一个。"他从袋子里拿出一个用锡纸包裹的奶酪面包。他一边吃，一边眯着眼睛看着阳光照耀下的马路。现在才上午，外面就已经有三十摄氏度了。"我们可以在午休时间去玩玩水。"他说。

喝了一口水，他又下车了，继续和现实战斗。

路上有小女孩在骑自行车。或许她们的父亲无力承担外出度假的费用——不能去马略卡，也无法去迈阿密。那里此刻是清晨，海科、母亲和杰弗里有可能还在睡觉。之后他们会认真地挑选今天的着装，可能是白底浅蓝色或者粉红色的，外面是有缆索图案的套头衫,还有棒球帽。然后他们会去吃早餐,海科会抱怨用塑料杯喝冰水的美式习俗。和他们一起时,我通常会把耳机使劲地往耳朵里塞,这样就不用听海科发牢骚,只需要看他愚蠢的唇部动作。有的时候,看着他这样,我会给它配上一段我自己想出来的台词,想象他招手示意服务生过来,然后训斥他们。"先生,您请看,我的高脚杯上还有唇印。另外,里面为什么是鸡汤?请您去通知大厨,再把经理带过来。"这样的想象让我失笑。

正好巴本回来了:"什么事情这么好玩?"

"哦,我刚想到一些有趣的事情。还是什么都没有吗?"

"不能说一无所获。我刚才差点进去。"

"差点进去?进公寓?"

"是的,而且最重要的是,如果你能进去,那就胜利在望了。不过,要进去可不容易。很少有人对突然的到访有所准备。他们要么正在忙着煮东西,要么正在和姑妈通电话,或者头发上还缠着卷发筒,再或者,家里已经有别人了。一次,一位女士让我进了公寓,沙发上已经坐着一位卖割草机的销售员了,可是她家并没有花园。真稀奇!"

他笑着,又喝了一口。

"不管怎么说,迈进公寓都是决定性的一步。等进去了,剩下的基本就是小孩的把戏了。"我觉得有点夸张,尤其是想到他的账本里那寥寥几个"A"。巴本又拿起那个账本。一个"N",一年后,又一个"N",就是他刚才差点进去的那户。

"假设一下,如果进入了公寓,你接下来会怎么做?"

"通常先去露台，然后坐下。我会拿出我的样品，给一个报价。孟买款或者哥本哈根款，听着比橘褐色和蓝绿色要好，你觉得呢？"

毫无疑问，他这一点说得有道理，尽管那些图案并不会因此变得更好看。

"有时候也能推销我其他的创意。"

"都是些什么样的创意？"

"回家给你看。我把它们称为'让世界变得更好的发明'。好吧，不管怎么说，要是有咖啡和糕点，说明那户人家的购买意愿比较大。"

"你有没有遇到过危险的情形？"

巴本回忆了一下："还真有。有一次那家的丈夫回来了。他以为我是哪个情人。不巧，偏偏是我。"

嗯，是不巧。

"他马上对妻子咆哮起来，质问我是什么人。他只不过离开了不到一个小时。我立刻站起来，把我的东西收拾好，说：'我只是遮阳篷销售员。'这时那个男人说：'前几天是水管工，去年有洗衣机维修人员，现在是遮阳篷销售员。我宰了你们。'女人开始尖叫，我赶紧往门口跑，他拿着切土豆的刀子在后面追我。幸好我及时跑进了车子里。车上有一个凹痕，那是他撞到了车门上而留下的。"

看来这个故事给他留下了愉快且难忘的回忆。

"我还被狗咬过几次。"

"我也不喜欢狗。"

"我喜欢。可惜,狗不喜欢我。再说,咬人的也不一定都是狗。我曾被一只猫咬过。还有几只鸟。有些鸟比罗特韦尔犬还可怕。"

"啊哈。那鱼呢?"

"没有。鱼?没有。不会有鱼。"他严肃且认真地回答道。

之后,他让我一个人待着,又走向另外一栋楼。可惜,这次还是坏消息,他把结果写在账册上。后来他又拜访了七栋楼,都是按照同样的顺序:下车、咔嚓关门、食指、房子、五至十分钟又出来,什么都没卖出去。这是显而易见的,否则他会在里面待得更久,因为我看到他在露台上量遮阳篷的尺寸了。好吧,又出来、拿账册、取下笔盖、登记、盖上笔盖、喝水。

终于,他说:"好了。要不午间休息一下?"接着,他发动了汽车,我们去吃饭。他差不多知道鲁尔区的所有小吃店。他用一种品鉴专家的语气向我介绍道:"告诉你一个生活小技巧,如果哪家的招牌上写着雅典卫城(Akropolis),那你可以相信他们一定有十多年的扎实的烹饪技术。这一点,我屡试不爽。雅典卫城可以说是薯条店的杜雅尔丹(Dujardin)。新开的店铺尽管名字起得有创意,可是完全没有世代相传的做香肠的经验。所以,有可能的话,认准雅典卫城就好。"显然,罗纳德·巴本累积了十多年的鉴赏香肠的经验。

"除了香肠,你还会吃什么?"我问。

"有时候我也吃肉排。选择有限的话,我也会吃肉丸。但是,香肠是我坚定的选择。你知道为什么会这样吗?"

我一无所知："我不知道。"

"因为，"他故意停顿，"它们的大小永远不变。我的宗旨是，战胜那个体系。你知道，肉排的价格是一样的，但是肉排的大小却不一样。付同样多的钱，有时候得到的会大一点，有时候会小一点。肉丸也是同样的道理。是给你一份地道的希腊肉丸，还是可怜的小肉球，要看店主的心情、手艺、配料和良心。"他又停顿了一下，看向我，确认一下我是不是还在听。

"一份香肠才能满足中午的饥肠辘辘。不论在哪儿，它们的大小和价格基本上是相同的；另外，香肠的料理方式很少会出错。记住了，首先，一定要选雅典卫城；其次，一定要选香肠。除非饿得等不及了或者情况特殊，再选择别的。一份弗里坎德尔肉末香肠、一份切巴契契肉卷、一份俄罗斯烤肉串、一份土豆煎饼，如果你能吃下，那也是可以的。"说着，他直接在盖尔森基兴-布尔的雅典卫城门前停下了车。

有六种香肠可供选择：煎香肠、咖喱香肠、吉卜赛香肠、猎人香肠、洋葱香肠以及神秘且风味浓郁的希腊美食——梅塔克萨香肠。巴本选了猎人香肠，因为他自称超级喜欢菌菇。我选择了咖喱香肠，因为就像大家普遍认为的那样，年轻人通常行为保守，不喜欢尝试新鲜事物。巴本喝水，而我选了汽水。他还点了薯条栅栏，也就是有蛋黄酱和番茄酱搭配的薯条餐："假如你妈妈知道你在我这儿不吃沙拉之类的东西，她可能不会同意。"

他完全没有担心的必要。我妈妈煮的饭绝对不会比雅典卫城的店主做的更健康。我们经常出去吃饭。海科也会定期找麻烦。

他会折磨服务生，让他们把没有问题的餐食送回厨房，让大厨出来和他说话，讨论烤羊排的正确方式，尽管他对此一窍不通。让我觉得最糟心的是，海科吃得很少。这是他的生活方式，正如他时常宣称的那样："只有穷人才需要光盘。我没有必要。"之后，他会在我们用餐过程中开始抽烟。

如果他有什么不满意，就会在他的鲷鱼或者昂贵的牛排的配菜上掐灭他的香烟，让惊恐的服务生们前来收拾。他很清楚他们痛恨他的行为。但是，他又会用大额的小费来羞辱他们。他以服务员们不得不忍受他的荒谬行径为乐。

如果食物合他胃口，他又会表现出如孩童般的兴奋。他会想要知道所有的料理细节，花很长的时间询问服务生他们是哪里人，说要和他们一起畅游科索沃或者希腊。他不在乎我们要点什么。因此我可以尝遍世间所有味道。在这一点上，他一样地让人难以揣摩。他很麻烦，但也能给人带来惊喜。

我们一家是那种很难缠的客人。于我们而言，其他人都不过是服务员罢了。从前的我因为少不更事，会和杰弗里乐此不疲地模仿海科的把戏。我们把饮料洒得到处都是，一筐一筐地点面包，把它们撕成碎渣，摊在桌子上，点的菜碰也不碰，或者叫嚷着问冰激凌上为什么没有双份奶油。

直到几个月之前，我才开始质疑那样的行为举止是否妥当。不过，我的反思并非源于成熟，而是青春期的一种正向副作用：和妈妈、海科划清界限。

现在，我就在鲁尔区的雅典卫城中，坐在高脚桌旁的高脚凳上，看着我父亲忘我地吃着他的香肠。看起来它们非常合他的胃口——前提是他战胜了体系，没有点肉排。"怎么样？好吃吗？"他问我。然后，他招手示意柜台后的摊主，用大拇指和食指做了一个O型的手势，喊道："棒！"

因为刚好想到海科，一个问题进入了我的脑海。我很想和巴本谈谈我出生前的秘密："你认识海科多久了？"

巴本看起来有点意外，也好像有点生气，因为他说："你为什么总是问起海科？他有什么吸引人的？"

我原本想到的问题是，你亏欠他什么。但是，这样问显然不合适。再说还有妈妈。

"你是怎么认识妈妈的？"

"她从来没有和你说过我们的事吗？"他反问。

"她基本上没有提过你，这你也知道。她只说过在她怀着我的孕晚期，你们一起去度假，我在度假途中出生，之后你们很快就分开了，接着就是海科。"

所有的事情这样一掠而过，或许令人难过，但这也清晰地说明了，我们家不会谈论起他，他在我从前的生活里无足轻重。妈妈不给他机会，一想到这，想必他会有点痛心吧。"然后，你们还一起在普利特维斯度假，"我补充道，"有一张你俩的照片。后来它不见了。"

巴本喝了一口水，走向柜台付钱。上车后，他摇下了侧面的窗玻璃，说："你妈妈和我是在青年舞会上认识的。"

"在什么上？"

"这是我们那边对迪斯科的叫法。迪斯科是一个西方词语，没被采用。当时，党内的人需要不断地创造一些词出来，所以，在正式的语言里也没有DJ，而是SPU，全称是唱片艺人。我没开玩笑。"

我也没有笑。我不理解他的话。"什么叫作'我们那边'？"我不解地问。

"就是，在德意志民主共和国。"

那一刻我感觉自己愚蠢至极。妈妈提过她来自一个叫作贝利茨（Beelitz）的地方。当然了，我从未思考过那是哪里。我也没有祖父母可以让我去做客，或者他们来我们家做客。妈妈的孩提时代对我来说不是什么问题，就好像她的生命是从她和海科在一起以后才开始的，她之前的所有都只是一个黑洞。

"无所谓。随便它了。我们是在青年舞会上认识的，就在成人仪式前不久，像你现在这么大。她的确是自由德国青年[①]里最漂亮的女孩，我想和她一起过成人仪式。"他又快速地看了我一眼，似乎意识到他把事情搞得过于复杂了，"我们立刻就成了一对儿。海科刚开始根本没注意到。他嫉妒得让人难以置信。"

"因为他也想追求妈妈？"

"不是。因为我从此就没有时间和他在一起了。他曾是我最好的朋友，从少年先锋队时开始，我们曾经形影不离，后来苏珊娜出现了。之后，不知道从什么时候开始，他想通了，我们就成

---

[①] 德意志民主共和国（原东德）的共青团组织。

了三人组。"

"那是多久之前的事?"

"有些年头了。那是1986年。我们一起度过了一个美好的夏季,"他出神地说,又把车子开回到之前他登门拜访的房子前,停好车说,"我还想试一次。"

"我和你一起。"说着我下了车。我们一起走向一栋有十间公寓的房子。有一些露台上有装备,有一些还没有。巴本停下来,用手指着房子,轻声说:"一楼,左手边;三楼,右手边1号;三楼,左手边2号;五楼,右手边1号。"

"你在那儿做什么?"

"我在想应该按哪个门铃。"他说,然后我们观察了这栋楼,大门没有关。

巴本娴熟地走向一楼左手边,看着门铃牌,上面写着"潘舍夫斯基(Panschewski)",他果断地按下门铃。我们听到里面响了两声,接着是沉重的脚步声和沙沙声。显然有人在透过猫眼向外看。最后,门被打开了一条细缝,只允许上面悬挂着的安全链条穿过。

"什么事?"

"您好,我叫巴本。"我父亲愉快地说。他已经说了上千次,知道对方几乎没有理由反驳,他接着说,"刚才我站在您的房前,您的房子引起了我的注意。"

"这不是我的房子。"潘舍夫斯基说。

"好吧,我的意思是,在您,潘舍夫斯基先生,居住着的这所房子前。"

"您是从哪儿知道我的姓的?"那位老人愠怒地问。

"就在门铃牌上写着。"我父亲耐心地说。我始终不曾拥有那种耐心。

"这引起了您的注意?"

"算是吧,在我按门铃的时候。但是之前就有其他东西引起了我的注意,当我们站在您的这所房子前时。"他试图引回正题,但潘舍夫斯基不给他机会:"还要多久?我还在做布丁。"

"噢,很美味。"我父亲没有放弃努力。

"只是为我自己准备的。如果您误解为我可以和您分享,那您可能要切到手指了。"

他的意思是要么切到手指,要么包扎。

"不是的,谢谢。我们绝不是想吃您的布丁。"

"那您想干什么?"

"我想提醒您,您的露台上没有遮阳篷。"

那个郁郁寡欢的矮个子目光呆滞地看着我父亲。"谢谢,"他说,"我早就知道了。还有别的事情吗?"

"我觉得我们可以聊聊。您知道吗?没有一顶漂亮的遮阳篷,那露台也就形同虚设了。"

"我不到露台上去。"潘舍夫斯基说着便准备关门。

"万一要去呢。您会用得着一顶遮阳篷的。"我父亲哀求道。通常此刻应该把一只脚伸进门缝里,虽然有点非法闯入私人住宅的意味。

"只有在需要到露台上的箱子里取啤酒的时候,我才会到露台去。所以,我不需要遮阳篷。"潘舍夫斯基很确定地说。

"或者有人来做客时。"巴本继续,尽管交易已经结束了,潘舍夫斯基家里不会配备遮阳篷。

"没人来我家里做客。"说完,那个小老头问,"为什么您这么在乎?您是遮阳篷代理人吗?"

罗纳德·巴本伸手从内袋里掏出一张卡片,强行从门缝塞了进去:"我不是代理人。我是直销的。对。专营遮阳篷和各种奇妙的创意。"

"所以呢?"潘舍夫斯基说,他想回去继续做布丁。

"如果您以后想买,您打电话给我,我会很高兴的。"

"行吧,行吧。"老人说着关上了门。

罗纳德·巴本转过身来对我说:"就像这样,我没有啃下这颗榛果,不过,还有三颗在等着我啃呢。"说着他走向三楼,我跟在他的身后。他计划按三楼右侧最外面那扇门的门铃。刚一碰到门铃,对面的那扇门开了,一位太太神神秘秘地说:"您根本不用按,她不会开门的。她有恐惧症。"

"哦,"罗纳德·巴本说,"谢谢您告诉我。"他转过身,走向左侧第二间公寓,准备按门铃。

"您不想找我,还是怎么着?"那位邻居失望地说。

"抱歉,是的,"巴本说,他还挺机智的,赶紧补充说,"您已经有遮阳篷了。如果您不打算换新的,那我就只能按旁边的门铃了。"

"他们也不会开门的，"她说，又从门内探出来一点，"他们也有恐惧症。"

就在那一刻，第一扇门开了，一位更年轻些的太太探出头来："谁按了我的门铃？"

"是你在臆想。"邻居太太语气不善。

"别惹我，你这个夜叉。"那位年轻的太太对邻居说。

"滚回去，没人想和你打交道。"邻居说。

"确切地说，是我们按了您的门铃。"巴本说道，他试图平息这两位太太之间的争端，"我从外面看到您……"还没等他说完，那位年轻的太太就拿起了一把扫帚向她的邻居挥了过去，这打到了他的腿。

"看吧，她就是个疯子。"邻居太太说。这时第三扇门也打开了，一位先生冲了出来："又开始了？天天都是一样的破事。"

"您好，我从外面看到您有一个露台。我想您可能会有需要。"

"什么？"那个男人根本没听巴本说话，因为他正忙着夺走年轻的太太的扫帚，同时把那个邻居太太推回屋内。

"关于您的遮阳篷。"

"什么遮阳篷？"

"您缺少的遮阳篷。"

年轻的太太用力地关上了门。那个邻居太太站到巴本面前说："霍斯特（Horst），他想要卖给你一顶遮阳篷。"

"话不能这么说。但是，您可以考虑一下是否需要购买。"

霍斯特把扫帚靠着那位年轻的太太的门放下，开始喘息起来：

"遮阳篷？我要遮阳篷做什么？我的麻烦够多了。我绝对不会再让一顶遮阳篷缠上自己。"

没等巴本继续说什么，霍斯特和那位邻居太太已经各自消失在他们的公寓里了。砰，门关上了。巴本揉了揉他的大腿，说："盖尔森基兴的生活很精彩，对吧？"接着他走向五楼，走向右侧第一扇门——罗森（Rosen）家。叮咚。

"要给他们一点时间，不要过早灰心丧气。"他低声说。

等了好一会儿，门才打开，出来一位中年妇女。

"您好？"罗森太太说。

听完罗纳德·巴本的那套介绍词后，那位太太和善地说："如果您是来推销遮阳篷的，那我很抱歉，我没有钱，抱歉。"

"没关系，"巴本说，"我还有些其他的创意，不是徒有外表的东西，总有一款您会用得上。"

"分期付款肯定不行，我也做不了这个主，我丈夫会杀了我。"她看向巴本的一侧，看到了他身后楼梯间里的我。

"你是谁？"她问。

"是我女儿。她在我这儿度假。我觉得她可以陪着我，顺便也看看她父亲都在做什么。"

"然后呢？是不是很无聊？"罗森太太问。

"一点都不。"我说，"我可以用一下您的洗手间吗？"

罗森太太打开门说："当然可以。"紧接着嗖的一下，罗纳德·巴本也进去了。

我给他留了两分钟的时间和那位太太攀谈。这期间，我必须一直待在洗手间里。其实，我在客用洗手间里看他们猫咪的照片。然后，我洗了手，走了出来。这个小计谋或多或少成功了。我们跨进了门。可惜，罗森夫妇已经有太多的分期账单要付了。罗森太太直言不讳地说会把所有电话购物热线拉到黑名单里。也就是说，他们不会再购买任何东西。事实上，他们家里一半的地方都放着从来没有用过的东西，有些东西的包装甚至都没有拆。

巴本和她道别，留下了他的名片——也许情况会改善呢？之后我们就走了。我用左手扶着楼梯扶手的塑料护栏向下滑行。楼梯间里回响着我们的脚步声。

到了楼外，我转过身来，面朝父亲。他现在看起来有些疲倦，不是心灰意冷，而是虚无，就好像失去了自己的使命一样。

此刻我什么也做不了。我走向他，拥抱他，拥抱那个以前形象模糊的、忧伤的、不懈努力着的、温和的男人，像一个女儿所能做的那样。父亲丢下装着样品的袋子，拥抱了我。在那里，在盖尔森基兴-布尔-哈瑟尔，我第一次触摸到了我的父亲。之后，我终于明白我人生的前十五年里始终在渴望什么——那极度缺失的一部分。

最后，我们走向汽车。直到今天我依然相信他的感受和我的是一样的。不管怎么说，当时的他已经完全没有兴趣继续登门了。

回家的路上我们没有过多地交谈。或许他能感受到我的震惊和气愤。我的每个毛孔都感受到了他的内疚。让我气愤的，不仅仅是他的全无收获和那些人都不肯让他进门的事实。他的逆来顺受、他的温文尔雅，也惹怒了我。再愚蠢不过的是，明明知道他们会立刻将他的名片扔进废纸篓里,他还坚持留下了名片。

"我无法理解你为什么要这样对自己,"我脱口而出,因为上下班高峰,我们在高速公路上缓慢地移动,"现在不要和我说什么乱七八糟的灯塔守护者!"

"我也没有别的办法。"他说,然后是长时间的沉默不语。

过了一会儿,他说:"你知道最棒的是什么吗?是你在最后那扇门前突然着急上厕所。如果不是因为你急着上厕所,我根本进不去。虽然最后没有成交,但是,那一刻实在是太巧了。"

"爸爸?"

"什么?"

"我不是着急上厕所。那只是一个小小的计谋。"

听了我的话后,他没再说什么。我也明白了,要卖掉这些该死的遮阳篷,只有一条路可走。

我知道有一个方法可以成功,那是最后的,也是他从来没有尝试过的办法——撒谎。

# 第十天

罗纳德·巴本的周末就是算账和读报。他很早就出去买早餐和日报了。趁着他不在,我保证水洼不会干涸,还在沙滩上闲逛。没有阿利克的日子,我着实有点无聊,不过他周末一般都不在。他和我解释过他要留在家里,就好像他要照顾孩子一样。事实上,他们家在周末要外出购物、打扫卫生、洗车或者做杜伊斯堡-梅德里希这儿的人都会做的其他事情。

刚开始的几天里,我觉得这个世界里的职责、工作、固化的习惯是那样地刻板,令人窒息,让人觉得可笑。房屋后面用来拍打地毯的架子、走廊里的洗衣机架、公寓门外的鞋架,都是那样"小市民",散发着各种异味。我们驶过的街道、我见到的那些房子看起来是那样拘谨、窄小,让人不禁联想,躺在床上是不是就能听到楼下的呼噜声。这就是它们呈现给我的一切。

我从前只了解哈恩瓦尔德。在那里,人们可以放心地在街上玩耍半个小时,也不会有一辆车经过。我们从来不拍打地毯,就算要拍打,也是在花园里。鞋子是收进一体柜里的。我们不用架子,除非有人自己做一个。我们也不会跳进开放的水域。以前,我把所有的一切都看作是理所当然的。事实上，那里的确如此，当然，只是在那里罢了。在鲁尔区的广袤土地上，人们的看法则截然相反，他们认为这里才是正常的世界，海科和我妈妈的露台一定不是。假如有一天地球加速自转，我们在盖尔森基兴拜访过的那些人看起来会早已做好了准备。

五年级的时候，我曾经有过和离心力有关的恐怖的幻想，离心力几乎是我在物理课上唯一记住了的知识。我幻想某一天地球奇迹般地加速自转，离心力把我甩到了太空。当时，老师说目前还无法预料未来会发生什么。他在开玩笑，可是万一真的发生了呢？

我小时候的这个幻想如今转换成了一种哲学思考：鲁尔区的人或许能稳当地抓紧地球，因为他们不需要思索该抓紧什么，他们的选择太少了。尽管说不明白，我还是有种感觉，理论上来说，和我那些极度缺乏安全感的、脆弱不堪的邻居相比，他们更容易附着在地球表面。在那之前，我一直以为哈恩瓦尔德以外的其他地区都是充满困苦、危险、不稳定的。如今，我的看法发生了逆转。这些人很清楚垃圾什么时候会被运走，登山合唱团什么时候组织排练，退休之前还要工作多久。和我那一直担心自己的命运会不会被财政局、糟糕的商业方案、卑鄙的生意伙伴摧毁的妈妈、海科相比，他们更加轻松自在。事实上，我那个由芦荟面霜和各种家具搭建起来的小世界里的人生，似乎比布尔的潘舍夫斯基的人生面临着更多的危机。

独自待在小隔间里时，诸如此类的想法总会在我清晨刚醒来或者夜晚入睡前涌入我的脑海，让我变得不安。我并不擅长思考，所以，我感觉很不好。一个想法会引诱出一些我打内心深处不愿意去思索的问题。在那之前，我一直认为那些问题都是成年人的，譬如老师或政客要思考的。而现在我却在思考这里的生活和我家那边的生活之间的区别，将它们进行比较，接着开始质疑我从前的生活。最后这一点尤其困扰我，甚至让我觉得烦恼。我的世界偏离了它正常的轨迹，开始摇摇晃晃，就像地球在加速自转。

阿利克却觉得很有意思。他比我聪明得多，也比我年轻，但我在情感方面比他有经验。我倒不是在炫耀，但如果阿利克又表现得比我聪明多了，我会想：好吧，真狡猾，可惜还是个小男孩。

我担心自己未来某一天会像煎饼被甩出电饼铛一般，被离心力甩出地球。这种想法把他给逗乐了。他简明扼要地说，地球引力暂时还不会让如此糟糕的事情发生。

阿利克留在家里帮忙。在利用巨大的惯性打败离心力的时候，我和父亲吃着小面包，尝试着让他喜欢上我调换的频道。他最喜欢收听的节目是几个成年人几个小时里在那儿一本正经地聊天。我实在无法忍受那样的喋喋不休。或者他会播放音乐。他这两天提议听听 Stern-Combo Meißen[①]。看来是时候买点别的唱片了。

正当我想说服父亲和我一起去游泳或者去买一台新电视机的时候，吕茨和阿希姆走进了仓库，问我们想不想和他们一起去。

去哪里？去丁斯拉肯（Dinslaken）。丁斯拉肯有什么？沙尔

---

[①] 20世纪60年代早期的摇滚乐队。

克。什么沙尔克？踢球的地方。所以呢？可以去看看。"

"绝对不行。"我说。

"我俩都会来。"我父亲欣然说道。

"好极了。"吕茨回答道，"你来开车。"

他们显然是因为需要一个司机才来问我父亲的。真奇怪，尽管吕茨整天都在修理汽车，他自己却没有车，至少没有一台能发动起来的车。或许他也算不上什么厉害的汽车修理师。

于是，我们坐着罗纳德·巴本的面包车前往丁斯拉肯。我问远不远，阿希姆回答说也就半个小时。在鲁尔区，到哪里都是半个小时的车程，不论是东部的杜伊斯堡，还是埃森、波鸿（Bochum）或者丁斯拉肯。理论上来说，到所有的地方都是半个小时。奇特的是，事实果真如此。

阿希姆和吕茨肯定是杜伊斯堡足球俱乐部的球迷，哪个俱乐部位置离得近，他们就对哪个俱乐部有好感。理论上来说，从我们的码头出发，只要跨过一条铁轨或者跨过边界上的那条公路就可以到那儿。吕茨有一次还说，天气好的时候，在我们那儿都能听到裁判的哨声，虽然我们从来没有听到过。从孩提时代开始，吕茨和阿希姆就一场不落地看了斑马队[1]的每场比赛。他们甚至愿意为了这支球队去死或者杀人。在去的路上，吕茨说他有一次在加油站偶遇了伟大的埃瓦尔德·利宁[2]，那之后他激动得连续三天

---

[1] 杜伊斯堡足球俱乐部球队昵称，因其传统的条纹球衣而得名。

[2] Ewald Lienen，1989年加入杜伊斯堡足球俱乐部，目前是圣保利足球俱乐部（FC St. Pauli）的技术总监。

都无法入睡。他懊恼当时忘记和利宁说，只要利宁愿意，他会毫不犹豫地替他杀了诺贝特·西格曼[①]。真假无从得知，毕竟他都没有勇气在加油站和利宁打招呼。

阿希姆在路上说，知名俱乐部喜欢在赛季前的准备期和非职业球队打比赛，利用这个机会选拔年轻的人才，也就是俱乐部的未来新星。所以，这场沙尔克04的球赛不能不看。这是一个可以观察对手的机会，毕竟沙尔克是敌人。

这个敌人几周前刚赢得德甲亚军。本地的杜伊斯堡俱乐部则从亚军晋级德甲冠军，接下来就要和沙尔克对战了，所以要事先考察一下要交锋的对手。另外，前几周里，红白埃森从德甲第二名降至第三名。说着，后座上传来一阵兴奋的骚动。阿希姆怀疑，无论是红白埃森的降级还是沙尔克的亚军都是证据确凿的阴谋。接着他又说起那个地下隧道，说像多特蒙德、沙尔克这样的顶级球队会挖走其他俱乐部的很多人才。这种事情他可以说上一个小时，因此，这期间我不得不用"为什么"来打断他。

到了丁斯拉肯之后，阿希姆和吕茨迅速地拿到了阵容图，开始对盖尔森基兴球队进行分析。比赛还没开始，他们就已经对战局了如指掌。接着，他们讨论相当年轻的拉尔夫·费尔曼[②]未来是否会成为国家队的守门员。万众瞩目的沙尔克夺冠之后，他可能会立刻转会到国外的俱乐部，可能是西班牙，最差也是慕尼黑。

---

[①] Norbert Siegmann，德国前职业足球运动员，1981年，因犯规使得埃瓦尔德·利宁严重受伤。

[②] Ralf Fährmann，司职门将，曾有转会记录，现为沙尔克04队队长。

这取决于他对俱乐部的忠诚度。费尔曼将是一名炙手可热的球员。

还有一位年轻的守门员,叫曼努埃尔·诺伊尔①。吕茨和阿希姆预言他是一个恋旧的人,不会更换俱乐部。他在布尔长大,阿希姆说,这就是盖尔森基兴人的恩惠和责任。"这种人会永远留在那里,他们会主动放弃追求伟大的事业。"吕茨一边说,一边划掉了那个守门员。如果沙尔克里都是像曼努埃尔·诺伊尔那样毫无野心的球员,那么杜伊斯堡的未来就没有什么大风险了。

听着他们神乎其神的解说,罗纳德未作任何评论,显然,他对足球的了解还不如他对他朋友的。他只是想陪在他们身边,在阿希姆和吕茨对沙尔克的另一名年轻球员进行点评时表现出深有感触的样子。"赫-韦-德-斯(Höwedes)。"阿希姆大声念出这个姓氏,并在球场上寻找他的球衣号码。那也是一个年轻人,青年球队的后卫和队长,显然今天是在候补席,阿希姆说那是因为他的名字取得不好。"贝内迪克特(Benedikt)。"他一边戏谑地说,一边在阵容图上指给我看,好像必须向我证明那个年轻人的确是叫这个名字。

"是的,两者有什么关系吗?"我问道。

"金!看来你真的不懂。是这样的,贝内迪克特是一个乳名。"

"可是教皇也叫贝内迪克特。"罗纳德·巴本弱弱地插嘴。

"教皇其实叫约瑟夫(Joseph),"阿希姆挑衅地说,"不明白他中了什么邪要改名。不管怎么说,他叫约瑟夫。好吧,泽普

---

① Manuel Neuer,司职门将,现效力于德甲球队拜仁慕尼黑足球俱乐部。

（Sepp）。泽普才是球星的昵称。"

"什么是球星的昵称？"我问。

"就是，泽普。格尔德（Gerd）、曼尼（Manni）、霍斯特（Horst）、弗里茨（Fritz）、弗朗茨（Franz），还有贝尔蒂（Berti）。"吕茨说。

"维利（Willi）、吕迪格（Rüdiger）、克劳斯（Klaus）、京特（Guenther）、贝尔纳德（Bernard）、卡勒（Kalle）和埃瓦尔德（Ewald）。"阿希姆补充说。

"但不该是贝内迪克特。贝内迪克特就像马克西米利安（Maximilian），或者米夏埃尔（Michael）。你来说说看，有哪个著名球员会叫这个名字。"

"告诉我有哪两个球员叫贝尔蒂。"罗纳德说道。

"你不要插嘴，"阿希姆勒令巴本闭嘴，毫无疑问，他乱了阵脚，"不管怎么说，只有当你要买一只小豚鼠或者要成为教皇的时候才会起贝内迪克特这样的名字。但它不适合足球运动员，就像曼努埃尔这个名字。我确信，因为这个，赫韦德斯进不了德甲球队，他永远不会成为杜伊斯堡的对手。沙尔克正在自毁前程。"

比赛第四分钟，一名叫格拉尔德·阿萨莫阿（Gerald Asamoah）的球员进了第一个球。比赛过半的时候，进了第七个球，其中一个是丁斯拉肯的。沙尔克的教练斯洛姆卡（Slomka）频繁地换人，下半场的时候，球场上的沙尔克几乎成了一支全新的球队。阿希姆和吕茨继续对新球员评头论足。他们大致得出一个结论：在正在开始的赛季，杜伊斯堡可能会夺冠，从原则上来说，概率很大，只要看看对手沙尔克 04 的球队里几乎没有什么可用之人就知道了。他们把中午的那场伟大胜利称作"发光手榴弹"，把不时从我们身边跑来跑去的一名身材消瘦的小伙子称作"得了软骨病的骷髅"。他的球衣号码是 17。

阿希姆在阵容图上找到一个球员。"梅苏特·厄齐尔[1]。"他轻蔑地说。他还把"齐"念成了"兹"。接着他兴奋地说："我说什么来着？我告诉过你们。他是个新人。从哪儿来的？红白埃森。这里写着，原俱乐部 RWE[2]。他被挖走了。大概上周他在红白埃森还名不见经传，之后就从地下被挖走了，通过地下隧道，咔嚓，重新出现在矿工锻造所[3]。应该给他父母打电话，告诉他们他现在在沙尔克。"

球场上的那个年轻人听到有人提自己的名字，害羞地看向我们这边。他有一双大眼睛，眼神哀伤又美丽，笑起来却像一个痞子。我喜欢他。梅苏特，十六岁，满脑子都是闻名全球的梦想，他就在我眼前跑动着。

吕茨觉得他在做梦："瞌睡虫布比（Schläfer Bubi），太瘦了，缺少力量，溜肩，短下巴，总之就是成不了气候。"完全不同于以往的来自北莱茵 - 威斯特法伦州（Nordrhein-Westfalen）的足

---

[1] Mesut Özil，一名土耳其裔德国前足球运动员，2005 年，厄齐尔加入德甲的沙尔克 04 青年队，开始其职业生涯。

[2] 红白埃森俱乐部（Rot-Weiss Essen）大写首字母的缩写。

[3] Knappenschmiede，为沙尔克青训营名称，其直译为"矿工锻造所"。由于地处作为欧洲采煤中心之一的盖尔森基兴，"矿工"这一概念对沙尔克 04 而言，意味着历史、文化与继承，也是球队的精神象征。

球天才——卡尔-海因茨·鲁梅尼格[①]。阿希姆模仿他的铲抢动作，给我们展示应该怎么跑动，怎么样才算真正的威斯特法伦球员，像鲁梅尼格那样的威斯特法伦球员。小个子厄齐尔永远无法拥有鲁梅尼格那样充满进攻性的脚法，天生就没有，基因里就没有，他说。

阿希姆也加入进来，补充说："还是土耳其人。把太多的精力放在了家庭上，所以无法专注于体育。"全程都毫无兴致地听我们讨论的父亲说："我有种强烈的感觉，他应该是在这儿出生的。那他就不是土耳其人。"

阿希姆转过头去，像对孩子说话一样纠正道："巴佩！足球运动员不会叫梅苏特·厄齐尔，尤其当他们是土耳其人的时候。他们会叫塔米尔（Tamir）、塔尔坎（Tarkan）或者塔伊丰（Tayfun）。这才是能赢球的球员的名字。"

"或者贝尔蒂。"吕茨说道，他已经没有兴趣深究这个话题了。

"好吧。来赌一把。这个小伙子，梅苏特·厄齐尔，永远不会在沙尔克04U19青年队中出线。最多两年后他就会被丢进通往黑尔讷的地下隧道，消失在河里。一百欧元。"

其他人都觉得两年太久了。吕茨说阿希姆想要霸占赌注，两年后假装赌局没有存在过。他坚持要打一个马上可以看到结果、分配赌资的赌。

"我赌厄齐尔今天一个球都进不了。"吕茨从夹克口袋里掏出

---

[①] Karl-Heinz Rummenigge，曾于1980、1981年蝉联欧洲金球奖，1982年获得世界杯银靴奖，是20世纪80年代初期最伟大的球星之一。

五欧元。

"他甚至会被换下场。"阿希姆说着也放了一张纸币。罗纳德·巴本看着我,看出来我赌梅苏特,他也赌梅苏特,说:"恰恰相反。梅苏特·厄齐尔今天至少会进三个球。"他加了十五欧元。由我来保管大家的赌注。

梅苏特·厄齐尔进了三个球之后,阿希姆踢了一脚我们靠着的护栏,走向我们的车,坐了进去,等着我们。回去的路上他一言不发。我觉得,像他那样的足球专家确实难以接受我父亲这样的门外汉赢走了所有的钱。

# 第十二天

今天的目的地是博特罗普（Bottrop）和格拉德贝克，这两个地方距离我们这儿都是半个小时的车程。出发之前，我想见识一下我父亲那些创意十足、据说可以改善人们生活的发明创造。

吃早饭的时候我和他提了我的想法，他说那些设计都是成功的，只是还没有申请专利，所以还是机密。我说他完全可以信任我。我还小，不会偷他的发明创造；再说了，是作为他的女儿我才感兴趣的，不是出于商业目的。

"好吧。"罗纳德·巴本说着拍掉衬衫上的几块面包屑，站起来，和我一起走到用来把居住区和仓储区隔开的挂帘后面。我跟随他走向他的车间工作台，那上面有很多图纸和工具，旁边有一个小木匣。他把它打开，从里面取出一根窄窄的纸板条。这纸板条像火柴那么长，但比火柴略宽。

"知道这是什么吗？"

"一根纸板条。"

"这是一根湿度指示器。"

"啊哈。用来做什么的？"

他把纸板条放在我的眼前，煞有介事地说："我在路上见过无数的露台，所以也就见过许多的……"

"露台上的家具？"

"花槽。花槽里都有什么？"

"花？"

"是泥土！"他兴高采烈地说道。他耐心地和我解释怎么看泥土的湿度。用他的纸板条（他还没有想好给它起个什么名字）来检测，就可以知道泥土是否足够湿润。只要把纸板条插进花槽或者花盆里，几秒钟之后，纸板条上出现了水分浸润的痕迹并且在上升，那就说明泥土比较湿润；否则就说明泥土太干，需要浇水。从理论上来说，只要把纸板切割成条，做上标记就可以，生产程序不是很复杂。他设想的是每十根一组出售，或者一百根一大盒，后者需要好好地包装一下。当然了，还需要给这个产品起一个好听的名字。为此，他已经花了不少时间，最后还要申请专利，否则，那些拥有营销手段的行业巨头会立刻毁掉这个买卖。

"怎么样？你想说什么吗？"

"天才。"我说，我不想打击他的积极性。无须这个指示器，不花一分钱，只要把食指插进花泥里，就能同样高效地判断花泥的湿度。他是如此地痴迷于他的创意，以至于没有想到这一点。我相信，他从未和别人说起过他的创意。

他小心翼翼地把纸板条放回小木匣，说他还发明了另外一样东西。那更令人赞叹，但目前还只是样品，不过已经有三户人家愿意听他的介绍。他在等待一个真正的订单，确定之后就可以根据尺寸进行制作了。

然后，他走向一个很大的金属柜，打开门，拿出一张折叠起来的大幅薄膜。他小心翼翼地把它放在地面上展开。那是一块常见的绘画薄膜，长宽都是三米。他在边上通过数不清的小孔绑上了橡皮筋，让它整体看起来就像一张塑料床罩。

"旅途中，我一直都在关注家居用品的一个特别之处。"

他像在等待我追问。于是我问他："啊哈！那是什么？"

"很多人给他们的软装家具套套子。他们不希望昂贵的家具被磨损或者变脏。这也可以理解。只有当贵客来家里做客或者他们自己想要欣赏一下的时候，才会拿掉套子。这招还挺管用的，可以让套子下的家具完好无损。有的家具被保护了十几年，有的还是被磨损了，有的可以说是被所有人踩踏了一遍……"在极度的紧张之下，我屏住呼吸。"那就是地毯。但是，巴本的地毯薄膜会结束这一切。人们只要把入户地垫、客厅地毯装进量身定制的透明保护套里，就不用再担心污渍、灰尘和螨虫了。另外，透明的设计也让地毯的颜色和图案一览无余。"

我父亲认为会有人把自己的地毯放进他的薄膜里。是的，巴本的地毯薄膜。他真是太没见过世面了。

"怎么样？绝妙吧？"

"真是绝妙。"我微笑着说，尽管我认为踏在塑料上的感觉和踏在波斯地毯上的感觉应该很不相同。我懒得质疑，看着我的父亲。他站在仓库的中间，手里拿着地毯薄膜，由于时间和薄膜静电，他的头发竖立着。他看起来像一个发明家、一个开拓者，像唯一的什么都知道的人。在那一刻,他看起来真的很快乐。

海科也是这种类型的人。我心想,他们俩还真像,比看到他们第一眼时感觉到的像多了。这两个男人都痴迷于变革,都在改造产品,创造新产品,挖掘市场。他俩的区别在于,我父亲是一只贫穷、失败的虱子,而海科则自信和成功得近乎爆炸。不过有一点他俩非常一致,那就是他们对机遇的笃定。我父亲的信心从未衰减,而海科不会让我或者你勉强接受不符合他自己的期待的东西。我猜,这就是一个人失败,而另一个人成功的奥秘。

在博特罗普-博伊(Bottrop-Boy)区,罗纳德·巴本标记好他的目标区域后,我们就从第一栋楼开始了。里面有十二间公寓,只有一半装上了遮阳篷。罗纳德·巴本认为,成败五五开,他对准我做了一个弹指。十来分钟后我们就出来了。想到今天一整天都要如此度过,我开始变得焦躁不安。因为这意味着第二天、这一周和之后的日子可能都是如此重复。去下一栋楼的路上,我说:"我可能需要再上一次厕所。"

"真的吗?那我们等会儿问一下行不行。"

说不清楚他是看穿这只是我的一个小诡计,还是真的相信我必须上厕所。刚到下一栋楼的大门口时,我们就闻到了一股刺鼻的气味,仿佛楼里住着一根超级咖喱香肠。按了两次门铃后,门开了,是一位老妇人开的。罗纳德又开始了他的开场白,说他从外面发现她还没有遮阳篷。老妇人回答说她等房东安装一顶遮阳篷已经等了很多年了。这种话巴本也听了很多遍,他说愿意展示两款产品,或许房东会愿意付钱,毕竟很便宜。但是老妇人不同意，因为她在等她的儿子。

说时迟那时快，我从他身后闪了出来，说憋不住了。但那位老妇人严厉地看着我，脸上突然闪过一丝怀疑。她说很抱歉，她的儿子警告过她不能答应这样的请求。大家都知道的，一个人在厕所，另一个人在客厅，一定会有注意不到的时候，一个礼拜之后会发现卧室抽屉里的首饰都不见了。

"看在上帝的分上，"巴本惊愕地说，"我真的希望您能别这么看待我们。"

交谈到此为止。人要知道自己什么时候输的。于是，我们道别后又上了一层楼。还是一位太太开的门。还没等巴本结束他的开场白，走廊里的电话响了起来。那位太太表示了歉意，然后我们看着她拿起电话，听她说话。

"我是博尔内（Borne）。你好，希尔德（Hilde）……啊哈……是的，他们就在门外。上厕所……不！想什么呢……谢谢你告诉我这些。你有百里香吗？我急着要用百里香。真不巧。好吧，不管怎么说都要谢谢你。再见。"

第三户是一个年轻男人开的门，他只是来做客的，对遮阳篷丝毫没兴趣。在按下三楼的门铃之前，我突然有了一个主意："爸爸，或许我们应该调换一下。我是说，也许由你去上厕所更好。"

"但是我不想去。"这个男人有时候会把我逼到发疯的边缘。

"你应该去。我们可以再尝试一次。他们不信任你，但是他们或许会信任我。至少咱们应该尝试一下。"

"那我应该说什么？您好，我急着要解手？这肯定行不通的。"

"还是和你之前一样。如果你觉得正常进门行不通,也不可能行得通,你就询问是不是可以用一下他们的卫生间。"

我伸手按下门铃。鲁特科夫斯基(Rutkowski)。啪嗒啪嗒、咯噔咯噔、嘎吱嘎吱,门开了。

"什么事?"男人说道,看来他刚刚还在睡觉。后脑勺的白发直立着,让他看起来非常滑稽,就像一位对他的交响乐团感到沮丧的指挥家。

"您好,我叫巴本。希望没有打扰到您。我想和您说的是您的露台上还没有遮阳篷。"

那个男人透过眼镜向外探望,不算不友好地回答说他有一把遮阳伞,基本够用。

"当然,遮阳伞也不错,用起来非常方便、灵活——除了有立杆和底座。但遮阳篷就没有。"

那个男人看起来至少不像会伺机用遮阳伞捅巴本。"我非常怀疑您到底是不是卖遮阳篷的?"鲁特科夫斯基问道。

我从旁边趁他不注意捅了一下我父亲。

"对的,是的。不过,等一下,请原谅我的冒昧,我是否可以用一下您的客用洗手间?我现在感觉很难受。我很快的。我今天喝了太多水了。"

男人有一丝迟疑,不过最终还是相信,一个看上去素养不错的人进入洗手间,一个女孩儿留在电梯间里,对他来说风险是可控的。他后退两步,把门进一步打开,让巴本刚好可以进门并立即左转进入洗手间。还没等鲁特科夫斯基注意到,我就跟着跨进了门槛。我靠在洗手间的门上对他微笑。他也朝我微笑，手里拉着公寓的门，他没有阻拦，因为我没有做出想要进入房内的举动。

"都是因为一场事故。"我说。

"您父亲遭遇了事故？"

"是的，骑自行车的时候。打那之后，他的下体就不太正常了。"

"不太正常。哎哟喂！"鲁特科夫斯基先生看着我，立刻摆出了然的神情。

我盯着地面，盯着他的家居鞋。我只能接着说下去。

"对他的职业发展来说，这场事故简直是灾难性的。"我做了一个长时间的停顿，"他真的很难。很少遇到像您这样善良的人。大部分人都会直接关上门。再说，他至少每二十分钟就要去一次洗手间。"

鲁特科夫斯基先生略微弯下腰，看着我的脸："所以你陪着他，减轻一下他的负担？"

"算是吧。当他需要到树的后面解决问题的时候，我就替他拿包。没有别的办法。他为此还挺难过的。"

好吧，有点画蛇添足了。鲁特科夫斯基可能会大笑起来，我可能也会。

"真为你父亲感到难过。"他满是同情地说。我第一次意识到那样的表演还不算过分。想要从一个人身上得到什么，你怎么说都行。

"是的，不管怎么说您都是一个好人。我从一开始就看出来了。"这才是关键性的时刻。总要在关键时刻回到正题上来。就是现在。

"或许您想为您的太太制造一个惊喜,从我父亲那儿买一顶遮阳篷?确切地说,您是为两个人带来了惊喜。"

"我是鳏夫。"糟糕。现在必须快速反应。

"还是两个人,我也算一个。我真的很期待能收到一台手机作为生日礼物。可是我担心父亲什么都不会送给我。遭遇事故之后,他的业绩受到了很大的影响。"好吧。随便扯吧。

我抬起头看着他,我的眼眶有点湿润,但是没有眼泪:一来,流泪不能没有表情;二来,我还没时间进行演练。从效果上来说,忍住眼泪比流下眼泪要好得多。克制住的眼泪在关键时刻代表的忧伤最为强烈。这是我多年以来在老师和警官面前积累、修炼来的经验。鲁特科夫斯基开始不安。他替罗纳德操起心来。

"我可以看看。"他说道。

洗手间的门锁转动了一下,罗纳德走了出来,带着洗过的手和脸上的微笑。"太感激了!"他愉快地说。

"来,来。"鲁特科夫斯基说着便拉着他的手臂走进了小小的客厅。罗纳德有点不明就里,只好跟着,不明白话题怎么转到正常的销售上去了。我一言不发,因为涉及技术性的话题时,我帮不上忙。最后,两个男人一起走上了露台,我父亲量了尺寸,做了记录,那是他的拿手活儿。鲁特科夫斯基选择了那款哥本哈根式的活动节杆式遮阳篷,三米乘二点五米,三百欧元,含安装和终身售后。巴本镇定自若地写下订单,鲁特科夫斯基因自己做了一件善事而感到开心，我对他给我可可饮料表示感谢。他把我们送到门口。到了门口，他把手放在我父亲的肩膀上，小声地说："您还可以再去一次洗手间。"

"噢，不了，我刚刚去过。"

鲁特科夫斯基看着我，突然生出一丝怀疑。

"爸爸，你最好还是赶紧再去一次。谁知道你下次什么时候有机会。"

我父亲一边摇着头看着我，一边握着鲁特科夫斯基的手。鲁特科夫斯基面露怀疑地抬眼看着他。我把巴本推出门，等他出去了，我转过身对那位先生小声地说："他不希望别人知道。"

鲁特科夫斯基点点头，即便他已经有所怀疑。或许在那一刻他确信我父亲不是假装售卖商品的骗子。另外，在那样的情形下，人们更倾向于坚信自己没有上当，否则他们会因为上当受骗而自责。

回到街上，罗纳德·巴本举起手喊："击掌！"我呼应了他。一回到车上他就记录订单信息。下周他会来安装为鲁特科夫斯基先生量身定制的遮阳篷。他很高兴。

"我在厕所的时候，你们都说了什么？"

"我和他说你有点儿失禁，所以你上门推销也挺不容易的。"

"什么？"

"下周你到他那儿供货的时候，至少要去三次厕所。"

"金！这样不行。你不能编这样的故事来欺骗那个男人。"

"我们接到了订单，还是没有接到订单？"我有点生气。巴本没有回答。他把账本在后座上放好,喝了一口水。博特罗普这里像坦桑尼亚的大草原一般炽热,闻起来却像盖尔森基兴。

"爸爸,假如我们想要卖掉那些遮阳篷,我们就必须想办法包装一下自己,至少稍微包装一下,毕竟也没有伤害到什么人。"

"好吧。"他说,"订单就是订单。但是我的客户应当是出于真的想买遮阳篷才下单,而不是为了帮助我。我不是乞丐。"

他蓝色的眼睛看着我,看起来有些失望。

"我也不是一个骗子。"

他这么说让我很生气,就好像我触犯了什么法律似的。

"你希望那些人是真的想要一顶遮阳篷,才买了你的?"我语气不善,刻意夸张了一点。他居然回答:"当然是这样。"

"那我不得不告诉你,爸爸,没有哪个笨蛋会想要那个玩意。没有人。假如你想用你的方式卖掉它们,你还需要大约二百五十年。"

这是我被油漆味和铁锈味熏得失眠的一个夜晚躺在床上艰难地计算出来的。罗纳德·巴本什么都没有说。他侧着头看向窗外,沉重地喘息着。

"我有种感觉,你压根不想卖掉那些破玩意。"我继续说。他一个字都不说,这让我很生气,"我觉得你只是想蹲在你的灯塔里。"

"没那么简单,"他小声地说,"撒谎给我带来的只有恶果。"

"如果你还想活着从你的灯塔监狱里走出来,你就必须改变策略。"

"你说得对。"他一边说一边点头。

"所以呢？"

"所以，我会根据市场需求适当地调整我的销售策略。"他说。听着不像心服口服，而是妥协。

假如当时就明白罗纳德·巴本每卖出一顶遮阳篷，事情就会变得更加戏剧性的话，我会在仓库前连续静坐四周以示抗议，就坐在那个水洼里。但是，当时我下了车，说道："来吧，加油！生意能成功的。"

来到下一栋楼前，巴本的犟脾气又犯了。他在台阶的中间停下，转身说："我不能在每家每户上厕所。这也太蹩脚了！"

"你必须去，你会去的。"我严厉地说。

他说得对。不是每次都管用。帕斯拉克（Passlack）家里冲出来一只矮小的狗，叫得令人不安，以至于我们都无法开始编故事。博尔舍（Borsche）家的那个男人不肯给我们开门，说除非我们能出示搜查令给他看。阿卡尼（Akanyi）家只有太太在，她听不懂我们说的话。在回去的路上，巴本说这是常有的事。所以，他通常不去按有外国人名字的门铃。这导致他不得不绕过一些区域，包括大型的市区，例如，杜伊斯堡-马克思洛（Duisburg-Marxloh）。"我永远都不会去那里碰运气。"他叹息道，"反过来说，那里的人永远都享受不到我的遮阳篷。那儿有语言障碍，还有一点不信任。在那里，如果门铃响起来，通常来的是政府部门的人或者其他令人不悦的来访者。大多数时候他们根本就不开门。"看得出来，他为那几千个被耽搁的机会感到惋惜。

他最喜欢的是中产阶层聚居的社区。那里的走廊里闻起来都是花椰菜的味道，收音机里播放着打击乐。20世纪五六十年代建成的楼房最好，因为里面的公寓都不是统一装修的。最糟糕的是20世纪80年代的大型居住社区，它们被建造的时候就被统一地配好了遮阳篷，只是在巴本的地图上还看不出来。他会用红笔把那些区域圈起来，再去寻找新的目标。

他也会绕过那些门前放着很多小孩的鞋子的公寓。经验告诉他，那里的人宁愿投资足球装备也不会买遮阳篷。其实他们两者都不会买。再说，孩子们经常会打断他的推销。或者对方会说，还不如花同样的钱买一个游戏机，那更有利于家庭太平。当然了，他们说得也有道理。

在第三栋楼里，我想要试一试别的办法。我清楚不能一直用那个嘘嘘的故事。不仅因为它让我父亲很不舒服，也因为它不是在每户人家那里都行得通。截至目前，我在途中看到了很多公寓，有时候能发现一些和居住者的习惯以及需求有关的东西，或者能闻到什么气味。我耐心地等待着时机。

第三扇门是一对夫妇一起开的。屋里散发着膏药的气味。我已经闻过数次了。有时候是浓郁的药物、疾病和恐惧的味道。中午坐在博特罗普的雅典卫城烤肠店里休息的时候，我想到了一个办法。当时，吃完一份香肠后，罗纳德又奖励了自己一份希腊烤肉串，反正他如今负担得起，而我则思考着怎样搞定那些生病的人。

站在贝蒂歇尔（Bötticher）夫妇面前，一股药膏、膏药贴和卫生用品的气味迎面扑来。我父亲说:"您好!我是巴本。"不等他继续说下去,我就把他推到一边,说:"我们是巴本公司的,受权检测您家的黑色素浓度。"

贝蒂歇尔夫妇和我父亲看着我,就好像在看一头长着两只鼻子的大象一般。"我们家有什么不对劲吗?"太太问。

"目前还不清楚。"

"你看起来太小了。"先生质疑。

"我在接受职业培训,这是巴本先生,我的老板。抱歉,我们必须检测一下您家的黑色素浓度。这是这个地区普遍存在的问题,还挺棘手的。"

"问题确实挺严重的。"我父亲结结巴巴地附和道。

"什么意思?"贝蒂歇尔先生问,显然他对黑色素浓度高是否有害有所怀疑。

"会有患皮肤癌的风险。"我把我在生物课上学到的黑色素的概念大致说了一遍。我还知道黑色素瘤,海科在每个阳光明媚的日子里都会神经质地在自己的身体上搜寻黑色素瘤。"家里的黑色素浓度越高,患皮肤癌的风险就越大。"

这就是关键。

今天我才知道,只需要提及关键词,大部分人的心跳就会加速。这是有数据支持的。医生只要和病人提及关键词,病人大脑中的某个开关就会开启,心跳就会立刻加速,渴求解决方案。像贝蒂歇尔先生这样的人也不例外。

"您可以检测?"

"对，就在您的露台上。"我说道。露台不属于公寓内部空间，尽管至少也要经过门厅和一个房间才能走到露台。这样说会让他们安心。如此一来，我们压根就不算在室内。

"您请进。"贝蒂歇尔先生说，看来他对官方措施还挺言听计从的。我走在前面，巴本跟在后面。到了露台，我取下父亲的包，拿出他的计算器走了一圈，嘴里嘟囔着数字，他做着记录。

"怎么样？"贝蒂歇尔先生忧心忡忡地问。他担心结果很糟糕。

"这个嘛，"我拉长语调说，"明显超过了极限值。相当不好。您在这里住了多久了？"

"到9月正好三十四年。"贝蒂歇尔太太马上说，她很高兴可以参与真相的揭晓。

"啧啧啧，"我连忙说，"您可以搬到别的什么地方吗？"

"在我们这个年龄？您想什么呢？"贝蒂歇尔先生情绪激动地说，他的自卫正好落入我的圈套，只是他自己还不知道。

"好吧。很多人都是如此。倒是有一个办法。"

"哦，很好。什么办法？"

"我们可以在您的露台上安装一顶遮阳篷。它不仅可以做到对外防护，对内防护也可以。您这儿正好朝西，遮阳篷绝对管用。"

贝蒂歇尔先生看起来如释重负，只是还不肯完全交出主动权："它是怎么起作用的？"

"遮阳篷会过滤掉阳光中的黑色素，阻止它们进入露台。安装完成后我们会再进行检测，到时候，露台上应该检测不到黑色素。您还会获得一个舒适的阴凉区。在这样的天气里,绝对是一种享受。"

在我讲解的过程中,罗纳德·巴本呆滞地站在那里,好像不知道自己该做什么。直到我给了他一个信号,他才回过神来,开始展示孟买风和哥本哈根风样品。这时,贝蒂歇尔太太不悦地说:"瓦尔特,它们太丑了。"

"玛丽安娜(Marianne),这关系到我们的健康,美不美观不重要。哪一款更适合我们?"

罗纳德敲打着那块棕褐色的料子说:"我觉得孟买风的更适合黑色素防护。"

"就要孟买风的。"说一不二的贝蒂歇尔先生敲定了。罗纳德快速填写好订单,四米乘二点五米,含安装和质保,五百欧元。没有比这更便宜的保命产品了。

回到车上,他记录订单信息。一天内挣八百欧元。单日销售额八百欧元。不到三个小时挣八百欧元。可是,他又开始纠结,露出既开心又愤怒的神情。

"能看出或者通过气味判断出他们有健康问题,这是我们必须抓牢的机会。"我说,"但是其实应该由你出面去做。我只是一个学徒。"

巴本有些惊慌失措。"我做不来。"他结结巴巴地说。

"我们可以练习。这个区域还有两栋楼。去吧。"

"而且我也不想这样做。"巴本继续抱怨说。

我对他灵魂的挣扎视而不见,沉浸在可以帮助他获取成功的自豪中。

　　我们从滚烫的车里出来，走进下一栋楼。避开对讲设备是我们要做的最简单的练习。乱按一通门铃，制造一场口齿不清的对话后，总会有人按下开门按钮。在第三间公寓门前，我向前推了他一把，我觉得他应该努力一下。

　　"您好！我们受巴本公司的委托前来检测您家里的玉米淀粉[①]成分。"

　　对方面露惊愕，给出感激但不感兴趣的答复，关门。

　　"我记不住。叫什么来着？"

　　"黑色素。"

　　"好。"

　　下一扇门。

　　"您好。巴本公司。我们受委托前来测量褪黑激素[②]的浓度。"

　　太难了。但通过一个个客户，他已经越来越熟悉这个由头了。于是，这栋楼试完我们就回家了。

　　巴本喜忧参半：一方面，他作为代理人的整个职业生涯里还从未有过如此成功的一天；另一方面，这个结果多少是基于厚颜无耻的谎言才有的。这让他有点难以接受，或许那些客户也难以接受，但我却认为这很正常。我是这样看待这一天的：为了目标可以不择手段。我们其实也没有欺骗谁。我们对那些人非常友好。

---

[①] Mondamin，读音与 Melanin（黑色素）相近。

[②] Melatonin，读音亦与 Melanin（黑色素）相近。

是的，我们的确说服他们买了一些他们或许并不是真的想要的东西。但是谁知道呢，或许之后他们会比从前过得更开心。他们会乐于花更多的时间在露台上享受。这笔钱花得值。

对的，他们被我们蒙骗了。但是人们愿意被吸引，甚至喜欢骗局。这或许仅仅因为他们可以毫不费力地识破骗局。但是大多数人会配合行骗的人。什么？您不相信？那您可以试试如下小实验。请您把书放到一边，找到一位家庭成员，握起拳头，把拳头放在他的鼻子下面，假装手里握着一支麦克风。然后，您提出一个问题，随便什么问题，重要的是，要像一名电视主播一样进行提问。比如，您可以问："亲爱的，您对今天的晚餐有什么期待？"

您的访谈对象百分百会感受到一种压力。他会语无伦次，选择服从那个并不存在的麦克风的权威。您可以试一下，结果准会让您大吃一惊。有多吃惊则取决于您如何利用这场表演的权威性。您可以通过操纵别人去伤害他们。您也可以只是帮您的爸爸销售遮阳篷。那时候，包括现在，我都觉得，我的出发点是好的。

回家的路上，我父亲大方地买了一个冰激凌来庆祝。那是在盖尔森基兴的威尼斯咖啡馆买的。吃冰激凌一定要认准威尼斯，威尼斯是冰激凌制造业的雅典卫城。

# 第二十六天

罗纳德·巴本因为巨大的成功而惶惶不安。在我们合作的第一周结束的时候,已经有不下八个有效订单躺在他的书桌上了。他有点无力招架,这完全打乱了他原有的生活节奏。他已经习惯了每个月卖出一顶或者两顶几百欧的遮阳篷。他可以以此为生,因为仓库完全属于他,而且他过的是禁欲式的生活,简朴至极。他不喝酒、不抽烟、不看电影、没有兴趣爱好、不买电影和电视剧光盘、不度假,也不需要支付抚养费。

他会在鲁尔区各大雅典卫城店里花五欧元解决午餐,偶尔在克劳斯的店里享受一杯饮料。直到把衬衫穿烂了,他才会再买一件。他买东西从来不会超过他的需要。

因为本来就没有钱,他也不用面临生活水平下降的风险。他竭尽全力抵抗一切体系化的欺骗。

罗纳德·巴本不觉得自己穷,相反,他自视没有随着环境一起堕落。但我觉得,在他那令人欣慰的正派的外表下,隐藏着生活的谎言。他那无可指摘的安全感始终与他的失意有关。我完全接受不了我父亲那美好的禁欲主义。假如他像海科一般成功,谁知道他会变成什么样子。

另外,他还说过自己背负着罪责。一定有什么事把他变成了表面看上去那样的纯粹、温和、心如止水。真是如此的话,遮阳篷生意就更像一种惩罚而不是职业。他自己也是这样说的:我必须这样做。

但是现在几乎不可能和他聊这个话题。他会转移话题,谈论天气,就好像杜伊斯堡的上空许久以来没有云彩这件事是个大问题。我在这里待了三周多,假期已经过半,天空始终没有下雨。莱茵河变得越来越窄,河水的水量减少了,好像受到了冒犯。岸边裸露出棕褐色的河床。伍珀河(Wupper)沿岸的兰花在野蛮地生长。鲁尔奥特继续在叮叮当当声中打着瞌睡。每当我问起巴本,他和海科是因为什么才断交的,他就会说:"雨会从西边过来,先是荷兰下雨,然后才是这里。当荷兰开始下雨的时候,我们就可以撑开雨伞了。"

可这里终年没有降雨。我们在梅德里希沙滩俱乐部度过的日日夜夜都酷热难耐。阿利克逐渐接替了克劳斯的老板身份,开始学习制作长饮[①]。阿希姆和吕茨发生了巨大的变化,坚持喝比尔森谷物啤酒的章鱼不知道从什么时候开始也会点点牛角威士忌(Hörnerwhisky)——他们给野格酒(Jägermeister)起的名字。他们喜欢在饭前拿它当开胃酒,这样可以省掉一轮比尔森谷物啤酒。阿利克很快就学会了怎样掌控酒局:保持一定的距离,既不讨好客人也不加入他们的阵

---

[①] long drinks,指可以慢慢饮用的饮料,容器多半为平底深杯,多用直调法、摇荡法或果汁机搅拌法调配,通常会加入冰块、果汁或碳酸汽水,酒精浓度不高。

营。一名优秀的店主是活动大师,但不是参与者。阿利克很擅长这个。他拥有和克劳斯一样的权威,而克劳斯有时候就跟人间蒸发了一样。刚开始,男人们还试图挑衅这个年轻人,或者因为他们各自的啤酒垫和他争吵。阿利克则会要求他们先付掉一部分酒钱,这是他从克劳斯那里学来的,克劳斯可不喜欢干等客人的啤酒垫上画满记号。男人们觉得这太荒谬可笑了。吕茨说,阿利克简直可以炸掉他的鞋,但是阿利克不为所动。有一次,阿利克干脆利落地收起了所有的啤酒垫,拔掉了灯带的插头,泰然自若地说:"今天打烊了。"

"现在才九点半。"吕茨说。

"我还要一杯啤酒。"阿希姆说。

"再来一杯白酒。"章鱼瓮声瓮气地说。

"再来点灯光。"巴本说。

"都会有的,只要你们停止这场啤酒垫闹剧。各付各的账,否则就不开灯。"阿利克说。我感觉到他已经成长为一个可以独当一面的大人。

"太张狂了。"阿希姆说,然后他从裤兜里掏出来一张十欧元的纸币。

"简直是敲诈。"吕茨说,他让阿利克算一下他的账,留下十七欧元,"没有小费,你这个吸血鬼。"

章鱼试图通过打赌来抵销他要付的账,阿利克拒绝了他,但是,阿利克没能阻止章鱼背出保加利亚的所有邻国。

阿利克收齐了所有人的钱后,又打开了灯,重新开始接受点单。他的服务态度变得友好了,吕茨说那是"厚颜无耻的巅峰"。

最终，气氛冷了下来，老顾客们不欢而散，但是阿利克没什么反应，他清楚他们第二天晚上依然会来。否则他们还能去哪里？最后一个走的是章鱼，他貌似痛苦地从高脚凳上滑下来，摇摇晃晃地爬上他的自行车。

"章鱼！"阿利克喊。

"俄罗斯人，你要干什么？"暗夜中传来他瓮声瓮气的回答。

"罗马尼亚人、塞尔维亚人、马其顿人、希腊人和土耳其人。"

"去你的吧。"

阿利克开始收拾，我陪着他一起。最后，我们在躺椅上坐下，喝着可乐，看着黑漆漆的河水，河水在夜间也热得像在冒泡一样。突然间，他把手放在了我被晒黑的大腿上。它在白天已经出了汗，这时变得黏糊糊、脏兮兮的。他把温热的手放在上面说："我真希望有这么白净的腿。"说完他便把手拿开，好像被自己的大胆举动给吓到了。

"这可不是什么白净的腿。"我假装生气地说。

"这条才不是。"阿利克说着伸出他的一条腿，和我的腿放在一起对比。

"你有什么不满的吗？我觉得它很好。"我说道，我喜欢他棕色的皮肤，"你知道这样的棕色的腿有什么好处吗？"

"不知道。有什么好处？"他问。

"你不会被晒伤。"

阿利克笑了："对。但是如果可以交换，我更想要被晒伤的白净的腿。那样便不会格格不入了。"

"经常有人因为你的肤色取笑你吗？"

"以前是。现在情况好点了。人们已经习惯了。也因为我从不回应。回应也没有用。"

我们沉默了一会儿，肩膀挨着彼此。我期待着他把手再次放到我的大腿上。虽然它有点黏糊糊的。

"知道吗，这就是为什么我喜欢和这些笨蛋们待在一起的原因。"阿利克说，"他们从来不喊我'屋面油毡'。他们从来没有对我的肤色说过蠢话。他们不在乎。"

"他们一直喊你俄罗斯人。"我同情地说。我每次听到都会出奇地恼怒，我也诧异阿利克居然还笑得出来。

"对，这可真有意思，你不觉得吗？那些看起来和我很像的人喊我俄罗斯人。"

我真的很喜欢阿利克。这种感觉和在新年晚会上对那个白痴的愚蠢的爱慕不同，这也不是生理上的吸引，而更像一种情感上的联结。一个人的生命当中不会遇到很多和自己产生情感联结的人。但阿利克没有再碰我。我们又在那儿坐了一会儿，之后，他站了起来，关掉了灯。

我们合作的第一周里，罗纳德·巴本突破性地有了两千六百欧元的销售额，第二周里则超过了三千欧元。如果这样继续下去，等到假期结束的时候，他会变得非常富有。他是这样认为的，至少形势一片大好。刚开始的时候他还有些不情愿，后来，他运用得越发得心应手，甚至在进楼之前就开始分析通过什么方式可以跨过门槛。除了上洗手间和检测黑色素浓度的计谋，"正义骗局"

也还挺管用的。当他发现柜子上躺着彩票,房子看着亟待翻修,或者入户脚垫已经磨损过度的时候,就会使用这个方法。

这种情况下,我们会表现得像工会之友,对他们的露台上居然没有遮阳篷这样的遭遇表示愤慨。巴本会大声疾呼地表示享受阴凉是一种人权,但是在这个联邦共和国里,只有富人和那些坚持这个观点的人才能享受到。

"在钢铁厂或者矿井里牺牲了健康的工人,和每天辛勤劳作,为那些股份制公司的盈利累弯了脊背的劳动人民,也应该在阴凉的地方喝啤酒。这是我们的使命。"

说到这类话题时,我父亲会变得相当自信,随口就是一个又一个工农阶级口号。他所使用的都是作为自由德国青年成员时学到的词语。有一次他在车里说,他从未想过有一天居然会用到这些。它们也真的管用。罗纳德成功地鼓动了好几个劳动人民,几分钟之内他们就恨不得一下子买下两三顶遮阳篷。必须说明的是,这种情况下,遮阳篷的价格都非常实惠,因为我父亲做不到在发表了慷慨的演讲之后,再以五百欧元的价格把遮阳篷卖给他们。这些遮阳篷的价格大多数都是一百五十欧元,有的甚至更低。他会一再地降价,好像这样就可以抵消那不正当的销售术给他的良心带来的不安。如果有人开始哭泣,他甚至会免费赠送。

在这种情形下,通常是由我来扮演敲门的那个人。我假装自己是被欧宝公司[①]解雇的员工,一个失望透顶的欧宝前员工,在

---

① OPEL,美国通用汽车公司的子公司。

"大家的遮阳篷"公司做着一份临时性的工作。顾客们的团结一致通常使得几乎无人讨论我们的产品外观上的缺陷。毕竟买遮阳篷是为了更伟大的目标。另外，他们也被我父亲真诚的关于企业的介绍给感动了——那是一家勃兰登堡（Brandenburg）的国营企业，在体制转型后，被信托机构残忍地搞破产了。这些遮阳篷如今只在像波鸿或者多特蒙德这样的工人城市里出售，作为对抗体制的象征。

遇到收拾得井然整洁的公寓时，一定会有所收获。尤其当男主人穿着纽扣全部扣好的高领衬衣来开门，门内既没有传来饭菜的气味也没有传来疾病的气味时，这表示这是一户正派的人家。这时候就要打政府机构牌了。

我们假装自己是受到雷克灵豪森（Recklinghausen）、黑尔讷、埃森或者其他我们当时所处的地区的私人建筑标准设计研究院的代表，很荣幸地通知他们联邦住建局和建筑设计委员会各州协会及地区住建管理办公室即将出台新法，要求雷克灵豪森、黑尔讷、埃森或者我们当时所处的地区的建筑外墙设计必须保持一致。问他们是否已经知道了，或者市政人员是否已经上门通知过。

赫伯特·科斯洛夫斯基（Herbert Koslowski）就像被雷击中般呆愣在原地。

"我没听到消息啊，为什么？我家也算？"

罗纳德·巴本和他年轻的"同事"松了一口气。

"那你还算幸运的。真的。"我说，我和巴本意味深长地看着彼此，"这样我们或许还能帮上忙。"

"什么忙？"科斯洛夫斯基有所怀疑地问。

"如果我们动作快，您就不会惹上麻烦。"

"麻烦？什么麻烦？"他看起来非常忧虑。

"市政府委托一家公司到处为还没有遮阳篷的公寓安装遮阳篷。比如说您家里。眼下他们还在本市其他区。最迟下周他们会到您这儿。那时您就会得到一顶遮阳篷。"我父亲用一种信誓旦旦的口气说。

"遮阳篷？哪里？我家？"

"太对了。"

"但是我不想要遮阳篷。"

"这不是您能决定的。这是由市政府根据联邦住建局和建筑设计委员会及地区住建管理办公室共同制定的法律决定的。"

"等等。他们强迫我们安装一顶遮阳篷？"

"好像是这样的。"我父亲说。

"好呀，谁买单？"

是时候让守法公民科斯洛夫斯基的愤怒升级了。

"嗯，当然是您自己呀！"我迅速回答道。

"我？"

"还没有遮阳篷的每户人家都要从市政府那里购买一顶遮阳篷，为了让市容整齐划一。"我补充说。我等待了一会儿，等待科斯洛夫斯基先生消化这个信息。他转身朝着屋内喊道："芭芭拉，你能来一下吗？"

芭芭拉很快就过来了，科斯洛夫斯基说："市政府要求我们安装遮阳篷,还是由我们买单,虽然我们并不想要遮阳篷。"

"真是闻所未闻,"他的妻子情绪激动,"我们不答应,想也不要想。"

她愤怒地看向我父亲,她以为他就是市政府派来的传达这个消息的人。可恰恰相反,我们是拯救者,是对抗那个愚蠢的行政行为的盟友。

"我们可以帮助您躲过这次代价高昂的坑骗,"巴本说,"如果违规的话,您最后将不得不悬挂一顶政府机关安排的遮阳篷,价格还会高得离谱。"

"这也太卑鄙了。"科斯洛夫斯基气得呼哧呼哧的。

"是的,我一直都说,小人物都是笨蛋。政府总会出台一些荒谬的政策,谁买单?我们买单。"我父亲说,"最终蒙受损失的是顺从的公民。"

"我们从不会让自己背负债务。"芭芭拉抱怨说。

"您可以继续保持,但前提是不要承担这项政策的后果。我们的建筑标准设计研究院可以提供一个很实惠的解决方案,我们愿意为您介绍一下。如此一来,您也一定可以摆脱市政的坑骗。"

很快,科斯洛夫斯基夫妇就订购了三米乘二米的哥本哈根款,六百五十欧元,含安装和终身维修。这仍旧比市政统一推售的那款粉红色的遮阳篷便宜了将近一百八十欧元。

遮阳篷装好之后,他们非常开心,如此一来就不会有人向他们开出罚单,按门铃逼迫他们了。另外,他们也可以舒服地坐在阴凉的露台上。双赢。后来,科斯洛夫斯基的儿子向他分析,整个事情不过是为了向他兜售一顶颜色可疑的遮阳篷而编造的，他坚决不认同。他儿子一定不会理解科斯洛夫斯基在我父亲上门维修时说的话。

他的反应和大多数意识到自己在不情不愿的情形下被迫做了些什么的人差不多。他们会粉饰整件事情。这就是人类和动物的区别，也是巴本越来越熟练地使用这种销售技巧的主要原因。假如他的遮阳篷在下雨的时候散架或者在第一次摇动手柄时杆子就断掉了，那他就是在欺诈。但是，现在这样的嘛，就不算欺诈。另外，他还承诺终身维修，他每次都强调同样的话："终身的意思就是只要遮阳篷还在。它的寿命比您和我的都长。"

也有一些方法我们极少用到。它们不起作用，或者过于难用。比如说"羡慕嫉妒辩论"。它原本是一个好法子，但只有极少数时候才能奏效，因为它不像黑色素诡计，我们很快就能知道某户人家是否惧怕一些奇怪的疾病。使用"羡慕嫉妒辩论"时，我们无法提前对销售结果进行充分的预测。

其实"羡慕嫉妒辩论"很好玩。它使用起来是这样的：按开门之后，不要立刻去说服里面的人，而是让对方先见证一场发生在老板和实习生之间的争吵。从理论上来说，过程是这样的：

门被打开一条缝，门锁挂着链条，后面有一个男人。

我这样说："不是这扇门，这里没有订购产品。"

巴本："地址肯定是正确的。这里写着呢。139号。货就是送到这里。"

我："不可能。地方错了。这个特别折扣只给了博默尔

（Böhmer）先生。"

巴本："抱歉，您是博默尔先生吗？"

克贝尔海姆（Köbelheim）说："不是，他住在楼上。"

我："我就说吧。这里写着'博默尔，六折，五楼'。"

克贝尔海姆："什么东西六折？"

巴本："就一件商品。"

克贝尔海姆："到底是什么商品？"

巴本："这我不能告诉您。或许您也预订了，但成交价不一样，您还是不知道的为好。"

克贝尔海姆："我什么也没订。是什么？难道我也预订过？"

顺着他的问题，我们接着说那个保密的价格，博默尔先生为了购置一顶遮阳篷已经考虑了很长时间，最终因为价格实惠才下定决心。我们运气好的话，此时，克贝尔海姆会心生妒忌，也会预订一款。但是这种情况极少。他们要么因为不乐意听到我们的争吵而用力关上门，要么会讽刺邻居，竟没想到有优惠价。总而言之，"羡慕嫉妒辩论"总共才成功了三次，于是我们便放弃它了。

同样不太管用的还有"菩萨论"。它是一天傍晚我和阿利克一起想出来的。我原本觉得它会很管用，但是随后还是失败了，因为在编故事的过程中我无法始终保持一本正经。

"菩萨论"是我们为一些特定的客户想出来的。有时候给我们开门的是女性，透过门缝能闻到一阵熏香味。打开门后，可以看到她们身后的藏地经幡，入户走廊里有一个佛龛，里面供着释迦牟尼或者象头神犍尼萨，或者其他的印度教的神灵雕像。我设想,以悠长的腹式呼吸法为切入点,声称遮阳篷可以帮助她们净化精神、实现觉醒,传扬一种普世的爱。谁能在露台上拥有它,妙音鸟[①]就会在她的周围歌唱,在美妙的歌喉下,她们体内的能量流便可以得到净化,而且这还非常有助于消化。这些都是我从我的艺术老师充满激情的解说中偷来的,她在课堂上播放拉维·香卡[②]的音乐,带领我们想象自己内心的火焰。我从未想到过有朝一日这些话会派上用场。

第一次用这个"菩萨论"时,巴本不得不转过身去,因为他已经无法控制自己的表情了。当对方回答说她已经等了我们好多年的时候,我也忍不住想笑,于是我们不得不赶紧结束。真可惜,原本可以很管用的。

后来,我又试了两次,但是,只要巴本开始在我旁边轻声说"喔",我就无法再继续下去了。这个方法从没奏效过,但我们挺开心的。

另外,选择漫漫路途上的音乐也让我心情大好。在我终于适应了克劳斯·伦夫特组合、Silly[③]、City 和 Karat[④] 之后,我们终于买了一张唱片:*Bravo Hits 48*[⑤]。我解脱了,这就是自由的感觉。

---

[①] 印度神话中的神鸟。
[②] Ravi Shankar(1920 年 04 月 07 日—2012 年 12 月 11 日),印度音乐的伟大使者、印度古典音乐教父、西塔尔琴大师。
[③] 东德摇滚乐队,成立于 1977 年。
[④] 东德摇滚乐队,成立于 1975 年。
[⑤] 发行于 2005 年的唱片,收录了莎拉·寇娜、亚瑟小子等著名歌手的歌曲。

在 A40 高速上以九十迈的车速开车,把唱片放进唱片机,音乐奏响。我父亲坚持要跟着唱片大声唱,尽管他不了解歌词,他的英语词汇已经所剩无几。假如是一张俄语唱片,他大概能唱得顺畅。不过,有些歌词对他来说不难。其中一首歌和他有关。

他曾是一个无名小卒
一个平民,一个平民
他如今是一个老板
一个英雄
一个资质平庸的小子
迅速地,从平民变成了英雄
就这样,从平民变成了英雄

他最喜欢的是《埃马努埃拉》(*Emanuela*)。放这首歌时,他会有节奏地敲打着方向盘,怪声怪气地哼唱:

不要碰埃马努埃拉!
不要碰埃马努埃拉!
女孩和男孩都说"不"!
你的人生中不会再有快乐!
你对爱情了解多少?
你对爱情一无所知!
你再一次被你的感觉欺骗。

你开始觉得自己危险，
却看不到真正的危险。

　　翻阅记账本也变成了一件令人开心的事。每当我们结束推销回到车上，他就翻找后座上的账本，然后带着庄严的表情，神气地记录订单信息。尽管还是以"N"为主，但"N"的出现频率没之前那么高了。之前笼罩着他的忧伤转变为一种职业上的漫不经心。只能说那些人运气不太好，而不是他。

　　之后就是我的生日。十六岁的生日。年轻人人生中的一个里程碑。8月1日。因为我的生日在暑假期间，所以大多过得悄无声息，我的意思是说，暑假里人们很少会庆祝孩子的生日。因为在度假，所以妈妈常常会在饭店里安排一场生日宴，我们就以庆祝为由撒欢儿地玩。

　　假如我们在哈恩瓦尔德，妈妈会去蛋糕房定做一个蛋糕。她所有的创意仅限于想好蛋糕主题并不断给蛋糕师提要求，直到恼怒不已的蛋糕师绞尽脑汁地制作出诸如"哈恩瓦尔德之夜"或者"灰姑娘·金"之类的有主题的蛋糕。

　　十六岁生日这一天，我是被音乐叫醒的。前期我已经把油漆、颜料和溶解剂等从我的房间里清理了出去。和这些东西一起睡觉对人没好处，巴本终于认识到了，于是把那些瓶瓶罐罐都放到了仓库的大后方。如此一来，我在我的小隔间里睡得还算不错，我甚至觉得还挺舒服的，尽管没有壁画，也没有大大小小的十个枕头。

我走进仓库,巴本已经布置好了餐桌。可惜它的装饰风格比较对一个四岁小孩的胃口。他根本就没有经验,在超市里随手拿起所有他认为的与"女孩"和"生日"有关的东西。另外,他还烤了一个大理石花纹蛋糕。我对这种蛋糕毫无好感。我绝对是原味蛋糕战队的。巧克力味的大理石花纹蛋糕吃起来永远不像真正的巧克力,而且因为烤焦了,看着黑乎乎的。只要是这种蛋糕,我就要努力地把浅色和深色的部分掰开。我大多数时候能做到。但如果两部分的蛋奶液已被充分地搅拌在了一起,而不是分为上下两层,那就难了。制作大理石花纹蛋糕纯粹是在浪费时间。十五岁和十六岁的我这么认为,三十二岁的我还是这么认为。

"生日快乐!亲爱的金。"我父亲喊着,同时吹响了一只纸蟾蜍,把我几乎吓晕了过去。我吹灭了蛋糕上的蜡烛,他开始切。"父亲亲手制作的大理石花纹蛋糕样式十分精美。搅拌得很充分,看起来宛如一块真正的大理石。"这是他的拿手戏,他在我的盘子里放了一块,动情地说,"深浅交织,真的非常像大理石。""太棒了,爸爸,非常感谢。"我说道,这也为毕生都要吃大理石花纹蛋糕拉响了前奏。在那之后的许多年里,他一直在努力地把生日蛋糕做得像我十六岁生日那天的一样好。

桌子上还放着礼物,被他用粉红色的纸包着。*Bravo Hits 47*[①]、伊妮德·布莱顿[②]的一本书、杜伊斯堡的球迷围巾。我至今

---

[①] 发行于 2004 年的唱片,收录了伊芳·卡特菲(Yvonne Catterfeld)、安娜斯塔西亚(Anastacia)等著名歌手的歌曲。

[②] 伊妮德·布莱顿(Enid Mary Blyton,1897 年 8 月 11 日 — 1968 年 11 月 28 日),笔

还保留着书和围巾。那张唱片不知道什么时候弄丢了。假如是我妈妈送给我这些礼物的话，我会把它们从客厅窗户扔出去。什么？一本书？至少在海科·米库拉眼里，书就是装点门面的。我要它干什么？好吧。阅读。我也是这么做的。我甚至还挺喜欢它的。今天我的想法已经变了，但在当时，书籍对我来说只是一种胁迫。

"今天就不出去跑了。"我父亲充满期待地看着我，就好像他需要征得我的同意一般。"之前挺辛苦的，我们今天休息一天。"他又解释了一遍，"我们今天可以做你想做的事情。你觉得呢？"

这真是一个好主意。如果说，这个锈迹斑斑的城市缺少什么的话，那就是灯光、店铺橱窗、棕榈树、可买可不买的非必需消费品和只有在购物中心才能体验到的繁华。在家里的时候，我经常和朋友们约着去莱茵中心（Rhein-Center）购物，在那里消磨一天的时光。唯一的缺点就是，那里有警察专门寻找逃学的学生，他们喜欢在数码城的游戏场附近转悠。如果上午 11 点在那里尝试一款新游戏，就很有可能会被他们逮到。那时候就只能期望金·巴本的童话故事发挥作用了。我编造了一个故事，说妈妈在医生那里看病，我等着她看完病后来接我。具体什么病呢？因为多发性硬化症，妈妈失去了行走能力，所以在附近的医院接受治疗。可惜病情越来越严重。如果有一天她拄着拐杖也无法行走，那只能买轮椅了——毕竟保险不包含这项。如果这样说，那就还

---

名是玛丽·波洛克（Mary Pollock），是英国 20 世纪 40 年代的著名儿童文学家。

需要报出附近一个医生的名字,否则那些公务员会问:"你妈妈看的是哪个医生?"

当然,我必须准确报出一家诊所里的一个医生的姓名。如果回答"我不知道他叫什么",那谎言就不攻自破了,因为没有人会不知道自己一直送妈妈去看病的那个医生叫什么。之后,就是给他们看手机,说在等妈妈发短信过来。这时我的眼眶要湿润起来。在警察怜惜的眼神下,这招百试百灵。

"这里有购物中心吗?"

巴本吃惊地看着我。或许他以为可以去舒服地散个步,或者去逛博物馆,去克桑滕(Xanten)。可是,因为他已经答应了要做我想做的事情。于是,他微笑着说道:"当然有。奥伯豪森就有。"

"远吗?"

"半个小时。"

"阿利克可以和我们一起去吗?"

我不是不知道该和父亲一起做些什么,可我想念阿利克,而且,已经有两周我一直和父亲在车里唱歌、一起销售遮阳篷。父亲和我讲了所有有关 Stern-Combo Meißen 乐队的故事,还说只要认路,也可以去堪察加半岛度假。据说堪察加半岛和德国一般大,人口数量却比波鸿市的少。"想象一下我们要在堪察加半岛卖遮阳篷。"他大笑着说。我喜欢这样的他。但是我还是想和阿利克一起过生日。

"当然了,他可以一起。还要蛋糕吗?"

他又给我盛了一块,有那么一会儿,我们只是坐在洒满阳光的仓库里吃东西。

"爸爸。"

"嗯？"

"和我说说我出生的那一天吧。"

巴本坐直了身子："那的确是在旅行的路上。这你已经知道了。但并不是在度假回家的路上。"

接下来，他就和我讲了我出生时的故事。

1989年7月的时候，我的父母还是德意志民主共和国的公民，但是他们不想看着时局变糟。于是他们开车去度假。他们和家人道别时也是这样说的。"我们不想让任何人担心。于是，你妈妈和我就收拾了行李，说我们要去匈牙利露营。当时可以借道匈牙利，直接越过边境进入奥地利和西德。那时候，匈牙利和奥地利的边境几乎是开放的。"

妈妈那时候到孕晚期了。通常不会有孕妇选择在这个时候旅行，更别说去露营了。"当然了，大家都知道那只是一个借口。但是没有人说：'谁会在怀孕九个月的时候去度假？'"

"那你们当时为什么要离家？"

巴本寻找着合适的语言。我能感觉到他不想撒谎——尽管前两周他学会了撒谎。明显有什么东西触动了他，但是他不能说。

"我只是无法再继续忍受下去。我害怕。"

"害怕什么？"

"怕那样的时局。"

我一点都不惊讶，但我还是感觉到了他所说的和那背后隐藏的东西之间存在漏洞。那不仅仅是因为时局。但是他不肯说下去。有那么一会儿他一直点着头,仿佛在赞同自己所说的。最后他说:"是的。就是那样。"他站了起来,调低了音量。这仅仅是为了躲开谈话。我父亲走出仓库,我听到他移动什么东西的声音。显然,他不想再继续谈论这个。我也不想在我生日的这一天讨论这么沉重的话题。我们等待着阿利克。我在我父亲洗餐具的时候偷偷浇灌了水洼。

中午时分,阿利克出现了,还带着一束他沿途采摘的花。我感到很惊喜,我没有想到从拉丁西社区(Ratingsee-Siedlung)到仓库的路上还有花。那七朵花都是他摘的。他听说要去奥伯豪森的商业中心,显得很兴奋。我们上路了。路上我们播放了新买的唱片,我们放声歌唱:

  这是完美的波浪

  这是完美的一天

  就让它拥抱着你

  最好不要多想

到了购物中心后,我深深地呼了一口气。这才是生活!汉堡包!运动鞋!我们一起逛了一圈之后,选择分开活动,因为我、阿利克和巴本感兴趣的东西不一样。巴本喜欢看书,最好是大型地图册。阿利克和我几乎克制不住探索的冲动,没办法耐心地等巴本把堪察加半岛指给我们看。于是,我请求自由活动,我父亲建议说两小时后在冰激凌咖啡店会合，吃一杯生日冰激凌。

之后就到两点了。几双耐克鞋、两件T恤衫、一瓶止汗喷雾、一瓶沐浴露，只要是我拿给他看的东西，他都愉快地付了款。两周之内挣了一笔钱，这对他自己来说没有意义，但是他很开心能给我买东西。阿利克也得到了一顶洛杉矶湖人队的紫色和黄色相配的棒球帽。

等我们下午晚些时候回到场院时，巴本飞快地驶过在我和阿利克的照护下一直满满当当的水洼，这让我和阿利克很是懊恼。同时，我们远远地就听到了MBC俱乐部的音乐声。顿时我明白了我们为什么会在奥伯豪森玩整整一天。这是一种转移我的注意力的方法。

吕茨、阿希姆、章鱼和克劳斯用这段时间为我装点了沙滩。当我们走进俱乐部的时候，他们装扮成了夏威夷人来欢迎我们。长桌上方悬挂着一张海报，上面写着"金，十五岁生日快乐"，虽然年龄弄错了，但还是让我喜出望外。他们还弄来了一些沙子，撒出了一片小小的沙滩，还用竹子为我编了一个"宝座"——献给火奴鲁鲁的女王。四个男人的脖子上还挂着彩纸做成的链条。我太幸福了。还有烧烤香肠吃。

之后，阿利克和我坐在水边，我们身后是那些男人和灯光，前面是黏糊糊的运河。阿利克屈膝，抱着腿。

"我喜欢你父亲。"

"我也是。你的父亲是什么样的？"

"他也很好。但他不怎么爱提过去。"

"我父亲也是。看来父亲都这样。我成年以后会和我的孩子无话不说。"

"你已经成年了。"阿利克微笑地看着我,牙齿闪闪发光。这是一个适合拥抱、亲吻的时刻。只要阿利克再靠近一厘米,一切就会发生。但是他不敢。我也不敢。我们的肩膀紧挨着,长时间地凝视对方。我闻到了他的蠢蠢欲动,他也闻到了我的。但什么都没发生。我们身后的章鱼因此输掉了一个赌注。

我的生日就是这样度过的,够美好了。克劳斯知道我满十六岁,无偿打开了一瓶香槟酒。他没有告诉我们它的出处,这有点可疑。晚上,我躺在床上,花了很长时间回想这一天所发生的一切。

凌晨3点10分的时候,仓库里的座机响了起来。我立刻醒了。从我到这儿以来,电话就从未响过。一次也没有。而现在,夜深人静的时刻,电话竟然响了。

我听到巴本拿起了话筒,蹑手蹑脚的,只为了尽量不吵醒我。但我还是听清楚了他们的每一句话。

"巴本……你好,我是苏珊娜。"

"怎么样?……美国好玩吗?……这儿也很热……她睡了……苏珊娜,现在是凌晨3点10分……当然了,她一切都好……为什么她会不好?……我真的不想叫醒她……"

然后他站在我的门外,轻声地说:"金,你能起来一下吗?你妈妈从美国打来了电话。"

是一次很短的通话。

杰弗里好多了，他养了一只鳄鱼。海科的生意也做得红红火火，比之前更好了。美国人都太胖了。

我生日这天都做了什么？

"我先是去了奥伯豪森，然后去了火奴鲁鲁。"这些信息不会让我妈妈有压力，因为她根本没有专心听。她此刻或许正在一家饭店里，在吃主菜和饭后甜品的间隙给我打电话。

"你想妈妈吗？"

"当然了。非常想。"我说。她信了。我的确受过很好的训练。

# 第三十天

"你以后想做什么？"阿利克问。他把一块石子扔进水中。我们坐在运河边，对面是梅德里希赛艇俱乐部，我们看着几艘漂亮赛艇上的赛手为一场训练做准备。

我父亲很早就出发去送货了。车里没有我的位置。因祸得福，我约了阿利克——我很少有时间约他，所以他还挺伤心的。另一方面，他也借机在废品站到处敲敲打打，继续扩充他关于二手金属的知识。

他的问题让我思考了很长时间，因为我不想承认自己是个没想法的人。这是正确的，但这不是特别聪明的做法。无论如何，当别人这样问时，我总会觉得自己很愚蠢。在我留级后所在的班级里，大多数人都知道自己以后想做什么。他们都有自己的规划、兴趣、爱好和天赋。我只能混日子。我对未来真的没什么规划，尤其是和阿利克相比。

在儿童与青少年心理中心，这个问题出现的频率也很高。在那里我们经常会探讨未来。有一次，我们被要求想象一下以后的生活并描述其中的细节。"闭上眼睛，开始想象你们十年后的生活。"心理咨询师说。我们围成圈坐着,所有人都闭上了眼睛。我记得如此清楚,是因为我是唯一的那个睁着眼睛的人。我看着其他人,他们或许正在想象自己和宠物狗,还有漂亮可爱的孩子在一起。轮到我来描述自己十年后的生活场景时,除了一台被塞满的冰箱,我什么也想象不到。心理咨询师问我如何塞满它,我说:"我不塞,我让别人来塞满。"我当然知道这样会惹恼心理咨询师。在那之后,就是冷漠而尴尬的个人谈话时间。今天我知道了,那位心理咨询师已经尽了最大的努力帮我提升自我价值感。但是,当时我的追求就是成为一个废物。海科就是这样说的。妈妈哭了。老师放弃了。杰弗里受伤了。

"或许我可以做点和艺术有关的事情。"我随口对阿利克说,尽管我的画技和五岁小孩的差不多,唱起歌来时像一个聋哑人。但是,逃到艺术世界里似乎是我人生唯一的选择。十六岁的我几乎没掌握什么基本生活技能。

阿利克深有感触。"我觉得,你会成为一个艺术家。"他鼓励我说,然后打死了一只蚊子。在这些日子里,蚊子仿佛在运河边开国际大会,密密麻麻的。啪!"你有那种能力。"

"或许我会嫁给一个沙特阿拉伯王子。"我矫揉造作地说,"他们喜欢金发的欧洲女孩。这样我就每天穿戴得珠光宝气,在老鼠奶里泡澡。"我没有察觉到这样的胡说八道会让阿利克不自在,继续说,"我会拥有一个像我父亲的仓库那么大的鞋柜。想去米兰看时装秀,就会有一群保镖和侍从跟着我。当然了,我会买下所有系列的时装,然后扔掉,因为我已经看腻了。我的王子不会陪伴在我身边，我们每个月只见一次，一起赛马。然后有一天我会继承所有的财富，因为他比我大五十岁。"

阿利克转向一边，接着站了起来。他很生气。"你真的只在意男人能不能给你提供这些垃圾吗？鞋子、赛马和无用的东西？"他喊道。他被我的话伤到了，因为是他花了整个周末为我用竹子制作了那个宝座。然而，我告诉他我喜欢又老又有钱的男人。他恰恰是对立面，似乎完全不在我的考虑范围内。尽管我只是开了个玩笑，但他还是深受打击：他太穷了，也太年轻了。我当时还没有足够的同理心，我不理解他为什么会有这种反应，我觉得自己只是在他面前兴奋地乱说了一些他永远也无法做到的事，只是说得浮夸了些。

我坐在那里，告诉他不用太当真，那只是个笑话而已，在老鼠奶里泡澡并不是我真正的梦想。可我越描越黑。这其实无关笑话，而是事关态度。我用了很多年才明白这个道理。我们挨着彼此沉默着坐了至少有一刻钟的时间，对面的赛艇已经开始训练了。啪！蚊子。

我在脑海中回顾了一遍我刚说过的话，心想它到底可怕在哪里。这段领悟的过程令我至今都难以忘怀——我从倔强地防卫到逐渐知晓事理。就这样，就像有一天人们意识到自己不再想要儿童餐具，或者撕下墙上的贴画一样，就在这个上午，我的人生理想发生了变化。尽管我还是不知道自己会成为什么样的人，但我明白了，付出才有收获。阿利克或许从他的少年时代开始就想得很清楚了。

终于，在长时间的静默之后，我把手放在他的膝盖上说："请原谅我。"

"没事。"

"不，我说真的。"

"好吧，好吧。"

我轻轻地推了一下他的腿，我们对视着。或许现在又是一个接吻的好时机，但没有，他一巴掌拍死了我腿上的一只蚊子，说："我必须回家吃午饭了。"

"我可以跟着去吗？"

他惊喜地问："真的吗？到我家？"

"是的，如果可以的话。"

于是，我们走过桥，回到梅德里希。他推上他的自行车，向我讲解一个实验：将一枚钉子和一枚圆形针插进柠檬中，用金属丝把它们连在一起，就会产生电流。柠檬也可以用苹果、土豆来代替。啊哈。啪。他真的比我聪明得多。

谢里夫一家住在拉丁西社区。这个社区像一座微型城市，名副其实的微型城市：所有的排房都很小，非常地逼仄，没有人字形的屋顶，都是平顶建筑，加上底楼不超过三层楼高。所有低矮的房子看起来都差不多，就像一个追求齐整的孩子用积木拼凑起来的。

这些房子的外观看起来非常令人费解，就像有射击孔的古堡城墙那样。那些窗户像砖墙留下的缝隙，离地两米高。如此一来，从马路上什么也看不到。

它们让我紧张不安的同时也让我着迷,即使我和我父亲已经见过若干个矿井社区和老旧的工人居住区。在这些地方,交易往往很难达成。大部分居民都没有可以安装遮阳篷的花园。又或者,文物保护条例禁止安装彩色的遮阳篷。或者,他们没有钱。罗纳德把这些社区用红色框了起来,就像围起了一个市郊小菜园。在那里进行推销无异于对着空气说话,什么都卖不出去。

阿利克开了锁,喊了他母亲一声。我们走进房内,它看起来就像一个玩具屋,整个底楼还不如我在哈恩瓦尔德的卧室大,却有三个房间和一个入户走廊。阿利克的母亲从旁边的厨房里走了出来,她正在烹饪,我能闻见一股浓烈的洋葱味。她的圆脸上布满了皱纹和红血丝,但我觉得她很漂亮。她比我妈妈要年轻一些。阿利克向她介绍了我,然后我们就坐在花园里吃洋葱煎猪肝。我努力咽下去,但那个猪肝实在太难嚼了。我切下了很大的一块,于是不得不费劲地左右轮换着嚼,以免在咬断的时候磨坏一侧的牙齿。不能有更高的期望了。

阿利克比我机灵多了。他把盘子里的猪肝切成了一块块的小丁,然后用几片洋葱和土豆泥裹着咽下去。当然了,他之前就有经验,知道靠其他的办法,那是咽不下去的。嚼呀,金,嚼呀!

"这么说,你来自科隆。"他母亲说,更像为了确认而不是提问。

我点头。

"我还从没去过那里。那里漂亮吗?"

我一边嚼,一边点头,一边说"嗯"。

最后我决定强行咽下去,否则我还得继续在那里坐几个小时。点着头,一句话也说不出,这样太不礼貌了。我做好了准备,就着水让那片猪肝从我的食道滑下去。我犯了一个严重的错误。

我努力往下咽,但是那片猪肝卡在了半路上。我再使劲,它在我的食道里下沉了一厘米。我被噎到了,发出了达斯·维达①般的声音。见状,阿利克颇为不解。我扯着嗓子,用手指了指我的脖子。他镇定自若地站了起来,站在我的身后,用手臂环绕住我的上腹部,然后用力向后冲击。那该死的猪肝就像炮弹一般从我的嘴里直接飞了出来,接着像死耗子一样,落到了土豆泥上。

"看来有人真的很饿。"阿利克看着那么大一片猪肝,赞赏道。而我恨不得立刻把它清理掉。我的脸瞬间涨得通红。我希望阿利克的母亲能看到我的努力,而不是我的羞愧。她说:"如果不合胃口,你可以不吃。我也不喜欢吃。但是阿利克想吃,于是我就做了。"我真的很喜欢她。

我吃了土豆泥和洋葱,我觉得它们的味道无可挑剔。饭后,我们坐在花园里享受阳光。这个花园和我妈妈在哈恩瓦尔德车库前的停车位一般大。阿利克的母亲吸着烟。

"您来自俄罗斯?"

"嗯,是的。"

"俄罗斯哪里?"

"托木斯克。"

---

① Darth Vader,《星球大战》中的反派人物。

"啊哈!"我说,就好像我知道托木斯克在哪里一样。托木斯克。明白了!

"是西伯利亚的一个地方。"阿利克说。

"那里有很多德国人。"他母亲说。

"什么时候咱们开车去一次。先去托木斯克,然后去突尼斯。"他父亲来自那里。它们之间还隔着很多个国家。直到今天,我都惊讶于阿利克关于他身世的自信。我没能发现他到底是更像突尼斯人,还是更像俄罗斯人,反正他的长相兼具两者的特点,但是他行为举止间的迂腐、他关于金属回收的商业兴趣,无疑像极了德国人。

"托木斯克那里怎么样?"我问。

"夏天有很多蚊子,上百万只蚊子。"卡塔琳娜·谢里夫微笑着说,就好像在说儿时最美好的回忆。对此,我得出的结论是,托木斯克可能和杜伊斯堡差不多。

"你父母是如何认识的?"我在回去的路上问道。我们在MBC俱乐部还有点事儿。另外,吕茨还承诺说要制作冰块,因为老顾客们觉得饮料不够冰。阿利克的父母是因为保洁工作才相遇的,他俩在蒂森(Thyssen)行政大楼的同一个团队里。那是十五年前的事了。他们在那里结的婚,没有人从突尼斯或者托木斯克前来参加婚礼。有了阿利克之后,这个家庭也多少像样了些。后来,阿明·谢里夫一直担任洗车车间的轮班主管,卡塔琳娜·谢里夫则每个礼拜做三天保洁员。足够了。

"我父亲不希望我读大学。"

"为什么？"

"他觉得大学不属于我们。我不知道为什么。"他看起来有些迷茫，也有些气愤。显而易见，这应该是谢里夫家里的一件大事。"按照他的看法，我应该在假期里去他那儿帮忙冲洗轮毂。你父亲上过大学吗？"

我再次意识到自己对父亲的生活知之甚少，或者说对他卖遮阳篷之前的职业一无所知。他以前有工作吗？他的形象还是一如既往地模糊。

"我只知道他以前经历的一些事：先是在前德意志民主共和国；然后他逃跑了，我的父母分开了；再之后，他开始卖遮阳篷。"

"你不知道原因吗？"

"什么？"经过罗西的比尔森啤酒屋时，我们正看到克劳斯拿出了几个装满了冰块的匣子。

"他是做什么的？"

"不知道。"

阿利克推着他的自行车慢慢蹚过水洼，说："或许他是一名杀人犯。"

"你开什么玩笑？"

"杀人犯往往是那些看起来不起眼的人，让人怎么想都想不到的人。这样就能解释他为什么只能逃亡了。现在，他有了一个秘密身份。"

"是的。"

"他杀了黑手党成员，为了避免被寻仇，只好隐姓埋名。所以，他来到了梅德里希。这是一个完美的藏身处。不会有人想到要到这里来找他。"

至少最后一句话他说得十分有道理。我敢保证没有人会到这里来找他。阿利克为他的推论兴奋不已："像你爸爸这样的无名杀手，不会留下任何踪迹。他们会在暗夜现身，然后像猫一般消失得无影无踪。"

罗纳德的车在仓库外停下。突然间，他有了一个新的身份：一名没有过去的职业杀手。或许，在他潜入布拉格大剧院的包厢里，用窗帘挂绳绞死黑手党党魁的时候，嘴里还叼着烟斗，而舞台上肥胖的女演员正在放声歌唱。是的，完全有可能。阿利克如此想象着，我越发觉得可信。

然后，我父亲从仓库走了出来。白色的衬衫、高高卷起的袖子、在他瘦削的腿上晃荡着的裤子、深棕色的乱发，他看起来是那样地无辜。他因业绩大好而面露喜色，微笑着向我们走来。

"你们知道吗，吕茨买来了冰块。"他喊道，"这将是饮料文化的新时代。真稀奇。"

我觉得，我从来没有像那一刻那般爱我的父亲。我可以原谅他的每一次谋杀。

# 第三十七天

我们继续在鲁尔区内到处推销，从来没有离开过这里。我觉得这不正常，因为距离杜伊斯堡三十分钟车程的地方肯定还有其他的希望。杜塞尔多夫（Düsseldorf）、诺伊斯（Neuss）、克雷菲尔德、伍珀塔尔（Wuppertal），如果肯再多花几分钟的话，还有门兴格拉德巴赫（Mönchengladbach）。

但是我父亲不想，至少在他把鲁尔区完全攻下之前不想。那是他独特的留白方式，令人费解。他无法接受地图上有空白的地方。空白清除之后，他才能扩大范围。对此，我只能接受。尽管这意味着我们要绕着诺伊基兴-弗卢因（Neukirchen-Vluyn）、施韦尔特和吕嫩（Lünen）兜圈子，而不是去杜塞尔多夫碰运气。

策略的调整成效显著，罗纳德·巴本不得不经常去现场安装，保证已经预订的产品的供货。他曾对我透露，担心自己在安装时被揭发是骗子。但是，那样的事情从来没有发生过。那些客户都因为可以再见到他而感到高兴。在去之前，他会在仓库里裁切面料，用一台轰隆隆响的机器收边，再把制作好的遮阳篷面和所有节杆及其他安装配件包装起来，一次性往车上装上五六套。接下来的一整天，他要开车跑遍整个区域，安装孟买款和哥本哈根款。

几周之内，他卖掉的遮阳篷的数量就超过了过去十四年开车跑遍整个地区卖出去的总和。他每完成一次供货就会在墙上的地图上用大头针标一下，因此，他必须马上去买新的大头针。他最近压力倍增，吕茨、阿希姆和章鱼还不断让他请客。他无法也不想拒绝，但是，他也会通过多次打赌把钱赢回来。他不喝酒，所以行为不会失控，只有在确定自己能赢的时候他才会下注。他赢了吕茨四十欧，因为澳大利亚不是美国的一个联邦州；又赢了阿希姆二十欧，因为后者做不到屏气六分钟；后来又赢了吕茨三十五欧。吕茨坚称斑马线之所以叫作斑马线，是因为在殖民时代早期，斑马线实际上是用纳米比亚大草原的斑马毛制作而成的。吕茨的祖父曾经在博霍尔特（Bocholt）的一个斑马纹制革车间工作，年纪轻轻就因为那些化学成分和天然的斑马皮带的毒去世了。罗纳德用他的《布罗克豪斯百科全书》[1]戳穿了这样的说法，这套书里正好有以字母"Z"开头的章节。吕茨抱怨说布罗克豪斯根本就不知道斑马纹制革车间的情况，工厂也可能不是在博霍尔特，而是在博尔肯（Borken），或者在博特罗普。

---

[1] 德国出版家F.A.布罗克豪斯1808年购得R.G.勒贝尔的《妇女家庭百科词典》版权后，在威斯巴登重新编辑而成。他主张百科全书选收最新资料，条文化繁为简并采用明确的条目编法。

一段时间以来，我和父亲对于在什么地方能有收获这样的第六感变得非常可靠。我们轮流"发牌"，因此别人很难察觉出我们的诡计。当然，也会有个别的客户不信任我们，或者在安装的时候暗示我们，他们发现我们用黑色素风险戏耍了他们。不过他们不认为自己是受害者，最多是被诱导了。最终他们认为，我们的产品不错，我们的销售意图也不算恶劣，再说还有终身质保。为此，罗纳德·巴本必须每周都去修理或者调试他的产品。

现在，哪怕没有我的陪同，我父亲自己也能签下订单。于是，我更想和阿利克一起待在废品站、社区、杜伊斯堡足球俱乐部的训练场上或者我们的沙滩俱乐部里消磨时光。慷慨大方的罗纳德·巴本的包里装满了钞票，心里装满了爱意，每次下班后都会请我们去威尼斯冰激凌咖啡馆。在他满溢的爱意中，我们吃掉了一杯又一杯冰激凌。他很享受坐在我和阿利克中间，听我们说话，这让我们很感动。当我说起欧洲电视网络歌唱大赛明显有作弊情节，因为希腊的冠军根本就没有那么好，而德国选手却名落孙山的时候，罗纳德·巴本扬起了眉毛，如同一名思想家般摇着头。他对这类东西一无所知，却感慨万分："天哪！真没想到！""天，这可真遗憾！""真稀奇！"然后，他会用勺子舀起一勺冰激凌，咂巴着嘴唇说："这个也很美妙。"他每次都点不一样的，就好像可以用这样的行为代替他完成未能完成的环球旅行。这样的威尼斯甜品探索之旅让他体验到了探险和旅行的乐趣。至少在我看来如此。我喜欢他吃冰激凌的样子。他会瞥一眼舀起的每一口冰激凌，然后送进嘴里，接着瞪大眼睛，似乎这样才能让它们融化。

有时候，他像一个第一次尝试冰激凌的孩子，有时候他又像一位老者，每一口都会让他想起久远的往事。

交谈时我随口说 Klaus Renft Combo 乐队也能毫不费力地赢得欧洲电视网络歌唱比赛，只要他们不代表德国参赛。他对我的这个讽刺显得很兴奋："你是这样认为的？那应该告诉他们！"直到今天我都不确定，他是没听懂我的讽刺还是只是随口附和了我一下。或许他一直都很了解我。因为这种深刻的了解，他也从来不和我提起学校里的培训机会、未来、基金储蓄和杰弗里。如果说告诉我该怎么做、人生中最好怎么样就是说教的话，那他所说的也和说教毫无关联。

一开始，我以为他不在乎，但后来证明显然不是。他只是不想把观念强加于我，再说，他也不知道该如何教育一个不服管教的十六岁女孩。但是他凭直觉做了正确的事，他的文明举止，他对我的爱护都在无意间给我树立了榜样。他始终彬彬有礼，不管干什么都笑容满面，乐于助人，从不嘲弄别人。我很喜欢他待人接物时的谨慎，在潜移默化中，我被他感染了。他珍惜物品，从不破坏，有时候近乎滑稽。打个比方，巴本从来不会想到去吹面包袋子，然后拍打它们，最后把它们揉成一团。相反，他会把它们折叠起来，用手抚平，然后放进废纸垃圾桶中。那种温柔地抚平是他的标志性动作，胜过千言万语，尽管他不会说任何一句他觉得没有必要说的话。但如果要说，他也不会是为了指引别人接下来该如何生活。

有时候我们压根不说话。只有在结束我们的销售表演时，我们才会交谈。之后，我们就坐在车里喝东西，他登记订单，我们再下车。我戒掉了通过提问或者审问的方式让他讲述往事的冲动。他的往事里一定有什么东西会让他心绪不定，他也会时常想起，就好像我直到今天还会想起杰弗里。我总会这样想：是我，在我十五岁的时候，他那时九岁，但现在他已经二十六岁了。这样的想法挥之不去。

巴本不愿意谈论起自己，也从不说起业绩、担忧、需求。他最多说他现在"真的有点饿"，或在找不到某张唱片的时候，轻声抱怨下自己。和海科·米库拉截然相反，他不会没完没了地自说自话。我到现在还是很难想象这两个男人曾经是要好的朋友。有一次我随口问了一句，我父亲也只是回答："是的。真稀奇。我也不明白。"

回想起这个暑假，最让我难忘的是那里的和平和宁静。这两样东西是那六个礼拜刚开始的时候最让我害怕又觉得无聊的。我以前的生活与"和平""宁静"相去甚远，一直都是闹哄哄的。而在那个工业园区里，最多就是吕茨制造的噪声。如果他取不下来哪颗螺丝，他就会敲敲打打，然后拿起焊枪，在一片火花四溅中将它焊断。还有就是 Oehmke 物流公司的大卡车慢慢驶回场院，熄火时发出的巨响和驾驶舱门关上时发出的响声。

那段平和的日子对我影响很大。那里的男性亲切和蔼、谨慎体贴。他们，包括阿希姆和吕茨口中的"小俄罗斯人"阿利克。

我一点都没有感觉到自己是这个地方唯一的女孩，唯一的女性。对于他们来说，女性没什么特别的，不是什么话题，或者更确切地说：女性让他们害怕。我可以这么说我的父亲。

有一次当我们开车行驶在多特蒙德的阿普勒贝克（Aplerbeck）时，我的肚子疼了起来。我用手按住腹部，脸侧向一边。等红绿灯的时候，他关切地看着我，问我是不是胃不舒服，是不是吃坏了什么东西。我一一否认。他又问是不是消化不良，肠道不适。我又一一否认。我可没兴趣和他说我的不适。谁会这样做？

然后，他和我说不需要因为胀气而不好意思，该排出来的一定要排出来，只要不在大庭广众之下就行。他自己一个人的时候就会这样做。"但是，如果你要放屁的话，请便吧。我不介意的。毕竟是一家人嘛。"我说我的肠道没有问题，他又说起他年轻时的一条腊肠犬，曾经拉了一大坨，在隔壁房间都能闻到臭味。"至少有那么大。"巴本说着用双手比画，两只手有三十多厘米的距离，"如果你很急，我们可以打开窗户。你不需要感到尴尬。"

我生了很大的气："拜托！老爸，这是麦当劳墨西哥周[①]！"

"什么？"

"印第安人在村里。"

"谁在哪儿？我一句都没听懂。"

这人完全听不懂我在说什么。"现在是草莓季。"我说。

"现在什么？"

---

[①] Los Wochos，青少年用语，源于德国麦当劳"墨西哥周"宣传语"Los Wochos"，此处指代女性的生理期。

"我的上帝,南莱比锡①的罗莎姨妈来做客了。"

他什么都没说,因为不知道该怎么回答。我补充说:"我来例假了。"

"噢,天哪!"他喊道,"我们现在该怎么办?"他是真的担心。或许他觉得我快要坚持不住了。他恨不得送我进急救室。

"我们可以在超市门口停车,我去买些卫生棉条。"

"我还能做些什么吗?"我父亲就像要为一个需要持续几小时的手术做准备。

"不,爸爸,其他的你什么都做不了。但我还是谢谢你。"

"不用谢。"

幸亏超市有客用卫生间,我走出来的时候,他还是面无血色。关于他的女儿是个处女的想法显然让他倍感压力。除此之外,他也绕着女人走。有一次我问他有没有兴趣认识一位性格很好的女人时,他只说:"啊哈,我不清楚。"他说话的语气就像一位小车车主被问到想不想要一台法拉利。他的回答里掺杂了激动和不安。

回想起来,我觉得,我父亲像他所有的朋友一样关闭了爱情的大门。他们不会含沙射影地开玩笑,他们不猥琐,不会言语粗俗,不会像海科的朋友于滕瓦尔德那样在烧烤聚会时盯着我看。才几周的时间,我就感觉自己开始了另一种人生。

之后,再也没有比当时和那几个吊儿郎当的酒鬼在一起时更让我在男人间感到自在的日子了。毫无疑问,对于一个濒临崩溃

---

① 此处使用了文字游戏,以南莱比锡(Unterleibzig)指代下半身(Unterleib)。

的在酒吧里待着的年轻女孩来说，他们是最理想的伴儿。不仅仅是因为他们从头到尾都很友善，而且还因为他们拥有正常的价值观。他们从来不会鼓动我喝酒。他们不会和我喋喋不休地讨论政治态度，不会试图去改变我，甚至都不会教导我。他们也从未欺骗过他们的店主，就算一时耍赖没付酒钱，或喝得不省人事，每月也会把账结了。他们虽为人粗犷，却十分正派。我父亲坐在他们中间，就像一个说着一门外语的客人——听不懂他们在说什么，但又因为可以和他们待在一起而感到开心。

另外，他们工作时也很卖力，不知疲惫，如果不考虑章鱼没有工作的话。他提早退休了，或者像他自己说的"提前养老"。没有人知道他住在哪儿，但肯定不远，否则他应该去另外一家酒馆。也没有人问起他。他和其他人一样独来独往，骑着自行车来，但这位四条腿的酒鬼有着银铃般爽朗的笑声，在所有人中，也可能是读书最多的。我觉得吕茨只会说："现在我只能自己动手了。好一个1986年产的宝马318i！"我相信克劳斯至少读过一两本低俗小说，而阿希姆的阅读则是靠翻烂大卡车司机留下的夹心巧克力包装纸获得的。

章鱼，团队中最老的那个，从文化方面来说，有些与众不同，他喜欢引用俄罗斯古典主义作品。虽然我至今不确定，他的格言是否真的来自《卡拉马佐夫兄弟》《罪与罚》或者《战争与和平》，但至少我对章鱼坚持的"葡萄酒最美妙的莫过于罗西的比尔森啤酒屋的"这句话是陀思妥耶夫斯基所说表示怀疑。

章鱼是一名闲聊爱好者，那也正是最合适的夜间节目——结束一天的销售之旅后回到酒馆，拍掉身上的尘土。我父亲和我从来不和其他人说起我们生意的细节，他们也不是特别感兴趣。和几乎从来没有离开过工业园的吕茨、阿希姆、克劳斯相比，我们每天早晨都在去冒险的路上，我们经历的故事跌宕起伏，我们也得以窥见陌生人的生活。直到今天，我的工作仍从中受益。

在翁纳的时候，我们卖给了一对夫妇一顶遮阳篷，他们已经有一顶了。这种事情罗纳德·巴本之前从未碰到过。我们当时正在吃奶酪面包、听着Stern-Combo Meißen 的《为南极而战》(Der Kampf um den Südpol )。在史诗般的音乐声中，那对夫妇突然站在我们的挡风玻璃前。那位先生指着一顶我们已经安装好的遮阳篷说："我们也想要这么一顶。"他的语气让我们判断不出是什么意思。罗纳德·巴本关掉了音乐，摇下车窗，探出头问："您说什么？"

"我们也想要这么一顶，一模一样的。"太太说。他们更喜欢我们的孟买款，而不是他们自己的遮阳篷。被他们那笃定的品味震惊了，我父亲问："您是认真的吗？"然后，还没等发挥他的或者说我的说服才能，我们就轻松卖出了一顶孟买款，三米乘二米，含安装和终身质保，三百欧元。

我们也经历了很多次惨败。有一次，我们距离成功下单只有几毫米的距离，最后还是让到手的鸭子飞走了。那是在维滕（Witten），一个干燥多尘的周三，在奥古斯塔街（Augustastraße）上。我们按响了R. 施罗尔先生（R. Schroer）家的门铃，等了好久，一位"怪物"来开的门，那场景我终生难忘。准确地说，他不是打开了门,而是几乎把门从铰链上扯了下去。

站在我们面前的是一个体形巨大、胡子拉碴的男人,他穿着棕褐色的皮裤,遮阴袋①令人印象深刻。他整个打扮就好像要去狩猎。最令人印象深刻的是他的秃头,他让人在上面文了一个大脑的文身,还是彩色的,十分生动细致。

"你们要干吗?"他轰隆隆地说。

我父亲,看了一眼那个像从中世纪来的、秃顶的怪物几乎要被吓晕过去,于是口齿不清地说:"没事。真的。我们什么都不干。"

"什么都不干,那为什么摁门铃?"施罗尔先生说,略微向前躬身。幸亏他手里没拿战斧,但我感觉斧子就立在他身后的门廊里,闪着寒光,还经过了精心的保养。这个男人应该没有汽车,他心无旁骛地抛光了他的斧子。如果说我在鲁尔区学到了什么,那就是,给汽车抛光通常比乘坐游艇去游玩更让人开心。

"我们只是想问问,您是否可能对那个什么,遮阳篷,露台上的东西,感兴趣。您还没有那个,遮阳篷。"

有那么一会儿,那个男人看起来像在费劲地思索,他的头皮明显地皱了起来。然后,他喊了一声,吓了我们一跳:"小贩!流动小贩!进来给我看看你们的东西。"

他退向一边,我们迟疑着走进了客厅,里面的陈设介于幽灵火车和刑讯牢房之间。就像我看到的许多客厅一样,施罗尔先生

---

① 中世纪末期,欧洲流行的男性裤装配饰。

家的客厅里也有一张大理石面茶几，它可以通过手摇柄进行升降。桌子上散落着厚厚的烟草屑和一种常被雇佣兵用来做烟灰缸的陶瓷颅骨。电视上正在播放的是下午的表演，此时此刻很多人正在收看。一位叫乌尔里希（Ulrich）的人正在抱怨自己一直在为萨比娜（Sabine）花钱，却无法接近她，相反，她却接近了洛塔尔（Lothar），总有一天萨比娜会发现他有多差劲。电视里老套的场景与施罗尔家里简陋的家具形成了鲜明的对比。他用他的大手把桌上的烟草屑划拉到一边，瓮声瓮气地说："把你们有的都拿出来吧。你们口渴吗？我这儿有冰镇的泉水，这泉水有特殊的功效，可以让旅行者精神抖擞。"

"嗯，谢谢，好的，我们很荣幸享用。"巴本说道。

说着，那个令人毛骨悚然的秃头关掉了电视，笨重地走进厨房，然后我们就听到了声音——他正从维滕市市政那富有功效的水源里取水。

他带着满满两杯水回来，把它们放在茶几上。然后，他在黑色皮革沙发上躺倒，似乎疲惫至极，就好像他刚从刚铎[①]冲锋陷阵回来。

"请用，这是你们的饮料。那现在你们能提供什么呢？"

巴本被吓到了，他从包里抽出样品，开始说销售套话。他出于本能，努力去靠拢他对面那个人的语言风格，而且也做得还不错。尽管那个家伙让我感到恐惧，但我还是挤出了笑容。巴本说：

---

[①] Gondor，英国作家约翰·罗纳德·鲁埃尔·托尔金的史诗奇幻小说《魔戒》中的虚构王国。

"我这里有大量的遮阳篷,样式很精致,可以遮阴,特别是有大太阳的时候。"

他停了一会儿。有那么一刻,施罗尔先生似乎要掀翻桌子,把我父亲扑倒,然后从他的胸膛里把心脏给扯出来。最后,他只是无精打采地用他的小眼睛瞥了一眼遮阳篷。我赶紧从呆愣的父亲那里接过话茬儿:"您尽可以买顶大大的遮阳篷,在它带来的阴凉之下舒舒服服地睡上一觉,直到夜晚降临,月光取代了炙热的日光。"

施罗尔先生用手捋着胡须。

"您还可以想象一下,在这顶遮阳篷的保护下一边尽情享用一扎新鲜的啤酒,一边俯视着您的领地。"

施罗尔显然很喜欢这个提议。他躬身向前,用手指夹着遮阳篷的布料,不停地摩挲。他的头向前探时,我们得以看清楚那片头顶。我们魔怔一般地盯着,我一眼瞥到了他的太阳穴后面鼓起的血管。这一眼看得我越发惊恐,仿佛那大脑正在狂热地思考。我父亲收拾好他的紧张,说:"您可以在哥本哈根和孟买这两款中选一个。"

"这个玩意儿收多少钱?"施罗尔含糊不清地说,他陡然从猎人的角色中抽离了出来,这让巴本感到无比轻松。

"按照您露台的尺寸来看,两百欧。"他说。

"两百塔勒[①]。"施罗尔先生严厉地纠正道。

---

[①] Taler,15 世纪末至 18 世纪德奥地区通用的银币。

"塔勒,当然了,塔勒。"我父亲殷勤地说,"两百塔勒,安装和维修都不用花一个十字币①。"他快速地补充道。

"哥本哈根款。"他阴沉着脸说,"很好,它将是我的影子仆人。"

"很好。"我父亲说着便从包里抽出预订单,从夹克里拿出他的圆珠笔。他开始填写,说:"填写订单时还需要您的姓名。"

"屠夫罗穆阿尔德。"

巴本小心翼翼地微笑:"不,您的真实姓名。用来登记的姓名。"

"屠-夫-罗-穆-阿-尔-德。"

"门上写着 R. 施罗尔。"我父亲友善地再次提示道,但他草率了。

"他死了。"

现在我们真的惊慌不已。我想到了他那把抛光的斧子。

"什么?"我父亲问。

"我早就抛弃那个可笑的名字了。您写'屠夫罗穆阿尔德,艾莉西亚国(Lande Elysia)的龙城堡(Drachenburg)'。"

罗纳德·巴本为难地挠着脑袋说:"我懂了。可是屠夫先生,我要向税务局提供这笔交易的证明材料。他们一定不懂我们的幽默。"

"你这话是什么意思?"罗穆阿尔德咆哮道,"你的意思是我

---

① Kreuzer,Kreuz 德文意思为"十字",因而 Kreuzer 被称为十字币。

在开玩笑？你滚！你这个卑鄙的流氓！你是想让你的脖子尝尝我斧头的滋味吗？"

"我不想。"我父亲说着慢慢站了起来。

"那就滚！带着你那没用的被监护人，不要等我把她像沙拉一样撕碎。"屠夫罗穆阿尔德继续咆哮。

我觉得我们从来没有这么快地回到车上过。走出几公里之后，我们的耳边似乎还回响着那个满头文身的男人的咆哮声。

诸如此类的失败很少见，但却令人难忘，它们总能牵涉一些特殊事件。例如在瓦滕沙伊德（Wattenscheid）的托尔克斯多夫（Tolksdorf）家。门很快被打开了，出乎我们的意料，就好像他们已经等候多时。事实也是如此。

我们对面坐的是托尔克斯多夫夫妇，两个人都三十多岁，态度很友好。太太不时会站起来，到隔壁房间去照看一个婴儿。她的先生，哈特穆特，戴着一副眼镜，手指细长，鼻子很大，非常认真地倾听我父亲关于哥本哈根款的赞美。他不需要我们编造什么故事，价格也接受了。事实上，他只是在等待轮到自己说话的时机。

这一刻终于到来了。我父亲对托尔克斯多夫一个问题都不提、不表达顾虑、不启动防御机制感到惊讶，这种惊讶达到无以复加的程度时，他拿出了预订单。正当他准备填写的时候，托尔克斯多夫先生巧妙地问：“您对反向交易感兴趣吗？”

“您这是什么意思？”巴本反问，这样一来，就掉进了托尔克斯多夫夫妇的陷阱里。接下来的二十分钟他们都在和我那可怜的父亲还有我啰里啰唆，就好像要制止一场威胁极大的核战争。

简而言之，他们的报告和美国的一款神奇保健品有关。在美国，那是只有超级富豪和电影明星才能购买的，普通人根本没资格享用，所以在黑市里非常抢手，销量高得难以想象。那些片剂和粉剂原本是为宇航员们研发的，但是加利福尼亚的一家公司通过弯弯绕绕的渠道申请到了专利。如此一来，大家就可以分享这样的成果了。

托尔克斯多夫夫妇从事这项生意很多年了，获利颇多。这种前景听着非常吸引人，看似每个人都可以从一个巨型蛋糕上割下很大的一块，不，是很多个巨型蛋糕。在他们滔滔不绝的描述中，有一个发人深省的问题：为什么托尔克斯多夫夫妇住在波鸿的瓦滕沙伊德的弗里德兰大街（Friedlandstraße），而不是汉堡市的布兰克尼兹（Blankenese）的易北大道（Elbchaussee）上。或许他们是隐形富豪，或许他们想要亲近消费者，通过让其参与这样一个独一无二的商业模式赚得盆满钵满。

"太阳之力"公司的产品含有稀有的维生素、微量元素、矿物质以及最重要的立陶酚4（Lithucol 4）。这是一款护肤产品，可以让人在几个小时内看起来年轻十岁。配方是高度机密。立陶酚是在加利福尼亚的太阳光中自然获取的一种特殊成分，它可以将阳光转化成粉末形态。如果将其掺入水中，再将混合物涂抹到皮肤上，皮肤就可以迅速形成基因抑制素和其他多酚，帮助形成胶原蛋白，让皮肤转眼间变得紧致光亮。这样的效果，一般只能通过极其昂贵的注射或者手术来实现。有了立陶酚4，只需要一点点投入，大家都可以像明星一般光鲜亮丽。

试验是在空间站中进行的，投入了十亿美元来研发，如今每个人都可以享受到。真是不可思议。

托尔克斯多夫先生双手比画着继续讲解，试图让一次反向交易"修成正果"，而巴本缄默地点头。"你明白吗？这个市场是巨大的，尤其是现在，产品才刚刚开放。不久前还掌握在少数几家公司手里。但是，我们——"他指着自己和他太太，她听到后又站起来，去照看在隔壁房间里哭喊的孩子，"我们有专利！"说到最后一句话，他提高了音量，就像在吹响胜利的号角。

"我们可以经营。"

"我要怎么才能参与这个游戏？"我父亲满怀期待地问。

"如果你想，我们可以给你开个后门。这样你就可以独家销售了。想想看，反正你也一直在推销的路上，对你来说，成为百万富翁不过是小菜一碟的事。"

说到这里，显然他高估了我父亲对钱财的兴趣。不过，巴本觉得那个在空间站里研制超级化妆品的故事非常神奇。"真稀奇！"他说道。

"我就说嘛，"托尔克斯多夫先生喊道，"整个流程是这样的：你每周预订价值六百欧元的产品，然后进行销售。小菜一碟。相应的销售额是九千欧。进价的十五倍。如果你还能发展更多的代理商，每发展一名，让他加入'太阳之力'大家庭，你就可以得到一百欧元的佣金，这会折算到你的进货费用里。意思是……"他举起食指，稍作停顿，"如果你每周在上门销售的时候可以发展六名新的代理商,就可以免费拿货。你可以一分钱不花地赚到九千欧元。每个月。至少。"

他的太太又回来了,我问是否可以用一下洗手间。这次我是真的需要上洗手间,假如我不是非去不可,罗纳德·巴本或许会做出傻事来。

我经过走廊,婴儿房的房门开着。或许托尔克斯多夫太太担心她听不到婴儿的动静,或者她忘记关门了。无论如何,门开着,我可以进去看看。整个房间堆满了纸箱,一直延伸到了天花板。上百个大大小小的箱子,各种尺寸的都有,每个上面都带着"太阳之力"的标志。房间就剩中央那点地方摆下一张婴儿床,里面的婴儿正咬着手指,不安地转动着脑袋。

等我上完厕所回来,门又关上了。我坐回客厅里原先的位子上,看着托尔克斯多夫太太。她知道我知道了婴儿房里有上千罐卖不出去的"太阳之力"粉剂。而她丈夫是怎么说的呢?"您是从我们的手里抢东西"。现在,这位太太坐在我对面,我们直视着彼此,我看到的只有迷茫和困惑。不幸极了。失败透顶。没人购买那么贵的垃圾,也没人会被说服,加入这僵死的生意。按照协议,每个月都会有花六百欧元进的货被送进房子里,堆到婴儿房中。这样一来,他俩那样友好地欢迎我们,耐心地听我们介绍一款旧式节杆遮阳篷,并表现出感兴趣的样子,就不足为奇了。托尔克斯多夫太太用一只手的大拇指按摩着另一只手的手背。她按得那样用力,被按压住的皮肤都变白了。

"我的建议是,我任命你为鲁尔区西部地区的销售主管。你在这上面签字,我可以免除你的一次性加盟费即一千欧元。作为回报,你赠送我一顶三米宽的孟买遮阳篷。你认为如何?成交?"

罗纳德·巴本有点不确定。多么出乎意料的机遇!这是千载难逢的机会!刚刚发现原来吃闭门羹的也可以无往不胜地销售,现在又遇到了这样一款与众不同的产品。这段时间以来,我已经对我那身为老实人的父亲有了一些了解,能读懂他的心思了。

第一,他们喜欢我的遮阳篷,多么友好的人呀!

第二,这是多么独特且有前途的商业理念啊!

第三,他们认为我能胜任这个地区销售主管的职位。

第四,出于礼貌,我不能拒绝他们。

第五,这样我就可以资助我女儿读大学了。

好吧,第五条并不是我从他身上看出来的。但假如我在那一刻说这是个很棒的主意,挣的钱可以支付我读大学的费用,我父亲肯定不会有丝毫的犹豫,他会立即签署协议,在两年之内用加利福尼亚的立陶酚粉剂塞满整个仓库。但我说的是:"爸爸,可惜我们必须走了。我又开始肚子疼了。很抱歉,疼得非常厉害。"

我假装焦急万分地看着他。这样一比较,立陶酚买卖就不是最紧急的事了。我父亲一跃而起,又急切又担心。托尔克斯多夫太太又离开了客厅,我们又站了一小会儿,父亲才和努力了半个小时,试图将我们发展成代理商的可怜的托尔克斯多夫先生握手道别。在入户走廊里,我父亲还承诺会再来谈合同。可是所有人都知道这种话是假话。在我和托尔克斯多夫太太对视的那一刻,我们就心照不宣地达成了一致。她把自己关进了洗手间。我听到了她的哭声。

"他们想骗你。"坐在波鸿和平教堂（Friedenskirche）旁的威尼斯冰激凌店里的我说。一反往常，他今天只要了一杯冰咖啡。我从侧面看着他，他看起来像在沉思，然后他微笑着说："我知道，我亲爱的。"他是当时就知道，还是在那一刻才明白过来，直到今天我都说不清楚。

最令人印象深刻的惨败发生在第五周的星期五，在哈廷根（Hattingen）。我很喜欢那里。我们坐在肯姆纳德湖（Kemnader）的堤坝上，想要结束一天的销售。但是那一天我们还一顶都没卖出去，我们可不想就这样迎接周末的到来。应该再坚持一下。于是，我们又上了车，漫无目的、无精打采地行驶在哈廷根的马路上，直到在落叶松步道（Lärchenweg）上发现了一个相当有希望的目标地区。很多露台，装备不一致，还有很大的空隙。

我们开始拜访第一栋楼。先从外面标记好那些公寓，然后从下往上走。在二楼，我们按响了隆斯（Löns）家的门铃。我们站得笔直，期待着在开场的问候环节能够判断出采用哪种战略最容易制胜，然后按照惯例立刻进入了我们的故事。

等了一会儿，门开了，一位四十岁左右的太太微笑地看着我们。"您好！"她说。

然后，罗纳德·巴本也说"您好"。在他继续说话之前，那位太太说："您能来真好。"说着向我父亲伸出手道，"您还带来了助手。"她也向我伸出了手。我们走进了这个被收拾过的公寓的餐厅，那里有一个正在咕噜着冒泡的茶壶。我们在餐桌旁坐下，太太问:"您喝茶吗?"

"非常乐意。"我父亲说,他很高兴可以这样轻松地踏进门槛,于是便要了一杯茶。他觉得这是双赢的开局。

那位太太取来了两只杯子和一份装满了托盘的饼干,问我是否更想要巧克力。我友善地拒绝了。

接着她说:"今天可真热。"

"是的,今天太热了。这时要是有什么遮阴的东西就好了。"我父亲说。

"主赐予我们太阳和热量,生命和光亮。只是,有些时候人们也不知道这究竟是不是惩罚。"太太叹息着说。

"可以这么认为。有时候人们想要待在阴凉下,稍作休息。日光炙热,我们必须保护自己。"

"您说得真好。"那位太太说,"啊哈,真希望我母亲在场。您和她一定很聊得来。我能感觉到。"

"真遗憾,她不在。"我感叹道,"不过,或许她会来的。"

"一定会的,我的孩子。"她说着,用一种我喜欢的方式抚摸着我的手。

我明白了,这位太太不是住在这座公寓里的,因为里面的家具都太老了,还有气味。显然她要在她母亲回来之前照看这间公寓。这样的情形对于销售来说是毒药,因为公寓里面的客人无法决定要购置什么东西。

"我们要讨论光线和阴影吗?"我父亲再次努力把话题引回遮阳篷。

"那是关于生命的美好比喻。"太太说。

我父亲说:"是的,生命中阴暗与光亮交替出现。这也是事物的规律。潮涨潮落、日升月起,人们在光亮中奔波、忙碌,在黑夜中祈祷、忏悔,做着个人化的一切。"

"我母亲也会这样认为。"

"我很高兴。但是有时候,尤其是在漫长的生命中,我们会发现,某种程度上我们是可以控制光亮与黑暗、快乐与痛苦、外部与内在的。这是年岁的馈赠。我们并不总是依赖自然的安排。随着年龄的增长,我们越能自给自足。"

"她就是这样的。我的母亲,非常地执拗,令人绝望。"那位太太一边说,一边啃着一块饼干。

"一方面是的。另一方面,这样的独立是一种巨大的成功。独立于明暗,独立于冷暖,独立于干燥与潮湿。最终,每个人都需要如此。"

"是的,您说得真好。"她重复了一遍,好像一只应声虫,她喝了一口茶。他也喝了一口茶,然后转入目标路线。

"对的,是这样的,每个人都需要这样。独立于白日和黑夜,温暖和寒冷、干燥和潮湿,这样的独立有一个名字。"

"是吗?"

"是的。遮阳篷。"

"遮阳篷?"她难以置信地问。

"完全正确。仁慈的女士。"他就像一个废弃的核电站一般发着光。她沉思着看向他,片刻后,她说:"这是我听过最美妙的比喻了。我要为此感谢您。感谢您的遮阳篷。它将充实我的人生。"

我父亲现在只需要了解到底是孟买款还是哥本哈根款，还有具体的尺寸。为此他必须到露台上去。

"我们现在是否可以看一眼露台？"他高兴地问。那位女士立刻殷勤地站了起来，说："是的，当然了。如果您的工作需要的话。"

"这是必须做的。"我父亲严肃地说，接着拎起他的包。我们跟着她，但她没有拐进客厅以便引我们进入露台，而是缓缓地打开了一扇门。门里一片昏暗，只有床边的一根蜡烛静静地燃烧着。床上躺着她死去的母亲。

我父亲在原地吓得缩成一团，我则入迷地看着那具没了生命的身体。老隆斯太太有着白得发光的蜡像般的皮肤，嘴唇紧绷在一起。她看起来没有丝毫的松懈，反而像要竭尽所能地和上帝交谈。她女儿口中的"非常地执拗"在她离世后依然未变。

"我以为我们会去露台。"我父亲结巴着说。

"为什么？您觉得我母亲的灵床会摆放在露台上？"她看起来有点不耐烦。

"不，当然不是，而是因为遮阳篷。我必须在那里测量。"那一刻那位太太突然反应过来了，明显比我父亲反应得更快。

"所以您根本不是入殓师？"

"我是卖遮阳篷的。节杆遮阳篷，有两种款式，尺寸灵活。"我父亲用尽最后一丝力气说道。

"您鬼鬼祟祟地假装成守护魂灵的入殓师，试图在我母亲死后卖给她一顶遮阳伞？"

"一顶遮阳篷。"

"您自己说说,您不觉得羞愧吗?您假装成入殓师,就是为了骗我们买一个什么产品!这真的太荒谬了!"

罗纳德·巴本非常困惑。他并没有那样做。他只是模仿了入殓师说话时的语气和表情,所以听着有点庄重,因为她就是那样做的,但这谈不上鬼鬼祟祟、惺惺作态。他又怎么能对当时的情形作出精确的判断呢?

我父亲道歉道了不下十遍,但是那位几分钟前还对他充满信任的女士朝他破口大骂了起来,把我们轰出了门。哈廷根没有交易,这已成定局。罗纳德·巴本这个周五的好兴致荡然无存。

当我们下到一楼,走向楼道大门的时候,一位先生迎面走来。他穿着黑色的西装、白色的衬衫。"您是要去隆斯家?"我问。他点了点头。

"您是一位入殓师,对吗?"

"对的,我是。"他轻声地说。

"那您要注意了。那家的女儿对入殓师成见很深。她对比喻句很敏感。您经常用比喻吗?"

"有些时候会。"那位先生不确定地说,"我应该放弃这个习惯吗?"

"不要用太阳、阴影和遮阳篷来比喻生命的轮回,行吗?"

"一定不能提遮阳篷。"我父亲加了一句。然后我们快速地回到车上,发动引擎,留下那位先生站在那里。直到我们横跨了鲁尔河,把哈廷根抛在了身后,我们才放声大笑。

# 第四十一天

7月初的时候，我还认为不会有比这个假期更无聊的日子了。当假期慢慢接近尾声时，我才明白，我会想念这个仓库、这里的沙滩、这里的人和我的父亲。可以料想，我会再次登上火车，前往科隆，回到安静又整洁的哈恩瓦尔德。

我将带着有着瘀青的膝盖、长长的头发和满腹关于鲁尔区的地理知识起程。满脑子都是这个地区的小吃，闭着眼我也能把黑尔讷雅典卫城的咖喱肠酱汁和埃森雅典卫城的区别开来。在阿利克和我父亲陷入什么才是意大利面用到的正宗的帕尔玛奶酪的信仰之争中时，我从中调解。多特蒙德的威尼斯店用的是椰丝，丁斯拉肯的威尼斯店用白巧克力。我父亲崇尚可可，阿利克崇尚巧克力，作为裁判员的我采纳了双方的意见。匹诺曹冰激凌杯里倒立放置的华夫饼是它的帽子，还是只作装饰或者用来吃的？对我父亲来说，答案应该是可以吃的装饰，可"装饰"和"食物"又自相矛盾。人不能吃装饰品，也不能用食物来做装饰。"我想到了一个独特的角度。"阿利克辩道，"那么肉排的装饰呢？"

"什么装饰？"

"每次都会放欧芹！"

"那不是装饰，是配菜。"

我父亲什么都吃。很简单。我们能花几个小时的时间讨论是用奶油酱拌沙拉卷心菜，还是必须用油醋和芹菜籽。

随着假日的流逝，我感到越发地自由。这里的生活里没有什么万分紧急的事。什么都不急。我们不用担心任何事情。这是你能想象到的最理想的假期了。

在那之前我觉得假期就是待在一个有着棕榈树和无限自助餐的白色沙滩上。现在，每天早晨我的手里都拿着一个涂抹了巧克力酱的面包，坐在莱茵-黑尔讷运河边，看着河面上的阿利克手忙脚乱地划着一艘老旧的划艇，给我展示怎么在边沿倒立。当然，最后他失败了。他那时还因为自己落进了水里而不是摔倒在船上而开心。我们从来不提学校。他当然知道我刚好留级了，不是优等生。他原本可以戏弄我，嘲讽我，但是阿利克却没那么无聊。此外，他知道那种被孤立的感觉，因此他不会那样做。况且我还比他年长，还是一个女孩子。仅凭这一点就能制止他。

我也没能和罗纳德·巴本说起我没能进入文理中学的事情，哪怕我一直想说来着。肯定是因为他没有作为法定监护人的经验，或许他根本不知道作为监护人，随口说的话都可能与学校相关，所以他也没问。他什么都不说，他不了解升学的条件、年级目标、各个培训领域的前景。今天，我认为，他应该为此而高兴。

另一方面，他也明白自己在警告和教导方面没有想法、缺乏天赋，原因在于，十几年以来，他没有承担过责任。他从来没有和老师交谈过,从来没有在开学时为我添置新的本子、笔、便条本、信封、教科书。他从来没有参加过家长活动,和其他的父母们一起讨论班级自驾游目的地。他没有换算过五四制,没有陪过我一起学单词。基本上来说,他对学校的所有认识都只局限于他自己的上学经历。从这个方面来说,他算不上称职的父亲。我觉得,缺少了所谓的严肃的交谈也没什么大不了的。于是,我在学校的糟糕表现依然是一个禁忌话题。同样的还有我和我妈妈、海科以及杰弗里的关系。即便说起来,或许我父亲也只会说:"嗯。好。这也太稀奇了。""太稀奇了"可以被他用来描述好的事情,也可以被用在糟糕的事情上。煎香肠里有莳萝?太稀奇了。A40上堵车?太稀奇了。又在往水洼里浇水了?太稀奇了。一栋楼里就七间没有装配遮阳篷的公寓?太稀奇了。

"假期就要结束了。"阿利克说。我们正在整理空瓶子,让酒吧恢复原样。这段时间以来,沙滩俱乐部也在物流厂的卡车司机间传开了,他们有些人下班后也会过来。克劳斯有时候要接待六位客人。我们还在街道上摆放了一张指示牌,有几个陌生人还因此拐到了场院里来。看来,我不仅让父亲的生意起死回生。阿利克把满满当当的箱子放到吧台上:"以后怎么办?"

"什么以后怎么办?"

"假期结束以后。你就要回家了。你就要走了。"

"是的,真可惜。"我说。

"你可以留在这里。"阿利克停顿了一下,"你可以换到马克斯-普朗克(Max-Planck)文理高中来,我也在那儿。你住在这里，我们就可以每天都见面了——也用不着每天，毕竟我可受不了你。"他揶揄地说。

这我还从未想到过。一直以来我都是把这六个礼拜看作暑假，刚开始糟糕透顶，后来还算过得去。但是，我还从未认真地考虑过留下来。没有人会在度假结束后留在沙姆沙伊赫（Sharm el Sheikh）或者伊比萨岛（Ibiza）。

"你在胡说些什么。"我口是心非地说，"科隆才是我的家。"

"但是你也可以住在这里。"阿利克坚持道。因为我不明白这对他来说很重要，因为我压根不明白他害怕失去我，因为我虽然十六岁了，但还不明白我对他来说意味着什么，因为我才刚刚开始学习照顾别人的情绪，我没有说出来什么好听的话，而是："你不会真的相信我会住在这里吧，况且也没什么必要。"

这只是一个度假的地方，我这么说没有恶意。但是对于期待我留在这里的阿利克而言，这显然是一个灾难性的回答。因为他就住在这里。他没有假期。那些废品、铁锈红的土地、及膝的杂草、运河散发着的腐臭气味、雷雨前的低气压、他父母家的狭小房子，都是他的日常所见。他在这里生活得很自在，可我不是。

他用一块抹布迟疑地擦着吧台，努力克制着眼泪。最后，他把抹布扔到地上，走向他的自行车。就好像嫌事情还不够糟一样，我在他身后还喊着："你干吗这样！"可是他踏上自行车，就那么骑走了。

中午的时候，吕茨出现在了仓库里。我父亲正在处理一张薄膜，因为他真的说服了一位老妇人花六十欧元定制了一张地毯保护薄膜。现在他正来回摆弄着它,看起来心情不太好,因为要剪裁薄膜,再用橡胶带绑好,又不破坏薄膜,可要费一番力气。我猜他现在有点怀疑这个产品创意够不够成熟。

"我们必须支持章鱼。"吕茨用一种不容置疑的口气说。

"支持什么?"我问。

"今天是莱茵豪森(Reihenhausen)工人福利斯卡特牌①锦标赛。他参加。我们来打赌。"

"打什么赌?"

"我说他在第一轮里就会被刷掉。阿希姆认为他能进入前十名。章鱼自己投了一百欧的注,赌自己能赢。"

"我很乐观,"罗纳德·巴本说,"那我们应该去。"

"十三点开始比赛,"吕茨说,"你开车。"当然了。

工人福利斯卡特牌锦标赛在一家酒馆的大堂举行。去的路上,阿希姆向我们介绍了这项活动的意义:"慕尼黑有奥运会,伦敦有埃菲尔铁塔②,里约热内卢有狂欢节,莱茵豪森有工人福利斯卡特牌锦标赛。来参赛的高手如云。有些甚至驱车二十公里前来参加。那个纽珀(Nüper)把他们都打跑了。"

那个纽珀就好像魔兽世界的大老板,是来此的一台非人类斯

---

① 于1820年起源于德国图林根州的阿尔腾堡。和扑克牌类似,使用方块、红心、黑桃、梅花四种花色,但每种花色只有7到A这八张牌,共三十二张牌。玩法是发给每家十张牌,扣除两张为底牌。每张牌都有一个分值,即牌分,整副牌一共一百二十分。斯卡特牌最大的特点是计分系统比较复杂,每一局会有一个庄家和两个闲家,双方互相对抗。每一轮约十五局。

② 埃菲尔铁塔位于巴黎。此处为人物的胡话。

卡特纸牌机器,每年都会把那条大火腿扛回家。那条火腿是有着传奇色彩的头等奖,是当地一家肉店赞助的,足足有十二公斤重。在过去的十七年里,纽珀只有一次失手,因为那天他要在家里清除积水,偏偏那天地下室的水管破裂了。偶然吗?随便吧。你想干什么?想要拿走弗洛里希(Fröhlich)肉店的火腿就必须绕开纽珀,还有其他五十名参赛者,他们会准时在马蒂努斯克劳斯(Martinusklause)饭店集合,进行抽签。

等我们到的时候,大堂里云雾缭绕,几乎什么都看不见。吸烟的场景太壮观了,看来大部分参赛者的人生阅历和参赛年头都不短。我父亲随口说这样吸烟绝对有害身体健康,吕茨教训他说:"巴佩,这你就不懂了。斯卡特牌是一项运动。他们需要运动员饮食。吸烟之于斯卡特运动员,就像葡萄糖之于田径运动员。"比尔森啤酒也摇身一变,成了运动饮料。阿希姆宣称一杯比尔森啤酒的维生素含量等同于一大份混合蔬菜沙拉的。这绝对不是他个人的观点,而是专业人员的发现。可以打赌。但是没有人响应。

过了一会儿我们看到了章鱼,他独自坐在一张桌子旁,等待着他的牌友。今天他特意盛装打扮,穿了吊带裤,嘴里叼着短短的一截香烟。阿希姆问他是否要给他按按肩膀,章鱼回答说,他现在精力充沛,浑身上下都是力量。他真的是以章鱼这个名字报名的。在别人把他的同组选手介绍给他的时候,他看起来一点都不紧张:两名墨卡托(Mercator)大学第一学期的学生。"乳臭未干,"吕茨窃窃私语,"好看不中用,和像章鱼这样的人相比，完全是绣花枕头。"那两个年轻小伙子可能在文理高中的大课间里玩过，觉得自己可以试一下锦标赛。我的学校里也有这样的人。

　　章鱼对他们微微点头，拿起那三十二张卡牌，洗牌，然后放下。我亲眼所见，这一套操作的确对得起他的别名。他像一大袋水泥般蜷缩在他的小椅子上，上半身和长着鬈发的大脑袋纹丝不动，脸上不时露出呆滞的神情。章鱼看起来反应迟缓，像被囚禁在笨重的躯体中。大学生可能以为他没有参与，只是坐在那里。他们俩开始聊起天来，好像除了他俩桌旁没有别人。卡牌都出完了，他俩还在继续聊天。"一点都不奇怪，"阿希姆啧啧地对我说，"要演讲应该在联邦议院。打斯卡特牌时除了讨论斯卡特，其余的话都不能说。"

　　两个大学生显然轻视了他们的对手。直到前四局全部输给章鱼之后，他们才意识到自己的愚蠢。那个老人不仅很有经验，打牌的速度还快得令人难以置信。他让两个年轻人无力招架。人如其名（八爪章鱼），他一边拿着手牌，一边掐灭香烟，一边又放进嘴角，一边喝一口比尔森，记下点数，和他在梅德里希的某个朋友招手，一张接一张地从他的手里抽出牌来，甩到桌上的同一个位置，再用力拍打桌子，好像桌子能被拍疼一样。一局很少超过一分钟。对我来说，要记住哪些牌已经用掉了，谁已经得了多少点，谁的手里还有国王、白后或者杰克，这简直是不可能的事。显然，这项游戏需要注意力的高度集中和意识的清醒，尤其是在这样一个挤满工人、弥漫着烟雾的大厅里。他们已经在他们的人生中度过了成千上万次的聚会、炼钢炉旁的夜班、果园的周末。章鱼打起牌来果断，毫不留情。

若干年之后我才在一趟旅程中学会了这种纸牌游戏，但直到今天，也没能真正精通。正因为如此，我才越发惊叹于章鱼的打牌天赋。他拿起他的牌，风驰电掣地计算他所有的机会和他最后的分值，吸一口烟，然后进入牌局。只要他出牌就一定会赢。如果他没有参与，也不代表对手会赢。最迟，到第三张牌时，章鱼就把其他人的牌摸清了。

他很清楚他们会打哪张牌。在两个沮丧的大学生犹豫着抽牌，然后不停地重新排列自己的牌时，章鱼的牌像被施了魔法般出现在桌上，以至于旁观者的眼球都好像呆住了。就好像扳动了机枪，他左手上的牌变得越来越少，这意味着他的牌要出完了。之后，他的手，或者还有他的小臂在风驰电掣地活动着，身体的其他部分都像在香烟烟雾中僵住了一般。章鱼在两个大学生眼中越发具有威胁性，他俩为赢了两局而开心，结果这才意识到那是每家都得分的 OMA 局[①]。

章鱼不在意，他记录着，洗着牌，给每个人又分了三张牌，接着是斯卡特，然后每人四张牌，接着每人三张牌。尽管因为按照顺序发牌，他是最后一个拿牌的选手，他仍在两人之前就理好了自己的牌，不耐烦地等待着罗兰德和克里斯多夫开始相互叫

---

① 三家都得分的牌局。

分[1]。对他来说，在那一刻游戏其实已经结束了。

有一次，他们俩对于是否叫三十分无法达成一致，章鱼瓮声瓮气地说："复活节我有客人。"他的两个对手被吓得立刻退出。他说"三十"，然后拿起了斯卡特牌，思索了大约一秒钟，接着就收拾好了两张牌，捻中了另外两张牌，叫牌，然后出牌。所有动作一气呵成。真是优雅！不得不说，斯卡特是俱乐部游戏中的飞鱼。绝对不能被运动员们可能不那么健美的身材或者消耗了大量啤酒的事实所蒙蔽——说到优雅，他们中最优秀的那个绝对不逊于沙滩排球运动员。至少吕茨是这么认为的。他激动不已地点评着他朋友的每一次小小的胜利。在其他十八张坐着人的桌上，玩心大发的章鱼默默打发了他的两个对手。他们扯着头发，为自己的疏忽懊悔不已。

当对手已经无力回击时，他又回到了唠叨的状态，对吓破了胆的新手们进行指点。他对罗兰德说："你考虑一下，你到底该选黑桃女神还是黑桃9。出黑桃9。"罗兰德照做了。克里斯多夫声明这局是格朗德明牌[2]时，他嘟囔说："不要这么做。"

"不？"

"不。"

---

[1] 发牌完成后进入叫分阶段。中间手先叫分或者放弃叫分，先手可以选择同意或放弃。如果先手同意，中间手必须叫一个更高的数值，否则须放弃。之后，后手加入叫分，后手须叫一个比当前数值更高的数值。如果后手叫分，已经叫分的先手或中间手也可选择同意或放弃。同意的情况下，后手须叫一个更高的分值，否则须放弃。

[2] Grand ouvert，如果翻出来的底牌是一张杰克，就被称作格朗德。格朗德明牌即庄家明牌。

"那就是格朗德不带明牌？"

"试试。"尽管最终的尝试宣告失败，分值差距变得更大，克里斯多夫还是兴奋不已，因为章鱼居然给了他建议。差不多一个小时后，一切都结束了。

大学生们离开桌子，罗兰德向章鱼伸出手，诚恳地说："很荣幸输给了您。"章鱼握着大学生的手说："好好。"他一如既往地微笑着。两位大学生获得了安慰鼓励奖，奖品是每人一罐冰啤酒。

桌子变少了。很快就只剩下十二张。章鱼现在需要应对更艰难的任务。来自费尔德（Voerde）的劳克斯（Raukes）、来自千里之外的翁纳的坎普曼（Kampmann），后者多年来在卡门（Kamen）和霍尔茨维克德（Holzwickede）屡战屡胜，在这里却只能做八只脚的围观者。还有来自丁斯拉肯的德刀剑铸造匠、来自默尔斯（Moers）的屈佩尔斯（Küppers）。所有男人都有一个电子大脑和一双长满老茧的手，令人诧异的是，他们都无须小便。到了下午5点，章鱼已经把十六杯大容量的比尔森啤酒一饮而尽，坐在他的椅子上维持着复活岛上的石像们一般的运动量。这样的人总得上厕所吧。但是，他能憋得毫不费力，直到6点10分才迎来第一次中场休息。那时候他刚刚以两千一百四十五的分值结束了第三十六局，接下来只剩下四桌了。那里坐着那个纽珀，他和章鱼分别要和其他牌桌上的人比赛。

阿希姆开始不安。"你必须迫使对手犯错。"他坚决地说，并在纽珀那一桌旁站了足足二十分钟。阿希姆试图用眼神施压，好打败那个斯卡特纸牌的泰坦神（Skat-Titanen）。阿希姆直直地瞪着他，眼睛一眨不眨，但就算纽珀注意到了，也不会受到干扰，反正他完全没有如阿希姆希望的那样出错，相反，他非常有把握地、干脆利落地赢了一局又一局。

最后，只剩下了三位选手、一张牌桌，章鱼还是让阿希姆给他揉了揉肩膀。纽珀没有同伴跟来，于是没有这样的待遇。假如可以，章鱼甚至还会戴上牙齿保护套，或者佯装给自己扇风来激怒纽珀。

当晚坐上最后一桌的第三位选手是来自杜伊斯堡的黑马——姓博默尔（Bommer），名拉尔夫（Ralf），到目前为止还没被描写过，他的脸上难掩兴奋之情。章鱼和纽珀用一种相互尊重但是不太友好的方式相互问候。"要赢走那条火腿，你得问问我。"纽珀说得非常笃定。

"今天你的好运气就到头了。"章鱼说。

"嗨，我是拉尔夫。"拉尔夫说，但是没人在听。

三个人坐了下来，纽珀拆开塑料膜，拿出一副新牌，让它们从指缝滑落。阿希姆给章鱼放了一杯新鲜的比尔森啤酒。

然后，莱茵豪森工人福利协会（Arbeiterwohlfahrt Rheinhausen）史诗般的决斗打响了。已经出局的所有选手分组围站在决战选手身后。他们想看看强者中的强者的决斗。有的人站到了椅子上，有的人站到了桌子上。

章鱼很快就拿定了第一局的主意，开局他先选择了格朗德带

3[①],接着是庄家不换牌[②],然后是空手牌[③]。之后就是博默尔,他太开心了,导致他在接下来的一局中忘记了压牌。这个低级错误让他甚是懊恼,以至于在之后的多局中都没有跟着叫牌。

第十六局由纽珀先出牌,他赢了一局格朗德明牌,给章鱼设了一个圈套。他看起来很激动,开始叫牌,但是立刻就出局了,只好不情不愿地把牌桌让给了章鱼。章鱼瞬间又得到了一杯比尔森,平复了紧张情绪,但是丢了红心缺 2[④],于是开始思考复仇。

时至今日,当我想起那一天,大厅里的烟雾,那么多穿吊带裤的男人和他们对啤酒的饥渴都历历在目。那些在便条纸上潦草的书写、不够尖的铅笔,那条放在桌上写着价格的火腿,那被划伤的木地板,那里举行过上百次的婚礼、洗礼、葬礼、狂欢节、党派之夜以及斯卡特锦标赛。我是闹哄哄的纸牌比赛现场唯一的女孩,但我并不是唯一的异类。桌子对面站着我那瘦小的父亲,白色的衬衫、破旧的裤子,在我看来他的表情里满是惊叹,就像他经常表现出来的那样,就好像他来自另一个时空。他拿着一瓶水站在一群没剃胡须、不修边幅的人,苍老的和看起来苍老的年轻人之间,看着他的朋友章鱼打牌。他的眼神里充满了对他们和对生活的热爱,这是我在其他人身上没有见到过的。当然了,罗纳德·巴本对斯卡特纸牌游戏一窍不通。他也会怀揣着一种不可

---

[①] 例如,有梅花 J、黑桃 J 和方块 J,但没有红心 J 时,即为带 3。
[②] Hand,达成分 +1,即庄家不换牌。
[③] Null,表示庄家输掉了这一墩。
[④] 例如,只有红心 J 而没有其他花色的 J 时,缺少梅花 J 和黑桃 J 这两张,为缺 2。

动摇的信任，观看章鱼参加削土豆皮比赛或者葡萄牙诗歌朗诵比赛。至于到底看什么，对我父亲而言并不重要。我们也可以这样站在草坪上、站在雨中。他从不缺席，一直都在。看着他的时候，我被深深刺痛了，因为我在这次假期之前还从未这样被爱过，直到现在我才感受到我生命中前十五年里缺失的那部分。有几分钟我感到愤怒，因为我觉得章鱼得到了我没有得到的东西。我学自行车的时候父亲不在，我入学的时候他不在，我换第一颗牙，甚至换最后一颗牙时他还是不在。他是那么遥不可及，形象是那么模糊。事实上，他距离我只有一个小时的路程，却似乎丝毫不关心他的孩子，他宁可和吕茨、阿希姆一起待在球场边或者闲坐在克劳斯的酒馆里。

在决赛的嘈杂声、烟雾和兴奋的情绪中，我的怨恨只持续了很短的时间。很快，我对罗纳德·巴本的看法就又完全发生了变化。他的好奇心，他的爱心，他为别人的欢欣而喜悦的心性，让我又接纳了他。我很高兴我来到了这里，在马蒂努斯克劳斯，而不是在迈阿密的某个酒店里。

进行到第二十八局的时候，章鱼的得分再次占据了第一的位置。他轻轻松松地领先了。那个纽珀并未紧张不安，他赢回了三局，后来博默尔赢了一局，接着纽珀又赢了两局。章鱼出不了牌了。谁不出牌，谁就得不到点数。差距减少到了只有几个点数。章鱼脸上没有丝毫表情，但烟抽得更猛了。

第三十六局。博默尔·拉尔夫在第十二轮出最后一张牌时开始叫牌。在第二十四轮时他绝望地惨败出局。他无所谓，无论如何他都会以现在的牌桌上的最后一名离场，赢得比赛的第三名以及加冕牌（Krönung）咖啡及滤纸套装。

章鱼叫："7。"

纽珀看都不看自己的牌，说："好。"

"30。"

"好。"

"33。"

"好。"

"35。"

"好。"

"36。"

"好。"

章鱼叫了格朗德带 2[①]，有点儿戏了，因为他猜测纽珀手里或许还有两张骑士（Bubben），因为纽珀先出牌。这意味着纽珀可能会出王牌，章鱼必须要出分值更大的牌，他会因为手里没有王牌而落下风，这样正中纽珀的下怀。这下棘手了。但是章鱼准备好了要冒一次险，为了弗洛里希肉店的火腿，为了打击那个不可战胜的人。从另一个方面来看，那个博默尔至少从开局到第二十四轮都在参与，这意味着他的手里可能有一张骑士，只是不敢打出来。他被吓破了胆。如果博默尔手里还有一张骑士，那章鱼就可以打赢。如果他没有，那章鱼就只能靠运气了。密西西比

---

[①] 例如，有梅花J、黑桃J和方块J，但没有红心J时，仅梅花J和黑桃J为连续的，为带2。

那边没有哪个枪手①会只靠自己的运气。

"40。"

"噢。"

"40！"

"噢噢噢。"

"过还是不过？"章鱼生气地问，因为他从中看到了，对手要用诡计扰乱他的战术。

令人费解的是，纽珀发出了戏剧性的呼噜声，然后做出向上的动作，将牌摔到了桌上。

"注意游戏规则！谁公开了手里的牌，就是弃赛！游戏规则！"阿希姆在后面大声嚷嚷，手舞足蹈。而纽珀则心脏病发作，或许是因为里面的空气质量太差了。大家都知道莱茵豪森不是度假胜地，在这个大厅里只有死人才能活下去。

急救医生几分钟就到了，担架上的纽珀呻吟着说："明年再见。"

短暂的商议后，评奖委员会确定了胜出者。根据现场状况和点数来看，一目了然：是章鱼。然而他沉默着拿走了那条巨型火腿。他把它举过头顶，又喝了一杯比尔森。而我们，驱车回家了。吕茨和阿希姆都兴奋至极，我父亲也反常地兴奋，在我们驶进场院的时候按了两次喇叭，克劳斯已经在沙滩酒吧等着了。

火腿被吕茨和阿希姆抬到了草坪上，供大家观赏。克劳斯取

---

① 此处作者使用了西班牙语中的"枪手（Pistolero）"这个单词。

来一把锋利的刀,开始了一场盛大的火腿盛宴。火腿肉很嫩,吃起来却有一股浓浓的烟味,克劳斯觉得那和马蒂努斯克劳斯缭绕的烟雾没有关系,相反,它的味道绝对地道。

大家都很高兴,除了章鱼自己,他甚至拒收大家押在他身上的赌资。多年以来,他都在等待这一刻的到来,可是他却用一种二流的方式赢了比赛。这让他很不满意,让他很受挫。他一口火腿都不想吃。"其实我输了。"他说,"我看到了他的手牌。那个纽珀有两张王牌。他本来可以出王牌的,我本来赢不了的。他还有另外一张王牌。如果我们坚持到最后,我会输,纽珀会赢走火腿。"

阿希姆的观点则截然相反,他一边嚼着火腿一边喊那个浑蛋纽珀耽误了章鱼获胜。为了避免惨败,纽珀用心脏病发作的方式逃跑了,就像拿破仑在滑铁卢的所作所为一样。他还有腰椎间盘突出的毛病。

"一千年前还没有腰椎间盘突出。"吕茨说。

"赌一下?"

我原本希望回来后能看到阿利克。我非常期待能见到他。现在已经过了10点,我知道他不会来了。我问克劳斯他是否来过。

"没有。"他说,"我原本也想见他一面,和他聊聊。"克劳斯回答得比较委婉,我听他那样说话听了连续几个礼拜,直到今天都不曾厌烦。如果有人曾经听到过这样说话,那他很有可能是到过鲁尔区的。

"或许他明天会来。"我说。

"是的，那我会和他谈一谈。你认为他能经常到比尔森啤酒屋给我帮忙吗？你觉得他会感兴趣吗？"

我回答说，我不这样认为。阿利克只在乎旁边的废品回收厂，还有我，我猜。等到夏天过去，他不会再来收拾杯子、擦拭桌子、计算啤酒垫了。我逐渐意识到是我逼走了他，他不会再来了，我心情低落起来。

"明天他一定会再来的。"父亲说着，把他的一只手放在了我的头上，那动作是如此自然、不假思索。他抚摸着我的头说："或许他家里有什么事情。"

"我们吵架了。"我轻声地说，我感到内疚。他肯定是因为这个才没有过来的，我很清楚。"他问我假期结束后是否会留下来。他真的是这样希望的，希望我转到他的那所学校，然后一直住在你这里。"

我父亲喝了一口水，然后笑了。

"你？住在这里？这个想法真的太奇怪了。真稀奇！"

这时我才明白阿利克为什么会如此。确实可以用好一点的方式说自己的想法。阿利克和我都没有说出口。他不会回来了。

# 第四十三天

他的骄傲不允许他来找我。我也不敢直接去他家按门铃。最糟糕的是，他或许会不肯原谅我。这让我感到害怕。另外，我不知道该和他说什么，除了在假期尾声扔给他一句俗套的"我们很快会再见的，要保持联系哦。明年夏天一定要再见"。这样的话就像创可贴，只能保持几天，等到分别的伤口痊愈，它立马就会脱落、被遗忘。以前的假期是这样的：总会认识什么人，总会经历一些小小的创伤，返程后就会痊愈。我几乎也是这样看待我和阿利克的关系的。我们甚至都没有接吻过。所以，我并不是在和我的男朋友道别。

　　于是，我在仓库里、沙滩上溜达，但是没有了阿利克，它们也都变了模样。从迈阿密起程的飞机降落了，米库拉们一边发着各种牢骚，一边愉悦地回家。那是一种让和他们打交道的人深感疲惫，而他们自己又无法察觉到的情绪。还有一天，我就要面对它了。和杰弗里的重逢对我来说肯定不会轻松，但是我期待着能见到他。我也准备好了承担后果，该有的后果。就像罗纳德·巴本那样去承担后果。我想象着坐火车抵达，但没有人接站，然后坐着有轨电车到罗登基兴。从那里我可以步行回到哈恩瓦尔德。这一次,我史无前例地没有带任何纪念品——那些让我很快就会失去兴致的愚蠢小玩意——回家。这次回家我随身带着的只有几件新衣服、一本书,当然了,还有我的两张唱片,*Bravo Hits 47* 和 *Bravo Hits 48*。

可能会是杰弗里来给我开门。我会勇敢地看着他。或许接下来我会去餐厅,给那些在那里说自己是意大利人的阿尔巴尼亚人制造麻烦。之后的周一就要开学了。我还是年级里年纪最大的那个金·巴本。

那天夜里打了雷、下了雨,把 MBC 俱乐部淋了个遍,水洼也满了。它不再需要我了。我父亲帮克劳斯拆掉酒吧,我们把那些打湿的家具又拖回去,靠在仓库旁,用帆布盖好。最后这一天的一切都像在告别。

罗纳德·巴本和我开启了最后一次旅途。我陪他一起,但我的心情不太好,这一趟是去安装遮阳篷而不是去售卖。我父亲在他的斯巴鲁车里装了两顶孟买款,我们出发前往穆尔海姆(Mühlheim)和奥伯豪森。半个小时的距离。我还从来没有陪他一起去安装过遮阳篷。他说那将是一个绝好的机会,可以从另一个角度了解他那神圣的职业,另外还可以见识见识奥伯豪森的油煎香肠。下班回家的路上碰巧还会途径穆尔海姆的威尼斯冰激凌店。这将是一次银河系般恢宏的告别旅行。他尽力将最后一天变得充满仪式感。我在心里默默地说我已经激动得无法自已。

回首过去,我并不会为自己当时的满腹牢骚感到抱歉。十六岁的女孩就是如此。她们会笑、会犯蠢、会激动，有时候也会有莫名其妙的、不知所以然的、没完没了的坏情绪。这些可能都是青春期的躁动。总之不太会是因为父亲。好在罗纳德·巴本理解并不在意那样的不自在。

轮到我播放音乐了，我们听着"兜风少年组"①的热门单曲。假如说有什么音乐适合在鲁尔区的杜伊斯堡、奥伯豪森和穆尔海姆之间的路上播放，应付各色小汽车的引擎噪声的话，那就非"兜风少年组"莫属了。它们虽然不会让我情绪高涨，但是至少可以帮助我赶走坏情绪。罗纳德·巴本跟着哼唱，听着还像回事，但不是真正的英语。其实他原本可以跟着"兜风少年组"的歌曲学习英语的。

在奥伯豪森，我见证了我父亲如何灵巧、快速地安装遮阳篷。顾客很开心可以见到我们，关心地询问我的肾脏怎么样了。我们当时在门外对他说我因为肾脏问题需要经常上厕所。虽然我的生活方式很健康，但由于所谓的少年水肿，我每天至少要喝八升水，所以我的左侧肾脏因为不堪重负而提前衰退了。在一个十六岁女孩的身体里的，是五十九岁的人的肾脏。我可以再用一下您的洗手间吗？谢谢。

这样的叙事通常会引发对方提问，然后便可以借机推销我们的遮阳篷。辛德曼（Sindemann）先生和太太也很高兴能见到我们。我父亲现在要安装的是一顶孟买款。我和客户谈了谈我最近

---

① Scooter，成立于 1993 年的德国动感舞曲组合。

的肾脏检查报告，总体来说，最近我的肾脏没来抱怨我。

首先巴本丈量了遮阳篷的尺寸，然后在相应的地方钻孔，再用暗鞘接合，上螺丝，安装滑轮。他不需要任何帮助，我觉得他甚至能在睡眠中靠单腿完成。有一个惊心动魄的时刻，他要把一根手指粗的铆钉极其小心地拧到支架上，接着用一个专门的工具慢慢地拧紧。这像在做一台容易出错的精密的手术。这也足以说明我父亲的整个人生都被这样粗笨的螺丝所左右着。

我们开车去了雅典卫城，我点了一份搭配吉卜赛酱汁的煎香肠、一份薯条和一杯常温的芬达。然后我们接着去了穆尔海姆的索尔加拉（Sorgalla）家。他们也因为我们去安装孟买款而高兴，或者说因为父亲没有被行政部门拘捕而高兴。索尔加拉一家不太信任政府，他们觉得政府在跟踪所有那些言语和行为有嫌疑的公民。

我们向这对知识分子夫妇保证遮阳篷的征税额很快就会发生变化，遮阳篷虽然算是奢侈品，但是自古以来一直都免征奢侈品税。现任政府很快会改变政策，对遮阳篷征收重税，并拘捕那些帮助购买者逃避奢侈品税的人。我们现在要抓紧时间再销售一些，以便我父亲能支付高昂的诉讼费，尽管议会外面的那些遮阳篷都是他捐赠的。

"我们必胜！"索尔加拉签署了孟买款的购买协议，高举拳头喊道。在他家里，我父亲还是执行了那套固定的工作流程：丈量、钻孔、连接、上螺丝、装滑轮，接着又处理那种粗螺丝。专注的巴本看起来仿佛在拆一个炸弹。我很喜欢他的专注，以及他与人交际时，极其友好、健谈又内敛的样子。目前他已经不再觉得撒谎是个很大的问题了，他终究还是为他们提供了什么，那不仅仅是一卷丑陋的遮阳篷面料、老土的机械部件和一个看似路易十四的长矛的巴洛克风格的手摇柄。

除此之外，那些人还得到了他——他的时间、他的专注、他的友善，以及他全心全意卖遮阳篷的态度。直到最后这天，我才彻底明白，罗纳德·巴本就是给那些人的礼物。尽管只有很少的几个顾客那时就明白了这一点。当然，这里面绝对不包括那些将他拒之门外的人。遇到这么一次令人愉悦的购物体验是他们的幸运，但这一点并不容易被发现，因为上门推销这一行当的名声很差，走街串巷的小贩总被人认为形迹可疑。不过，现在已经没有什么活动商贩了，没有卖蜂蜜的蜂农和磨刀匠开着叮当作响的车在社区里兜售他们的产品和服务了。

上门推销的面条漏勺、蔬菜去皮器、沙拉旋转器可能不是市场上质量最好的，但销售员的品行无可指摘。在罗纳德·巴本这里可以放心地购买，花点小钱便能享受终身质保。可惜这也减少了他的生意机会。

在我有了自己的公寓之后，不，其实我打那之后一直都等待着像他那样的人。我希望有一个友善的巴本上门，向我销售一台烤架，或者一床电热毯、一套杯子、一把六米长的梯子。可惜这种生意已经不复存在。至少没有人会按门铃。或许是因为我总不在家，参加工作之后，我就很少待在家里。

也许我父亲是最后一位推销员，尽管他的工作是一种自我惩戒，但他还是充满喜悦和勇气地面对。只有主动承担起惩罚的人才理解，那意味着毕生的工作。既然弥补是一种职业，那为什么不能愉快地完成呢？

穆尔海姆热得仿佛沥青都要粘到鞋底上了。我们走向他被炙烤过的斯巴鲁汽车，那个由金属、内饰和黏稠的燃料组成的不稳定块状物。我们坐了进去，从灵魂深处呼出了一口气，就好像我们用完了六个星期需要的氧气。

"那现在呢？"巴本问，一边放开了手刹，"威尼斯？"他又问。

"还不想。"我说，因为我不想这么快就结束。我还不想回归我原本的身份，回到我害群之马的角色，回到我作为金的生活中去。我还想再做一会儿巴本的女儿。在弄明白他是什么样的人之前，我还不想回家。他越是想要回避，关于他的问题在我过去六周的人生中就越发重要。他对我来说不再是模糊不清的了，至少不再那样模糊。这一点我很确定。我看着他，我想要看清楚。现在的我不想再为息事宁人而选择忍耐，因为再有几个小时我就要离开了。现在是决定我们以后如何对待彼此的关键时刻。时间不多了。

"爸爸，我想要知道一些关于你的事情。"

"不能吃着冰激凌说？"

"不适合吃冰激凌的时候说。"

"真稀奇。"

他发动了车子，穿过门德纳（Mendener）大桥，然后找到停车位。我们沉默着走向鲁尔河岸,他脱下鞋子和袜子。从我们的位置望去,可以看到鲁尔河对岸的一栋坡地住宅。那里的露台还有一部分没有装备。非常棒。直至今日,不论我去哪里,我还会关注这些。

他一言不发,等待着我开始提问。我觉得他一直都有所准备,并暗中庆幸坚持到了结束的时刻。他手里拿着一根小树枝来回刮着。阳光在他的发丝上闪烁着。

"你和妈妈为什么分开?"

"我们没有。我们没有分开。"他回答得很快。

"可是妈妈带着我离开了。她离开了你。"

"没有。"

"那就是你离开了我们。这有什么区别?对我来说结果是一样的。"

"不。"

"什么不?"我怒从心中起。他用了十四年,还做不到向他马上就要成年的女儿解释清楚他和妻子之间发生了什么,或者他根本就不拿我当回事。拿一个十六岁的人不当回事是人们能对他们做的最糟糕的事情了。我的滔天怒火一触即发。

"我没有离开你们,你妈妈也没有离开我。事实是,我们从未在一起过。"

我一个字都听不懂。本来是先锋队、青年舞会、伟大的爱情、怀孕、逃亡和某一天的分离,她和海科走了,他独自留下。但现在这一切都不对了?

"你的妈妈和我,我们只是朋友。"他羞涩地微笑。

"那么普利特维斯是怎么回事?还有那张照片?"就好像要把杯子碎片重新拼凑起来一样,这几乎是不可能完成的事。那就是我当时的感觉。所有的一切飞来飞去,不受控制。

"我会和你解释清楚的,"罗纳德·巴本平静地说,"你长大了,可以知道真相了。我觉得你是一个很成熟的女孩。"还从来没有人对我说过这样的话。尽管我一片混乱,但他还是表扬了我。我点点头。或许他说的是对的。这个假期里,我学会了承担责任,克制欲望。我自己并没有意识到,只是顺势地做了。它更像一种生存训练,而不是我的愿望。我等待着巴本转换话题,令我诧异的是,他没有回避,而是对日渐成熟的女儿敞开了心扉。

"你的妈妈是我生命中的女人,但是我们从来都不是一对。一直都是海科。从一开始。"

接着,我父亲开始和我讲起了德意志民主共和国的最后几个月里都发生了什么,在贝利茨和奥地利发生了什么,为什么我现在会和他一起坐在穆尔海姆的鲁尔河岸边。讲述的时候他看着河面,有时候他用手指拨动小树枝。他避开我的视线,只有当他要确定我是否听懂的时候才会看着我。这个时候我会认真地点头。是的,我听懂了每一个词语。我认真地听着,因为我觉得这是我人生中最重要的时刻。

每个人都想知道自己究竟是从哪里来的,自己的恶劣品质从何而来,为什么自己那么容易暴躁。所有人都会说"你和你父亲一模一样"或者"你母亲有时候就是如此"。但这样的话我却从未听到过，因为在我们家里，罗纳德·巴本不是我们的话题。我没有祖父母、叔伯可以来往，没有容易暴躁的堂兄妹。因此，在罗纳德·巴本说自己的时候，仿佛也是说我和我内心的一切。

可是，他似乎不知道该怎样说才好。我相信，在他孤身一人，在鲁尔区苦苦奋斗的岁月里，他预料到了这一刻。我觉得，他已经对自己讲述了不下百万遍。可是，现在，当他要把这个故事讲述给唯一那个相关的人听时，他却说不出话来。他摇了摇头，终于还是开始了。

"海科和我在贝利茨长大。你知道那是哪里吗？"

我摇了摇头。

"那是柏林周边的一个地方。柏林在它的大后边，有几百公里远。"他指向东方，面带微笑，"那时候还是德意志民主共和国。我就是在那里长大的。"

他和我说起了他在贝利茨的童年，那里的人是怎样生活的。在那个世界，虽然你不能去任何你想去的地方，但也没有人挨饿。那个世界差不多和我在学校里了解到的一样：德意志民主共和国的中心是柏林，到处潜伏着身着灰色衣服的东柏林人、苏联人、试图毁灭资本主义国家的人。我父亲努力地把那里的一切描述得不太一样。毕竟那是他的家乡。

"大家都很清楚自己是德意志民主共和国的公民，"他说，"和现在的西方不同。那里总是在强调国家体制间的不同，以及为什么社会主义优于德意志联邦共和国。大部分的人都清楚我们生活在一个衰败的环境里。大家都接受了。但是，总有一些人行事出格，比如，海科和我。"

他们在贝利茨的费希特瓦尔德（Fichtenwalde）地区长大。我从未谋面的祖父母都是医生，在贝利茨的疗养院里工作。海科的父亲是一名工匠，一名孤胆勇士。"你要知道一点，那就是德意志民主共和国的企业并不都是国有的。人们都弄错了。其实也有创业者，尽管创办的不是大公司，但是确实有。他们开书店、理发店或者木匠工坊，总之是小型企业。恩斯特·米库拉就是其中的一个工匠。政府总是觉得这些人不可靠。"

罗纳德·巴本向我解释德意志民主共和国的自由创业者都是怎么生活的。他们无时无刻不被监视着。虽然没有法律规定他们的企业要归国家所有，但在70年代初，政府机构开始向为数不多的私人企业主施压。他们不能申请贷款，必须缴纳更多的税，他们被威胁，直到他们带着他们的工具、劳动力和客户被并入生产合作社，最后自己什么都没剩下。政府通过极小的生活细节对公民进行控制，例如疏通马桶。那是只有少数公民家里才有的东西。

恩斯特·米库拉就是其中一位。若是需要盖房子、修屋顶的砖块，他要么花很多天的时间去找，要么耐心等待，因为国有企业享有优先供应权。他雇用不起员工，也没有人愿意为他工作，因为他的企业和生产合作社相反，他不被允许发放圣诞节等假期补贴。不管谁委托他，都会受到国家安全部门的监视。另外，他比其他大部分人都要花更长的时间排队等着购买汽车。没有汽车的工匠几乎无法工作。此外，恩斯特·米库拉还要支付百分之九十的税，但他还是不肯加入合作社。现在呢？他的儿子海科也不肯。

我父亲用一种崇敬的语气说着恩斯特和他的儿子:"海科很有勇气。他的头脑非常灵活。他因此被处处孤立。尽管海科比别人踢得都好,但他还是不能参加足球选拔赛。他被诋毁,被打低分。但是如果有人问他是否感到痛苦,他大概会说:'被他们表扬将是我最大的失败。'米库拉全家被不断地监视、压迫。所以,和海科交朋友根本不是一件令人愉快的事情。"

"那你为什么还要和他做朋友?"我问。

我父亲先是看了一眼已经被他瘦弱的手指揉破了皮的小树枝,然后扔掉了它。他捏了捏自己的手指,交叉了一下:"我很佩服他。他很有趣。和他做朋友意味着总会有令人激动的事情发生。他会整理电缆,用砖块换水泥。我们一起听音乐、抽烟,想象我们在西德的生活。海科就像民主德国的反面。如果让我从在自由德国青年花一个下午的时间看一部苏维埃的教育影片和同海科一起在山林中漫步之间做选择,我会自动选择他。尽管这种选择让我成了一个局外人。不过我本来就与大家格格不入。我觉得这就是我喜欢他的原因。"

我已经想到了我的父亲是一个局外人。我甚至觉得他是主动选择了这样的角色。但他也可能在儿时就做了这样的选择。事实也的确如此。这和他自己无关,是他的父母决定的。尽管一个工农阶级国家对医生的需求十分迫切,但他们并没有享受特权。恰恰相反,人们甚至用一种居高临下的姿态对待巴本夫妇,只因他们不生产。假如他们在贝利茨是种植芦笋的,那会得到更好的待遇。可是他们在贝利茨的疗养院工作,那里服务的都是党内要员,非常需要医生的专业知识。他们在疗养院内部被重用，但在外面却遭遇歧视。

　　因此，他们的儿子罗纳德也被视为书呆子。我父亲说他从小就很害羞，不擅长运动。有一次运动会，他站在第一排挥动旗帜时，旗帜甚至从手中滑落了。后来有人就说他对他的同班同学搞敌对，但其实他只是害怕。唯一一个始终对他微笑，让他感觉自己不是另类的人就是海科——被那些不急着维修房屋的当地人称为反社会人物的恩斯特·米库拉的儿子。于是，海科和巴本成了形影不离的朋友。一个是来自知识分子家庭的聪慧的孩子，一个是来自顽固不化的实干者和秘密的阶级敌人家庭的和其父亲如出一辙的儿子。世界上没有什么可以把他俩分开。

　　"海科脑子里想到什么就都会付诸实践。在我们大约十四岁的时候，他不断地思考出逃的办法，要从那个世界逃跑。开潜艇穿越波罗的海，坐火箭翻过柏林墙前往西德，或者穿过哈茨山（Harz）……在这个狭小的世界里，海科的想象力无边无际。我则始终坐在布满苔藓的地上，既崇拜又激动。"

　　海科的目标是逃跑，在西德发大财，他要激怒留在德意志民主共和国的人。他想出了一个又一个商业点子，梦想着过上一种放纵、奢靡的生活。可以说，他实现了他青年时代的部分梦想。在罗纳德·巴本那样崇拜地讲述着他最好的朋友的时候，我意识到我的继父海科·米库拉是一个什么样的人：令人难以忍受、爱显摆的人是他；一个毕生都在摆脱童年阴影，为自己遭遇的不公平反抗的人也是他。尽管那意味着，他要把产自印度尼西亚的芥末种子包装成"放屁的艺术"再卖给别人。如此一来,我得以从另一个视角去看待海科。他所有的关于资本主义和消费的狂热看起来都是一种反抗和解脱。

"他一直都很有想法,但是在德意志民主共和国无法实施,说出来会受到别人的排斥。"

"比如说?"

"有一次,在成人仪式前的一次培训上,他建议把投资给民主德国电视台的大笔资金用到研发更好的牛仔材料上,因为一来民主德国的牛仔很垃圾,二来大部分人多少都会偷偷地收看西德的电视节目和广告。因为这个建议,他被禁止参加成人仪式。哪怕这正是他的意图所在,但这样的结果也实在令他难堪。他只是说了实话。所有人一直都在收看西德的电视节目和广告。西德消费世界里的那些图片对于海科而言就如同毒品一般。

"有一次,他想到了一个绝妙的点子。他想象着在民主德国开创一种麦当劳——提供古巴食品,因为他觉得它很有异国风情。我们坐在他的床上,他想象着他的连锁快餐店:'从罗斯托克(Rostock)到卡尔·马克思城(Karl-Marx-Stadt),再到德累斯顿(Dresden),到处都有。无论你去哪里,都能在市中心找到。不再是无聊到只提供坚果的食堂,而是精心装饰的古巴连锁快餐店。'我觉得他根本不知道古巴人都吃什么,但是他给他的连锁店起了一个非常有创意的名字——菲德尔·卡斯特罗[①]。"

---

[①] 菲德尔·卡斯特罗(Fidel Castro,1926年8月13日—2016年11月25日),全名菲德尔·亚历杭德罗·卡斯特罗·鲁斯,又称老卡斯特罗,是古巴共和国、古巴共产

罗纳德·巴本痴痴地看着鲁尔河。他陷入了对童年好友的回忆。

"那你们为什么吵架？"

"嗐。因为我没能坚持住。在那个时候，我做了一些事。或许是因为海科没能逃跑。他一直说要到另外一边去。但是他没去。他甚至可以提交出行申请。我可以想象，人们看到米库拉一家彻底消失会感到很开心。但是他没有那样做。他没有出逃。你知道这是为什么吗？"这当然是一个多余的问题。我轻轻地摇了摇头。罗纳德·巴本花了很长时间，向我和他自己解答这个问题。

"因为我，他才没有走。每当他和我描绘他疯狂的出逃计划时，他都会说：'不用担心，我不会这样做的。我不能把你一个人留在这里。你根本就不能保护自己。'这听着有点夸张，但是他说得对。离开了海科，我会过一种逆来顺受的生活。他让我强大。他有想法。他始终都会支持我。他是你能想到的最忠诚的朋友。他也没有其他的朋友了，但这不重要，重要的是他的忠诚。他留下来。然后苏珊娜出现了。"

"你说过你们是在成人仪式上认识的，然后你就爱上了她。不是这样吗？"

"是，就是这样。我们相识，成了朋友。我爱上了你妈妈。但是我太害羞了，不敢告诉她。我们度过了美好的时光。然后就变成了我们三个人，就好像我们把你妈妈拉进了我们的关系中。

---

党和古巴革命武装力量的主要缔造者，被誉为"古巴国父"，是古巴第一任最高领导人。

打那之后,我们就一起做所有的事情。苏珊娜喜欢和我们这些坏男孩混在一起,我们的名声很差。和反社会者和出身优渥的男孩在一起,想必她觉得这很刺激。"

"所以说,不是在我出生之后妈妈才认识海科的?"

"不。她是那样说的吗?"

"她没有直接那样说,她只是说她离开了你,然后和海科在一起了。"

"她是想要保护你。她不想告诉你事情的真相。"

"为什么不?"

"因为你不是一段正常的关系里的被期待的孩子。她是不希望你因此感到难过。"

在米库拉家里,我从未感觉自己是被期待的孩子,所以父亲这话并未触动我。它只是让我更加好奇了。

"接着说。"

于是,罗纳德、海科和苏珊娜组成了一个"宣誓三人组"。罗纳德·巴本期待着苏珊娜能更喜欢他,但是她没有表现出来。他也更加小心翼翼,不敢靠近她,这也是为了不伤害海科,毕竟那样会把他孤立出去。

然后那一天到来了,他去了他们的集合点。那是恩斯特·米库拉用来存放屋顶油毛毡的一个储藏室,油毛毡是他从捷克斯洛伐克搞来的,被当作圣杯一样小心地存放着。罗纳德·巴本早到了一些,外面在下雨,他就进入了储藏室。接着,他看到他的朋友海科趴在他的女朋友苏珊娜身上。他无法理解那样一个场景,这完全出乎他的意料，他当然不明白这种情况已经持续好几个礼拜了。他无法思考，急促地喘着粗气，跌跌撞撞地跑了出去，在雨中跑回了家。

一个小时之后，海科来道歉，说他和苏珊娜是真心相爱的。但是罗纳德根本无法平复心情。他是那样地受伤，因为他觉得是自己辜负了苏珊娜，就好像苏珊娜无法决定她要和谁在一起一样。

他们几个星期没见面。出于痛苦，罗纳德试图融入学校和自由德国青年，参与集体活动、发展兴趣，为运动会和阶级斗争利益服务。但他没有成功，因为和海科多年来的友谊，他已经被边缘化了。与此同时，海科也在试图挽救他们的友谊。海科当面对罗纳德说，不必因此打破所有的一切，还说在罗纳德面前不会再亲吻苏珊娜。他保证，因为罗纳德才是海科唯一的朋友，而且苏珊娜过于乖巧，不是所有的想法都能和她分享，她对自己出逃的想法持批评甚至鄙视的态度。她的规则对海科而言是危险的，他看清了这一点，所以他需要和我父亲罗纳德讲述他的幻想。

"于是，我们三个人又见面了。这是一个错误。我应该和他们保持距离的。我应该在某天认识别的女孩，民主德国总有一天会解散的。但是谁又知道呢。不管怎样，我们又是三人组合了。只是我们再也回不到从前的样子。苏珊娜和海科努力了，但是我感觉和他们在一起时自己像蒸汽机里的备用活塞。我不知道该怎么办。我只能忍受着。"

"你那时候多大了?"

"像你现在这般大。就那样过了四年,我们也慢慢长大了。接着我们的国家奄奄一息。戈尔巴乔夫来了,解除了核武器。他这样做不是因为他是一个伟大的和平主义者,而是因为军备竞赛摧毁了华沙组织的经济。我们破产了。"

民主德国的人意识到了这一点。我父亲说,秘密警察拦截了包裹,因为他们怀疑包裹是西德人寄给他们东德的穷亲戚的;有橙子出售的时候总是排着没完没了的长队。尽管还无法想象国家的解体,但变化是人们意料之中的事。戈尔巴乔夫结束了阿富汗战争,并提议单方面撤出苏维埃社会主义共和国联盟武装。

1988年的秋天,华沙条约组织已经露出解散的苗头。波兰政府开始和反对派对话。匈牙利总理在任三十年后辞职。可是,民主德国仍然在竭尽所能地监视着它的公民。

"就在柏林墙倒塌的一年前左右,海科告诉我,国家安全局,也就是秘密警察找他谈话了。那是1988年的9月,在我们一起在普利特维斯度假的几周后。那张照片是海科拍的。"

"你们三个人一起去的?"

"是的,在一个露营地。两顶帐篷。我自己睡一顶帐篷。海科和你妈妈一顶帐篷。我们回来之后,秘密警察就找到了海科。"

"他们想要干什么?"

"他们要求海科告诉他们关于我和我父母的一切。他们怀疑我们政治上不可靠。那些秘密警察以为可以用什么来收买海科,但是海科对此嗤之以鼻。'想象一下，我要编造一些关于你和你父母的东西，把你们送进监狱。然后，我会得到十公斤的红烧牛肉。'他充满不屑地在房间里模仿着国家安全局局长埃里希·米尔克①。我们笑破了肚皮。对海科来说，出卖我这个想法太荒谬了。'偏偏要把你变成国家公敌。'他喊道。他说他宁可去死也不会背叛我。他倒在地上，弯曲着身体，就像干涸的河床上的一条鱼，他假装自己死了。我朝他扔了一个枕头，然后我们抽烟、听音乐。"

"然后？"

"然后我却对他那样做了。"

"你对他做了什么？"

"我出卖了海科。"

"向秘密警察告密？"

"是的。"

我终于懂了，这就是他一直努力回避的那部分。那是他人生的污点，是他生命的创伤，是让他沉默不语的无尽的羞耻感和内疚感的根源，是让他十五年以来对我无言以对的原因。至少到那一刻为止是这样。

"怎么发生的？"

"我再也忍受不了了。那个秘密警察出现的那段日子，海科

---

① 埃里希·米尔克（Erich Mielke，1907 年 12 月 28 日—2000 年 5 月 21 日），生于柏林，1925 年加入德国共产党，1936 年赴西班牙参加国际纵队，1950 年起为德国统一社会党中央委员，任国安部国务秘书，1957 年任国安部部长，1971 年起为德国统一社会党中央政治局候补委员、政治局委员，1980 年晋升大将，1989 年先后辞去政治局委员和国安部部长职务，后被开除出党。

和苏珊娜正好在讨论这片土地上如果真正实现了自由化和公开化会是什么样子。我意识到他们会离开,甚至不是去西德,而是去很远的地方。我知道自己不会和他们在一起了。他们会组建一个家庭,开一家艺术家酒店。只有他们两个人,没有第三个人。他们谈论得越发频繁。我开始惊慌失措。我本可以继续这样一直追随他们俩,这听起来的确很疯狂吧。我太爱苏珊娜了,所以愿意忍受。我就是这么想的,我那时候还太年轻了。我也太爱海科了。因为太爱,所以我选择离开。但是,在我做出牺牲之后,却要像一条拧松了的木头腿一样被遗留下来,这让我慌张。另外,他们违背了我们的约定。他们总是在我面前接吻。"

和我说起这件事令他颇不自在,我几乎有了一种坐在一个同龄人身旁的感觉。我父亲像一个十九岁的人,陷入了一段不幸的爱情和绝望中,他不知道自己属于哪里。

"10月的一天,一个秘密警察也来到了我们家,主动提出来要帮助我的父母。"

"帮什么?"

"帮助我参加培训。其实他是在威胁他们。他非常明确地说我不会去读大学,说我可以参加生产活动,但不会去读大学。然后他鼓动他们一股脑地说出他们同事的事。昂纳克[①]一家当时已经住进疗养院了,伟大的埃里希·米尔克已经病入膏肓。秘密警

---

[①] 埃里希·昂纳克(Erich Honecker,1912年8月25日—1994年5月29日),德国政治家,最后一位正式的东德领导人,曾经担任德国统一社会党总书记和德意志民主共和国国务委员会主席,也是建造柏林墙的决策者和组织者。

察害怕治疗的细节会被泄露出去,所以来寻找他们的同事。他们认为,谁能为他们监视,谁就是忠诚的。这就像一个测试。但是,我父母把秘密警察赶走了。我父亲非常生气。但我却跟了出去,在街上和那个人攀谈起来,说自己可以提供情报。"

"你为什么那样做?"

"嘻。"

你为什么那样做。我很熟悉这样的问题。有时候没有答案。至少没有一个可以让人生显得不那么沉重的答案。

"因为我想帮助我的父母。我与秘密警察合作,他们或许会放过我的父母。我再也无法忍受了。海科和苏珊娜的事情,你知道,那其实并不算一个决定,而是一种排除法。我立刻就意识到那是错的了。但是,有时候你也会坚持做错的事,就像你会坚持做对的事一样,因为你觉得只有那样做才可以摆脱他们。"

"多年以后回头去看,我会想,假如海科没有告诉我他戏弄了那个人的话我会怎么做。真奇怪,海科告诉我他拒绝出卖我,我非但不觉得享受,反而觉得自己渺小又卑微——和那个和我的挚爱上床的男孩相比。一切都是耻辱。我报复了他。因此,他成了我们之中最勇敢的人。而我,则懦弱地背叛了他。"

罗纳德·巴本寻找着可以握在手里的东西。他发现了一块小石子。我们周围的沙滩变得拥挤起来。现在是下午晚些时候,夏日里可以尽情呼吸的令人留恋的部分才刚刚开始。我让父亲继续讲下去。

"我告诉他们海科计划逃离民主共和国很长一段时间了。他还想说服别人这样做。我还编了一些瞎话，因为他们鼓励我这么做。我的发言都被记录了下来，一页接着一页，还有关于苏珊娜的。"

"都是些什么瞎话？"

"我和他们说米库拉一家都是反对社会主义的，我觉得他们和西方的情报机构有联系，他们会摆弄电子设备之类的东西，都是我编出来的瞎话，为了牵扯我唯一的朋友。"

"然后呢？"

"然后他被带走了。他去了秘密警察的霍恩施豪森（Hohenschönhausen）监狱，我猜。而我利用了这一点。"

"怎么说？"

没有人知道海科去了哪里。苏珊娜忧心忡忡地来找罗纳德·巴本。两人在他的房间里坐了很长时间。最后，罗纳德·巴本说他们共同的朋友海科独自去了波罗的海。他搜集了材料，做了一艘橡皮艇，趁着夜色逃走了。天知道他成功了没有，是不是被淹死了，或者被逮捕了。他没有和她道别是不想给她带去危险。除了巴本——他最好的朋友，他没有和任何人说过。海科要求巴本在他离开之后好好照顾他的苏珊娜。他不会再回来了。真相就是这样。

"我当时真的以为她会选择我。可她只是接受了现实而已。起初她不相信海科会离她而去。但是过了几周之后，海科音信全无，她开始相信了。至少她认为海科真的走了。她生气地咒骂他。我则一直陪在她身边。事情就是在那时发生的。"

"你们就走到一起了?"我问。现在的故事和我有关了。

"我是那样地期待。但其实只有一个夜晚。我们喝了酒,我利用了她对海科的失望。于是一个晚上后,就有了你。"

"你后悔吗?"

"很多事情让我后悔。多年以来,没有一天我不后悔。我把海科送进了牢房。我用谎言出卖了他。更重要的是,为了得到她,我欺骗了她。这让我非常后悔。但是有你,我不后悔。"

他努力想要挤出一个微笑,却只是颤抖了一下上唇。

"后来又发生了什么?"

"后来民主德国解体。不管你信不信,我起初很不满。"

苏珊娜在那天晚上怀孕了。到了3月,大家都看出来了。她的男朋友显然已经走了。于是,我母亲别无选择,只好把罗纳德·巴本作为孩子的父亲介绍给了她的父母,虽说他本来就是。两人开始假扮起罗纳德梦寐以求的情侣,但是他们都清楚他们不合适,苏珊娜的心里只有海科。可海科依然音信全无。

到了五六月,大家开始逃亡到匈牙利。德国统一社会党几乎无法阻止那些民众的逃离。罗纳德·巴本被吓坏了。这样一来,国家解体、社会混乱迫在眉睫。没有人能说清是否会发生和平演变,戈尔巴乔夫对此也无能为力。莫斯科是否会用武力解决问题?没有人可以预见这个国家会变成什么样子,以及国家安全局会是什么下场。监狱被打开,政治犯被释放只是时间问题。或许海科已经知道是谁出卖了他。

于是,罗纳德恳求苏珊娜和他一起去西德。她仍旧对那个国家的前途和命运半信半疑。她太害怕了，何况还有孕在身。

"之后，在1989年7月29日，我见到了海科。"

"什么？"

"在街上。他重获自由，被释放了。至于为什么，得问他。他们放过了他，或者拘留结束了，或者惩罚结束了，或者他们已经意识到自己的时代过去了，或者他很配合。我不知道。那天就像今天这样温暖又美好。我突然看到海科站在贝利茨的圣尼古拉大教堂前。他没有看到我，我连忙走开了。我去找了苏珊娜，对她说赶快收拾行李和我走，去匈牙利，从那里前往奥地利、西德。她不愿意，而且她马上要生产了。但我坚称我现在的处境很危险，恐怕会被拘留，这里并不安全。最后，她还是不希望孩子出生后没有父亲，于是便跟着我走了。"

我是在1989年8月1日出生的，在奥地利，不是在度假，而是在逃亡。数以万计的前民主德国公民聚集在他们的政府大楼前，其中唯独没有罗纳德·巴本。他因为海科·米库拉逃跑了。他为逃避海科·米库拉而逃跑了，就像用逃亡伪装了这次逃避。

一开始他们住在汉诺威附近，之后搬去了黑森（Hessen）。罗纳德从事简单的工作，母亲照顾我。

"我一直担心海科会突然出现。我怀疑他也在寻找我们。那天在贝利茨，我看到他的那一天，其实他才刚刚被释放。两个小时之后，他去了苏珊娜的父母家，那时候我们已经离开了。没有人知道我们去了哪里。我也和我父母断绝了联系。"

"那妈妈呢？她没有找海科吗？"

"她以为是他离开了她。你妈妈这个人非常骄傲。再说她已经有了你。所以她没有寻找他。我一直担心她会给海科的父亲打电话,那样就会得知海科并没有去波罗的海,而是在坐牢。因为有人出卖了他。可是她没有那样做。虽然她很想念海科,但也对海科的不辞而别耿耿于怀。我们不谈论他,这正合我意。我害怕这个话题。我尽我所能地不回贝利茨。在街上再次遇到海科将毁掉我目前所有的一切。其实,我应该承担责任,但是我太懦弱了。"

罗纳德·巴本始终在争取留住他孩子的母亲。周围的人也以为他们是在自己的国家灭亡后逃到西德求生的年轻夫妻。其实把他们维系在一起的只有一个目标。他们就像一对兄妹那样在一起生活。接着是1991年11月的事。

"新闻里说,经过长时间的争吵和讨论,联邦政府出台了《斯塔西档案法》(*Stasi-Unterlagen-Gesetz*)。前民主德国的公民都可以查阅他们被存放在情报机构的个人档案。假如我是海科,我也会想要知道是谁出卖了我。数十万人申请查看档案。要知道,那里有数百万份档案、照片和视频,都是国家安全部门的秘密警察收集的关于他们本国公民的资料。像我这样出于某种动机而出卖别人的人,恐怕有成千上万之多。柏林墙倒塌两年后,受害者们终于能够知道谁是出卖自己的人。1992年1月起,人们可以查阅自己的档案了。我每天都在等待海科找上门来的那一刻。"

"那是什么时候的事?"

"3月。我不知道他是怎么找到我们的。他应该是最早一批查阅档案的人之一。这种可能性很大,因为米库拉一家始终被监视着。在那堆拼图一般的档案中有我这个第三者在 1988 年 10 月提供的信息。虽然他们给我这个出卖'情报'的人取了代号,但那里面有一些东西是只有我才知道的。海科查到的时候一定非常震惊。"

因为羞愧得无以复加,我父亲沉默了很长时间。我也一样,我想不出来该说什么安慰他。或许我根本没想安慰他,觉得也没有什么好掩饰的,做过的事情就是做过了。

"在公交车站时,他突然站到了我身旁。他说:'你好,罗尼①。'其他什么都没说。我一直都在等待海科出现的那一刻。尽管如此,我还是被吓坏了。我像看着幽灵一般看着他。他说:'来吧,我们去喝一杯咖啡。'我们去了,站着喝的。我完全不知所措。其实我原本应该去上班的。但是我再也没有去过。"

"他和你说了什么?"

"'你为什么要那样做?'"

我很清楚这个问题有多难回答,也没有一个答案是合理的。为什么?因为它就那样发生了。我不知道接下来该如何。我不能忍受当时的境况。我喘不过气来。我恨周围的一切,但最恨的还是我自己。这些是我的答案。我想,父亲的答案应该也是如此。

"我无力阻止,当时。我必须承认,我就是那样的。我祈求海科能原谅我。"

之后,我父亲告诉了海科关于我的事。他告诉了海科,他期

---

① 主人公罗纳德的昵称。

待着永远不再与其相见,希望和苏珊娜组建家庭,只是她始终不愿意。她的心里只有海科,永远只有海科。

"海科已经知道了关于孩子的事。这是他在调查的过程中发现的。他只是不知道孩子是我的。但是那并没有让他有多吃惊。对他来说,无所谓。他是带着目的来的,有计划的。"

"他想要回妈妈。"

海科给他朋友看了他手里的那份国家安全局档案的复印件。必要的时候他会给苏珊娜看。她会知道罗纳德·巴本是什么样的人,还有他是怎样欺骗海科,又欺骗苏珊娜的。"海科威胁我,要么我立刻消失,要么他就告诉苏珊娜一切。他和我达成了交易。"

"什么样的交易?"

那时候海科已经开始将他的商业想法付诸行动了。他发现产品并鼓动人购买的天赋在那个新的社会体系中发挥得淋漓尽致。海科胆大、动作快、雄心勃勃,就好像身上有手刹被释放了。在社会转型之后,他对规则的藐视帮助他获得了事业上的成功。

早在信托机构成立前的几个月里,海科便萌生了收购破产国企的现成的商品、设备和技术的念头。通常只有来自西德的有钱的公司才会这样做,他们掠夺前民主德国遗留下来的分毫不剩破败不堪的公司,然后将其卖掉。海科受到他的同胞的信任,设法搞到了一些便宜货。比如,一家国有企业生产的遮阳篷。

"海科把他的遮阳篷和仓库留给我,要求我和苏珊娜,还有你,保持距离。"

"他用一些垃圾遮阳篷交换了我?"我受到了打击。这不仅仅是一次商业行为，而是不对等的筹码问题。

"不，不是的。"他反驳道，"那完全称不上交易。海科想从把他送进监狱的那个男人手中要回他的女人。海科想要回他的生活。另外，我也想。都是我的错。他给了我可以赖以维生的东西，让我不要打扰他们。这笔交易很公平。我本来也不可能拥有你。你妈妈不会放弃你的。我永远不联系你们，他就永远不会告诉苏珊娜我的恶劣行径。后来，当我来到杜伊斯堡，开始卖遮阳篷之后，我才明白，它们是对我的惩罚。"

"我不明白。"

罗纳德·巴本带着海科从咖啡馆直接回了家。他打开门，海科见到了他的苏珊娜。两人拥抱在了一起。第二天，罗纳德收拾了行李，和我道别。但我都不记得了。

"我把你抱在怀里，亲吻了你。我闻着你的气味，说自己很快会回来。打那之后我就一直在接受惩罚。"

他去了杜伊斯堡，接手了仓库和里面的遮阳篷。在鲁尔区上门出售那些遮阳篷的想法本来是海科的。不过，他很快就发现那些东西基本用不上。他自己都没有卖出去几顶，所以很高兴可以把它们推给罗纳德。他收购的完全就是垃圾，尤其是那种螺丝，就是那种让我父亲每次安装都像拆炮弹的螺丝。

"海科很快就发现那些遮阳篷的设计不对劲。它们要么在拧进去的时候断掉，要么固定不上，要么螺纹坏掉，但是没有这个螺丝又不行。"

"难道你不能试试其他的螺丝吗？"

"我试了所有的办法，发现问题和材料有关。那个螺丝的螺纹很独特，组装遮阳篷只能用这种螺丝。"

多年以来，罗纳德·巴本都在试图改进这种螺丝。可惜事与愿违。于是，他练出来一种技术，保证在安装的时候螺丝不会断，或者螺纹不会坏。出于愧疚和善意，他向客户承诺终身维修，因为在摇动手柄，或者风太大的时候，那个螺丝也容易断掉。这意味着，我父亲经常接到通知要再去维修，用他仓库里那些遮阳篷配件包里的螺丝。这意味着，尽管他还有上千块遮阳篷布，可是每替换一颗螺丝，他就会少安装一顶遮阳篷。一顶遮阳篷大概要用掉四五颗螺丝。卖不出去遮阳篷倒还好，他还有上百颗螺丝。

销售的成功会加快他螺丝的消耗速度。随着时间流逝，维修服务越来越难以继续下去。六个星期以来他只字未提，是因为他很高兴可以和自己的孩子在一起。但他也不知道接下来该怎么办。

我们回到了车上。我非常困惑，满脑子都是和卖遮阳篷有关的画面。我们放弃了冰激凌，开车回到了仓库。这是我和巴本的最后一次出差。"你说的'接受惩罚'是什么意思？"罗纳德·巴本打开窗户，让风吹过他的头发。谈论这个让他很为难，但最后他还是下定了决心，将一切全盘托出。

"直到今天我都认为这是我应得的。我做尽坏事，所以必须弥补。我不适合过一种舒适的生活——和另一个女人，在某个地方，做着一份体面的工作。我已经接受了我生命中的仓库、遮阳篷、螺丝和破旧的面包车。我会继续，直到一顶遮阳篷都不剩。"

"或者一颗螺丝都不剩。"

"对,就是这样,我的孩子。"我们拐进了院子,"你或许需要一定的时间才能接受。但是,一旦接受了,你或许会感到开心。最终,我没有读大学。我什么都没学到。我只有自己和这样的人生。那么多年我也过来了。"

"直到妈妈因为我给你打电话。"

"是的。她觉得是时候让我们见面了,尤其是在你做了那样的事情之后。除了我,没有人能够理解你。"

我在内心补充说:就像我理解你,爸爸。

"你来我这里,我很开心,"我们在仓库前停好车后他说,"真的很开心。"

他解开了安全带,但是我还有一个问题:"妈妈打电话给你,是这么多年以来第一次联系你吗?"

我父亲微笑着说:"不,当然不是。通常我们每年会通一次电话,都是在 8 月 1 日那天。"

# 第四十四天

他们在我生日那天通电话，妈妈告诉罗纳德·巴本我过去一年的情况。我不知道她是怎么对他说的，他又是怎么看待的。或者那只是一种简单枯燥的习惯性通话。我也不知道他是否想念他唯一的孩子，尽管他没有资格做她的父亲。

无论如何，他对于我比我对于他更加模糊。今天回头去看，我觉得非常不公平。我们之间缺失了将近十五年无从弥补的时光。我们之间不再是父女关系，而是一种令人悲伤却又是自愿形成的陌生人关系。

当然了，我在2005年的暑假认识了他，和他共处了六个星期，被他和他的许多优良品质给折服了。我喜欢他倾听的方式。他的目光里不仅有好奇，他看着我的样子就像在听一场学术报告。他的世界和我的世界当然相距甚远。他让我去一次"圆顶音乐节"[①]的愿望落空了。他询问我那是什么。我坐在副驾驶座上一边疯狂地做手势，一边和他解释，他点着头开车驶过哈姆。最后，

---

[①] 举办于法兰克福，是欧洲最大的电子音乐节。

他说"真稀奇",没有丝毫的讽刺意味。

我认识了他,当我们坐在埃姆舍(Emscher)河边吃奶酪面包,他给我描述小河边遍地生长的粉色的兰花时;我认识了他,当我晚上去洗手间,经过他那儿,发现他躺在沙发上睡着了,打开的书摊放在鼻子上时;我认识了他,当他温柔地咒骂他的旧车,发现超市里有人乱翻,导致他找不到意大利饺子时——那是我为数不多的可以感受到他受到压力的时刻;我认识了他,当我和他坐在沙滩上,他试图和阿希姆解释"国父"这个词和首相的生育能力无关时;我认识了他,当他一无所获地返程,还能兴冲冲地记下销售结果时。最后我了解了罗纳德·巴本让人悲伤的人生故事。我只是没有感觉到他是我的父亲,因为他不能扮演。我认为他也不想扮演。多年之后,他女儿像从六楼坠落的三角钢琴一般闯进了他的生活,让他在十四年以来近乎停止了生活的地方扮演一个角色,这几乎是不可能的。

我们在彼此身上没有体会到家人重聚时的怜惜之情,因为那是不可能发生的,那是只有父母与孩子才能体会的沉默时刻:短暂的触碰、目光的相遇、有相同基因的人的内省。我们不交谈。他没有拥抱我,我也没有拥抱他,因为我们没有这个习惯。

但他的人生告白深深地打动了我,直至今日,我仍会想起穆尔海姆的鲁尔河畔。他关于自己不称职的描述将我拉近,我对他的每一个词语都有切身的感受。我就像罗纳德·巴本。只是他自己选择了为他的行为承担后果,他把惩罚变成了他的一部分。

晚上,我问他,仓库空了以后打算怎么办。这时,我们正从袋子里取出意大利饺子。他建议在饺子上撒上香肠碎,但后来发现味道不如预期。他用他不锋利的菜刀切着香肠,说:"不知道。那我也没什么事可干了。"

"你可以去旅行。"

"十四年里我都在旅行。"

"你可以去鲁尔区以外的地方旅行。"

"我可以开车去一次堪察加。"他停顿了一会儿,然后放下刀,走向他的架子,找出一张唱片来,喊道,"我已经好久好久没有听了。曼弗雷德·克鲁格[1]和天才般的君特尔·费舍尔[2]。"

他把唱片从封皮里取出来,放到播放机上。

假期来临的时候

问题也来了

该做什么

该去哪里

这次就去堪察加

你的外币,慢慢地在路上用尽

你或许会掉头

想着做点别的什么

---

[1] 曼弗雷德·克鲁格(Manfred Krug,1937年2月8日—2016年10月21日),德国演员、歌手、作家。

[2] 君特尔·费舍尔(Günther Fischer),出生于1944年,德国爵士乐钢琴家、木管乐手、乐队指挥、作曲家。

不然你就太太太太蠢了

不如带上你的帐篷

再次出发

前往海岸线，前往营地

你要留意自己有没有帐篷许可证

否则，你要大为光火

你是如此狂热

却没有前往海湾

别人没有帐篷许可证

却已经做到了

　　那是我唯一一次看到我父亲跳舞。他对我招手。当你还小或者当你结婚的时候，和自己的父亲一块儿跳舞是一件美妙的事。但对于介于两者之间的人来说，和父亲共舞太恐怖了。他调高了萨克斯独奏的音量，向我挥手。他太开心了，那是我们在一起度过的最后一晚。我走到他身边，他握着我的手，我们随着那首古怪的音乐起舞。

　　曼弗雷德·克鲁格唱着，我们跳着。我从未那样近距离地靠近过他。他很温柔，也很有魅力。

　　后来我想，对于女人而言，他是个很好的男人。可惜，在很久以前他就选定了一个女人，那之后唯一和他跳过舞的另一个女人则是他的女儿，也就是我。这么想或许会让人伤感，但他给我的感觉是，这样的事并没有困扰他。歌曲结束的时候，他拿开唱片机上的跳针说:"我不知道以后要做什么。我还有时间。我还年轻,仓库还满着。"至少后半句话是对的。

之后便是依依惜别。道别终究要来,但我们至少可以决定拖延到什么时候。前往科隆的火车很准时。我们都一言不发。相反,我们走向河边,昨天酒吧还在那里。

我们在石头上坐下,看着河水。天气凉爽了一些,2005年的夏季似乎转瞬之间切入了秋季。我已经收拾好了行李。最后,我站起来说:"爸爸,我现在得回家了。"

"真稀奇!"

我们回到仓库。我取了行李箱,把它推到父亲的斯巴鲁车的装货区。他再不动手,我就不得不在这里多待一会儿——虽然我并不介意这样。但最终,破旧的面包车还是顺利地发动了。我们驶出了场院。

我们驶过大桥,往市中心方向驶去,随后上A3高速公路,向南行驶。再开几公里就离开鲁尔区了,我提醒罗纳德·巴本,注意那危险的一刻。但他笑了,对我说:"我开车送你回家。这样我们就还有一个小时。"我们要利用这一个小时听普迪斯乐队的歌。现在轮到放他们的音乐了。这次,我们一起唱。

> 我要像一棵大树那样老去
> 如同诗人歌颂的那般
> 像一棵大树的树冠一般
> 始终、始终、始终、始终

### 指向远方的田野

　　在风雨中，通往科隆的 A3 高速公路两旁的麦田低垂着身子。从城市驶离之后会看到一派田园风光。越往南走，我越感到伤心，不是因为现在，而是因为过去。我是父母的孩子，可是他们却隐瞒了这么多事。我之前对素未谋面的父亲的幻想非常离谱，这或许是最糟糕的事，他和我想象的完全不同。

　　他对我的母亲和我充满了爱，为此他宁可远走，永远不再回来，在痛苦中煎熬。我理解。我也理解他无法带着对他最好的朋友的亏欠生活。他活着只是为了学习。

　　离开莱沃库森（Leverkusen）后有过短暂的迷路。从科隆东的那个分岔口开始，我告诉他应该怎么走，这让他很高兴。他希望开车的时候一直有一个声音告诉他，比如，下个路口右转或者直行六十公里，就像飞机里的设备一样，总是知道你所处的位置。我没有勇气告诉他海科就有那样的一台设备。那时候它还要价不菲，海科还把它调到了"男声"，因为他不喜欢让女人指挥他开车。

　　到了科隆方向的霍伊玛（Heumar）三角洲的时候，天空开始下起小雨，罗纳德·巴本的挡风玻璃雨刷开始吱吱呀呀地挥动起来，就像一个年迈的老人从长椅上爬起来一样。生活经验告诉我们：不用着急，总会淋湿的。

　　开过罗登基兴大桥时，我变得激动起来，不仅仅是因为我离开了一个半月，更多的是因为现在要重新适应家里的生活。假期结束后，回家总是美好的。躲进自己的房间，闻着家里的气味，躺到自己的床上。

　　我激动，主要是因为妈妈和巴本。如果我没想错，他们已经十四年没见了。还有海科。他会怎样？他恨巴本吗？还是他不在乎？毕竟海科·米库拉大获全胜。但他输掉了他最好的朋友。

　　我父亲似乎满脑子也是同样的想法。不管怎样，当我们再一次切换高速公路的时候，他说："我觉得我陪你过来不明智。我不想打扰你们。"

　　我没有回答，因为我不确定他是否说错了，他也可以直接把我扔在门口，然后自己立刻离开。

　　我引导着他穿过哈恩瓦尔德。对他来说，这里没有可以装遮阳篷的露台，所以他原本永远不会来。他关掉音乐。打我认识他以来，他第一次露出了胆怯的神情。我们拐进了我们家所在的那条街。"左侧第三栋房子，"我说，"开到入口呀！"

　　但他在房子对面的街上，也就是路的另一侧，停下了车。"我不想让油污滴在车道上。"他耐心地解释道。可是我知道，他只是想尽快开走，不被发现。尽管他感觉不舒服，但他还是下了车，打开了后盖，取出了我的箱子，把它放在路上。路面上的雨水被晒干了，留下了大片的深灰色。他看起来就跟六个星期前一模一样，甚至衣服都是同一套。那时，他在杜伊斯堡火车站的站台上和我面对面地站着。那时我非常失望。

　　那像很久以前的事了。

　　我为我当时的失望感到羞愧。

　　他克制并微笑着说："好吧，就到这里。我今天还有很多约会要赴。毕竟我是个忙碌的企业家。"然后我开始号啕大哭,这让他立刻乱了手脚。"怎么了?怎么了?我们很快会再见的,金。不要这样。"他不知道该拿我的眼泪怎么办,只能手足无措地待在原地。拥抱或许有效,但是他想不到。或者他想到了,但是不敢。幸好,这时房门打开了,妈妈走了出来。她穿着一身白色的蔻依牌的夏装,像一阵风一般地对我们挥手。她把我拥入怀中,吻了我一下,说:"你回来了。"就好像我被她弄丢了,被一个陌生人送了回来。然后她转向了罗纳德·巴本。

他绝望地抬起右手,好像在发誓:"你好,苏珊娜。女儿回来了。毫发无损。"他一点都不喜欢她站在我们面前。

"你好,罗尼。"她说。

"你好,苏西。"

"还好吗?"

"很好。真的。非常好。"

他扶着大开的车门说。我能感觉到他只想再次消失。

"你看起来棒极了。"他说。

"不想进来看看吗?"她说着做了一个要拎箱子的动作。但是我没给她机会。

"不知道。我还有其他的约会。其实……"我父亲说,并看着我,寻求帮助。在我们的销售模式里,我会立刻反应过来,接住他抛给我的球,开始抱怨我父亲的责任重得难以置信,以至于根本就没有私人生活可言。但是我没有上套,只是站在疏远的父母之间,不知道自己该做什么。

然后海科出来了。我根本就没有看到他过来。他就那样突然地出现在那里，说："你好，罗尼。"海科上一次说这句话还是在公交车站，当时把我父亲吓了一大跳。现在，他仍然缩成一团。我看着他，他急切地想要回到高速公路上去。他宁可待在博特罗普吃熏肠，也不想在哈恩瓦尔德面对他的原告。

"你们为什么都在外面杵着？进来吧。有冰茶。金，我在佛罗里达发现了一款冰茶，它绝对和你知道的冰茶不一样。"

他表现得像什么都没有发生过，就好像站在他面前的不是那个把他送进监狱，试图拆散他和他的恋人的最好的朋友。但是，他是最终的赢家。他拎起了我的行李箱，在罗纳德婉言拒绝而离开之前，我们已经走在进门的路上了。这就像一个鹅群。最前面的是海科和我的行李箱，中间是他的妻子，后面是我和罗纳德·巴本。他的一只手一直放在装着汽车钥匙的夹克口袋里。他抓得紧紧的，我看到了。

海科放下行李箱，穿过房子走到露台上。"坐吧。"他喊道，还做了一个邀请的手势。他穿着白色的亚麻长裤、白色的亚麻衬衫和米色拖鞋。地板是白色的，休息室的家具是白色的，遮阳篷也是白色的。他拿起遥控器操作，它悄无声息地伸出了半米远，完全遮蔽了露台。这显得多此一举，但每个人都明白那只是一次权力的演示，而不是好客的表现。

罗纳德·巴本在扶手椅的边缘坐下，从那里陷了下去。他又挣扎着坐了回来，接受了海科递给他的杯子。"在我看来，桃子菠萝果汁是软饮料艺术的巅峰。我要把它进口过来。"

我父亲喝了一口说:"真稀奇。"我太喜欢了。

"不是只有凯伦娜(Karena),对吗?"

"噢,是的,凯伦娜。"我母亲说,她之前沉默不言,现在的局面让她也感觉到了不自在。显然,她对海科情有独钟。"金,你知道什么是凯伦娜吗?"

"不。"

"民主德国的一种汽水。凯伦娜是'天然低热量'[①]的缩写,喝起来和猫尿差不多。我觉得,单单为了这款冰茶,就值得走上街道。"

罗纳德·巴本礼节性地笑笑,尽管我不太确定他是否赞同凯伦娜像猫尿这种说法。他在民主德国时未能融入那个社会,但并不意味着要抵制汽水。海科·米库拉则不会错过亵渎、贬低前民主德国的任何机会。在这个暑假之前,我一直以为那是西德人的一种相对正常的傲慢行为。我以前压根不知道海科、他的妻子和我父亲都来自东德,来自柏林西北方向的贝利茨。他表现得像和当时的那个社会没有丝毫关系。他经常拿它开玩笑,而我大多数时候都没怎么听懂。

有一次,我们站在罗登基兴的肉店里,他说:"金,你知道,为什么民主德国的肉店里总是至少要摆放一根香肠吗?"

我摇摇头。一来我真的不知道,二来因为他希望我不知道。

"因为不这样的话,人们就会排队等瓷砖。"

---

[①] Kalorien-Reduziert-Naturtrüb.

然后我礼节性地笑了笑,完全没听懂,只觉得他是个疯子。今天,在我看来,海科在那一刻想起了他的过去。那是一个苦涩的时刻,只能用开玩笑的方式化解。在民主德国的那些时光对他而言是丢失的人生。他不是带着怀旧的心情回顾过去,尤其是对于他曾经还是政治犯的这段经历。从前的我是无法意识到这些的。

"如何?遮阳篷生意如何?"

"挺好的,挺好的。"我父亲连忙回答,"进展得很顺利,尤其是有了金的帮助后。她是个销售天才。"

"哦?真的吗?"我母亲说,然后她站起来,调了一杯杜松子酒饮料。她感到紧张,原因不止一个。空气中弥漫着什么。

"那些遮阳篷很受欢迎。"罗纳德·巴本补充说,就好像他要和海科较量一样,勉强假装他甩掉了那些东西。他喝了一口冰茶。

"当然了,它们的确很棒。"海科说,"六个礼拜里你们在鲁尔区都做什么了?"他那种轻蔑的态度激怒了我,可是我一点都不在乎。我不想告诉他关于海滩、阿利克、我们的旅途、五大雅典卫城和章鱼赢了斯卡特锦标赛的事。它们只属于我和我父亲。于是,我抱着双臂,自豪地说:"我们听了我们的普迪斯。"我看着罗纳德·巴本,他点点头,对我微笑以示鼓励。

"埃里希·米尔克最残忍的暴行:病态、普迪斯和空手道。"海科说着笑了,他又把自己的杯子加满。

我认为这句话是对罗纳德·巴本的羞辱。"我们吃得很棒。"我又补充说,"我交了朋友。天气每天都好到让我们去游泳。这是我一生中最棒的假期。"

"太好了,亲爱的。"我妈妈平静地说。我也不算撒谎。虽然每天吃的基本上都是香肠,朋友平均比我年长四十岁,但是天气的确很好,如果忽略莱茵-黑尔讷运河轻微的异味,那里的沙滩也算迷人。不管怎么说,我都是认真的。

一片寂静,四个人都不作声了。罗纳德对这种在拜访客户时经常发生的尴尬局面很熟悉,没有人能像他那样坐在陌生人的沙发上。我妈妈觉得不自在,她或许同情这个身材矮小的男人。他紧紧地握着他的水杯,好像不如此就会沉入水中。海科在思考,把老朋友兼叛徒赶出去之前还能如何羞辱他。

就在我决定搅局,对梅苏特·厄齐尔赞不绝口时,杰弗里来到了露台。经过几周的治疗,他可以到处走动,不需要绷带了。他脖子上和左半边脸上被烧焦的皮肤不再是红色的了,但有一层薄薄的模糊不清的伤痕。我只看了一眼就被吓到了,不仅仅因为那是我的过错,还因为那看起来真的很严重。

杰弗里走向罗纳德·巴本,非常友好地向他伸出手,说:"你好,我是杰弗里。"他的样子天真极了,这让我更加觉得自己行为恶劣。罗纳德尴尬地从椅子上站起来,在男孩面前弓着身子说:"你好,我是罗纳德。我是金的爸爸。"杰弗里说:"我知道。金没有和我们一起去度假,因为她要去看望你。"

这句话让我受不了了。那个小家伙那样说就好像我不愿意和他一起旅行,就好像他希望和我一起去佛罗里达一样,尤其是在发生那样的事情之后。我的眼泪夺眶而出。我站起来,走向他,抱住了他。他推开我，但不是因为不想亲近我，而是因为"你动作要轻一点，否则会疼的"。

他询问妈妈可不可以吃冰激凌，接着就去了厨房。我完全崩溃了。假如他完全装作看不见我或者自己玩小石子，那会让我感觉正常一些。

"那么，我走了。工作在召唤我。"我父亲说，就好像他从刚刚的对话里察觉出这里的人不需要新的遮阳篷，不论是哥本哈根款的还是孟买款的。他放下杯子，再一次陷入了扶手椅里。然后他走向海科，伸出手说："你做得太好了。为你高兴。"他似乎比他自己认为的更加认真。海科握着他的手说："加油，罗尼。"

两个男人之间不存在竞争，因为他们的地位不平等。海科体内那台炫耀的马达熄了火，现在，面对面站着的只有已经疏远了的老朋友。

妈妈和我一起陪我的父亲走向他的汽车。"你愿意来看看我们，真是太好了。这对海科来说意义重大。"妈妈说，"这么多年了，或许是时候让你们俩平和地一起坐在露台上了。"

"真是太棒了。那个冰茶。美国货。真稀奇！"罗纳德·巴本微笑着说。我很清楚里面有多少讽刺的成分，这比我妈妈想的或许少很多。他朝我转过身来，毫无预备地拥抱了我，说："这是我度过的最美好的假期。"

"你根本没有假期。"

"有。我说的。"

我不想松开他。

"你可以随时给我打电话,而且我们只相隔八十公里。"他说。我开始哭泣,这又让他变得无所适从,好像我会在他眼前泪尽而亡。

最后我控制住自己,说:"开车小心点,爸爸。记得给我打电话。"

然后他就上车了,慢慢地发动了车子。他因为没有了向导而略微有些无措,但还是决绝地驶进了八月的夜晚。

等再进到房子里,我把我的箱子提进了我的房间。在罗纳德·巴本的仓库里住了六个星期之后,我像一位客人一般回到了自己原来的生活中。我躺到床上,看着天花板。门开了,妈妈走了进来:"我们想和你谈点事情。你能下来一趟吗?"

我以为会是关于度假的,或者关于花费不菲的旅途、异国的菜肴,或者海科要介绍新的商业想法,要决定选哪家餐厅来庆祝假期的结束。我想得大错特错。

露台的茶几上放着几本宣传册。海科扩着腿,拿着白葡萄酒坐在沙发上等着我们。我坐下来,妈妈又去准备了一杯杜松子酒饮料。海科开始说话,那肯定是他的主意。

"金,我们考虑了很长时间。我们做出这个决定也很艰难。但是,我们俩都认为我们必须做出一些改变。"

我试图瞄一眼那些宣传册,可是什么都看不清楚。"我们都清楚不能再这样下去了。在那件事情发生之后,我们不能继续住在同一个屋檐下了。你应该也是这么想的。"他要做什么?我看向妈妈,可是她只顾着看她的杯子和里面的冰块。

"因此，你妈妈和我决定将你送到寄宿学校去，这对我们所有人来说都是最好的选择。"

"什么？"

"我们去看了不同的机构，最后选择了这个。"他拿起最上面那本册子，扔给了我。

"那我呢？有人问过我吗？"我喊道。我不要。决不。他们想推开我。再一次。永远地。这是宣战。我立即开启了扫射模式，同时我又感觉到无能无为。很久以前就决定好了。没有经过讨论。我能做的就是把米库拉家眼下的生活变成地狱，或者选择顺从。

"不。"我喊叫着，尽我所能地把册子扔得远远的。我跳了起来。我冲进房子，爬上楼梯。我听到海科在对我妈妈吼叫，让她不要管我。然后我重重地摔上门，扑到床上。

孩子哭闹的时候要让她自己安静下来，不要立刻跟上去。事情会解决的。十六岁的人适应新环境的能力惊人。这一点在我看到罗纳德·巴本为我布置的房间那一刻就得到了证明。

我在我的床上静静地躺了一个小时，渐渐地，我觉得米库拉一家的决定对我也有好处，或许甚至还是一个好主意，一个新的开始。我不用再做学校里最蠢的女孩，不会再和海科、妈妈发生争吵。还有杰弗里，那个被伤害的小男孩。他会长大，永远带着他姐姐带给他的伤害生活下去。眼下他还不怨我，但如果他接下来每天都要见到我，如果我成为他痛苦的见证者呢？如果他被讥笑，如果他越来越明白，假如我不在，假如我从来没有出现过，他原本可以过着不一样的生活呢？我从他的生活里消失，难道不是更好吗？还是那样的我太过懦弱？我考虑了很长时间，最后拿定了主意。我不想懦弱下去，我不想再把这个小男孩看成敌人。他毕竟是与我有一半血缘的弟弟，虽然没有半点罗纳德的。他也不再像假期刚开始的时候那样令我讨厌了。最后我选择了"和平"，这不是出于疲于战斗的休战，而是诚实的永久的和平。我知道我该如何谈判了。

我又下楼来。妈妈已经离开了。海科还坐在沙发里喝着白葡萄酒。很好。妈妈不会参与这次谈话。海科看到我，放下杯子说："考虑得怎么样？"

"我去寄宿学校，"我平静地说，"没有恐怖行为，没有闹剧。但我想要别的东西作交换。"

"好的。"商人海科说，"我听听。"

我们交谈了将近两个小时。那是他第一次听我说话，也是我第一次听他说话。我觉得我们其实早就可以这样做。只是交谈。没有大喊大叫。没有侮辱。没有伤害。只是交谈。这就是那六个礼拜，以及其间发生的一切所带给我的改变。谈完之后我又上楼，轻轻地敲了敲杰弗里的门。他已经睡了。我小心翼翼地躺到他的床上，听着他兴奋地说着的梦话，直到我也睡着了。

四天后，我坐车去了南部。米库拉一家三个人把我送到了城堡里。我布置了我的房间，认识了范妮（Fanny）——接下来四年里我最好的朋友。

就在寄宿学校为新生和他们的父母供应咖啡和糕点的时候，

在杜伊斯堡-梅德里希,一辆汽车驶入了工业园。两个男人下了车,走向了前面停着罗纳德·巴本的车的仓库,敲响了金属大门。

· 第二部分 ·

# 没有我父亲的那个春天

Der
Markisenmann

菲德尔·卡斯特罗

保持距离对我们大家来说都是好事，既不会完全失去联系，又不必始终盯着伤口不放，这样我的疼痛自然就会逐渐减轻。这也是帮助我父亲和海科度过人生的办法。他们之后再也没有见过面。就算见过，他们也不会告诉我。我没有透露给罗纳德·巴本我和海科达成了什么交易。

躺在床上，我开始思索，或许寄宿学校是将我们所有人从多年的伤害与堑壕战斗中拯救出来的办法。我也思考着我父亲以后的生活。当我回顾我的人生时，必定无法绕开他。既然我要接受惩罚，那就该让他彻底摆脱惩罚。这就是我和海科提出的交易。

我一直视海科为我一生的敌人，是他夺走了我父亲的妻子，拆散了一个充满希望的家庭，他也可以成为我的盟友。尽管这对我来说很难，但我还是必须接近他。在接下来的几年里扮演被羞辱、被惩罚、被侮辱的角色，会过得更简单一些。之后的人生中，我们将避而不见，我不会邀请他参加自己孩子的洗礼。那些破事还会影响下一代，但终究，某天它们将变得不再重要。

等我坐下之后，他问我："认识这个人，你感觉怎么样？"我猜，在他问题的背后是他的好奇，好奇罗纳德·巴本是否提起过他，以及，当然了，还有父亲是否说起过它。

"感觉很好。激动，也伤心。"我说。

"为什么伤心？"

"就为你们之间的事。"

他向前弯下腰，我看出了他的紧张："他都说了些什么？"

"我觉得是所有的一切。"

接着，我就告诉了他我父亲告诉我的关于他自己、关于海科、关于妈妈的事。关于费希特瓦尔德，关于在贝利茨的童年，关于出逃的梦想，关于爱情和失望，关于商业想法，关于他在足球俱乐部被边缘化的经历，关于三人组，以及背叛。我复述了自己所知道的关于逃亡匈牙利和奥地利的事，以及海科最后如何出现的情景。在我讲述到某些地方的时候，海科点着头。没有什么需要他纠正的。显然，我父亲没有进行任何的修饰和删减。"他就是这样告诉我的，还有，你的遮阳篷。"

"完全是垃圾。根本不能用。几乎无法安装。"

"因为那螺丝。"我说。

"对。设计失误。接手仓库的时候，我立刻就发现了。"

"你想要这两者都从你的生活中消失。那些遮阳篷和我父亲。"

"可以这么说。或者也可以说，我想要你的妈妈留在我的生命里。失去罗尼让我很受伤。"

接着，海科和我讲他一直欣赏他最好的朋友。他喜欢罗纳德的安静。罗纳德一直耐心听他讲话，从来不嫌他话多。他可以和罗纳德讲几个小时的荒唐想法，比如社会主义的迪士尼乐园里有扮成斯大林的巨型毛绒玩具走来走去，分发有牛血糖衣的夹心巧克力。海科把我父亲描述成了一个没有危害的影子——除了待在海科的身边，其他什么地方都不去。

接下来就是三人组。他和苏珊娜当然能感觉到罗纳德的痛苦。可是他们希望他能尽量留在他们身边，甚至还要三个人一起去普利特维斯度假。因为他们是朋友，所以形影不离，尽管海科和苏珊娜的关系更近一些。

然后有一天，晴天霹雳，一切都结束了。秘密警察当然一直监视着年轻人，海科知道。当他认出国家安全局的工作人员时，他总会和他们打招呼，这不是什么难事儿。"他们把车停在我们房前，根本就没想过掩饰自己的踪迹。他们想要吓唬我父亲。"

但是，固执的米库拉一家没给他们逮捕的理由，这让当局很不安。直到1988年10月里的那一天。那天海科计划给他父亲弄一根电线，他一整天都在外面开着他父亲的车找。秘密警察在门外逮捕了他，他被带到霍恩施豪森接受询问的时候，他还不明白发生了什么。当他们宣读他涉嫌外汇欺诈、策划非法越境、开展间谍活动、煽动反政府行为的拘捕令的时候，他吓得魂飞魄散。

他经常会开一些玩笑。叛逆，他的确如此，他不否认。讥笑政府的行为无处不在。但是，间谍？如果因为他拿当局开玩笑他就算国家公敌，那尽管审判他。另外，说他有逃跑的计划，他没有。他要求对方提供证据。

但是他们把他关进一个单间牢房，每天都对他进行审讯。他们对着一个十九岁的男孩咆哮，砰地关上门，让他在及膝的冰冷的水中连续站上几个小时，对他进行侮辱和恐吓。只要他和盘托出，他就能拯救自己的父亲。但他没有什么要和盘托出的。后来，在某个绝望的时刻，他开始编造答案，那些他认为会让审讯人满意的答案。但是他们不相信，反复提出那些老问题，然后不断地摇头。

每次审讯完，他们都会把他带回他的单间，砰地关上门，等他几乎睡着了，又再次把他叫醒。他们将这种审讯称为"拘留列车"。每天晚上重复六次，干扰那敏感的快速眼动期，好使他精神错乱，梦中仅剩疯狂。

第二天继续审讯他，质疑他是否诚实。要他如实交代在家里是不是经常那样。是不是和他父亲一起去过波罗的海国家[①]。问他是怎么看待民主德国的。每次审讯他的都是同一个人。他从未见到过其他人。审讯了几个小时之后，语气有时候会在几分钟之内发生变化。然后那个秘密警察就会表现得友善一些，和他讲一些私事，并立刻再次威胁他。他已经很有耐心了。巴本是个什么样的人，是不是认识他的父母，他们是不是参加了反政府活动，他们的儿子是不是从疗养院偷窃国家资产。海科全部否认了。虽然他们以减轻对他的惩罚来诱惑他，只要他说出他们的名字。

---

[①] 即现今的立陶宛、拉脱维亚和爱沙尼亚三国。这三个国家于1917年依据《布列斯特-立托夫斯克条约》脱离俄国独立。1919年协约国武装干涉俄罗斯，并借机入侵波罗的海国家；1940年苏联接纳波罗的海国家为加盟共和国；1941年纳粹德国军队侵略波罗的海；1944年苏联军队重新收复此地；1990年三国相继脱离苏联独立，促成苏联解体。

后来，海科不肯配合。他从来就不是一个配合谁的人，更何况现在。代价是他要承受无法入眠的痛苦，警卫制造的地狱般的噪声、恐吓和吼叫。

有一次，海科反问对他的指控的来源。审讯者说有目击证人的供词。他被出卖了，可能需要二十年的时间才能想明白是谁。海科请求上诉，但是没有成功。审讯者通知了他的家人，对他们进行了威胁。把自己儿子被捕的事情曝光出来不是什么好主意，他们应该庆幸他还活着。他让他们转达问候。

就这样过了九个月。他们把他放了，没有解释，没有道歉。是因为他们觉得他是无辜的吗？或者随着当时情势的变化，把一个年轻人拘捕了几个月的事让他们退缩了？后来也没有人告诉他。海科有权要求得到一个解释。最终他们打开了大门，让他脱下了蓝色囚服，拿回了他自己的衣服，除了他的西德牛仔裤——被一个警卫用一条破旧的前民主德国的欧洲野牛牌（Wisent）裤子调换了。

回家算是最好应对的事。经历过数月的隔离和数百小时的审讯，他害怕释放只是一个诡计，有人想要杀他，在逃跑的路上向他射击。

认真地听海科说着，我突然明白他的那些特质从何而来。他多少还停留在被拘捕的创伤之中。海科痛恨门被砰地关上，他要求酒店房间在夜里必须足够暗，他吃东西速度很快，因为当时关押他的人就是那样强迫他的。还有就是，他总是感到饥饿。

"我回到了家里。你知道那有多么奇怪吗？我有三个季度不能回家了,突然就那样回去了。插入钥匙,我看到我父亲坐在厨房里。他几乎要被吓死了。"之后,海科知道了几个月内民主德国形势大变,全国各地到处都是示威,人们排着队逃离,政治局在国家电视台呼吁人们坚持下去,劳动人民则在准备革命。

对之前的事,海科则一无所知。在被通知能够回家之后,他先跑去了苏珊娜家找她。可是,她的父母既不想也不能告诉他她在哪里。他们无法信任他这个被释放的囚犯,而且苏珊娜如今已经和罗纳德走到一起了,这是她父母更希望看到的结果。他们不想让颠覆分子海科从中作梗,于是他们随便糊弄了几句就将他打发走了。彼时,苏珊娜已经离开了莱比锡。海科后来得知苏珊娜那时已经有孕在身,他算了一下大致时间,意识到那个孩子不会是他的,而是罗尼的——他最好的朋友,和苏珊娜一起出逃的那个人的。

他没有逃离,他帮助他父亲走完了最后的一程。他几个月不在,这伤透了恩斯特·米库拉的心,这让他无法逃往西德。尽管他很想。"最讽刺的莫过于,我一直想要离开,可我却因为这个想法被拘捕了。等我可以逃的时候,我却没有逃,因为我做不到了。"

海科是第一批可以查看斯塔西档案的民主德国公民中的一个。"当我看到罗尼的供词里写的那些东西时,我几乎从椅子上摔下来,差点吐出来。满纸胡话。他说了关于我的事,金。有些是真的。那些我们一起开过的玩笑,还有那些我曾经和别人,尤其是和他说起过的出逃计划。我看着它们,想:你这个浑蛋,为什么?直到今天我都不理解他为什么要那样做。"

我知道为什么。但我不是我父亲的辩护律师，于是我选择了沉默。太难以启齿了。要克服巨大的羞耻感，这太难了。我立刻想到了和自己有关的原因。有时候，你会做出你自己也说不清楚的事。你每天做的决定里有数百个是没有根据的。抓着它们紧紧不放并不值得，因为它们都有一个共同的原因：饿了。你会想要阳光，你会想要说话，你会想要看一部电影，你会想要氧气泵。这些都是不重要的即刻决定。当然，也有一些来自灵魂的深处，不受控制。似乎只有一种办法可以缓解你那无以言说的痛苦。然后痛苦被无限放大，你的手里握着那该死的瓶子。秘密警察就站在街上。那么渺小。我们是如此渺小。我们人类。至少巴本家是这样。

"其余的你都已经知道了。我开始寻找他们俩。花了一段时间，我最终找到了。有两天的时间我都站在他们房门前，我不敢进去。我不知道苏西对整件事一无所知。于是我就走向了罗尼。"

"妈妈现在怎么样？她知道了吗？"

海科思考了半晌，好像也不确定："我觉得她感觉到了。她知道我曾经被关在秘密警察的监狱里。但是我从未和她说过和罗尼有关的事情。"

"为什么不？"

"因为我答应过他，因为我想遗忘这些事。我也从未问过她和你父亲的事。如果我问起她，她也会告诉我的。所以，我们都选择了盖上盖子，继续我们的生活。"

他们忌讳谈起自己的过去和我的父亲，选择了对一些令人讨厌的提示视而不见。他们选择了接受一个事实，那就是，我是我父亲的化身，他们要把我排除在自己的生活之外。或者说他们自己也没意识到这一点。但是，控诉已经太晚了，事情已成定局。"你们在一起幸福吗？"我问他。"是的，金，很幸福。用我们自己的方式。虽然有时候看起来没那么幸福。我们是互补的。"

"真正的双赢局面。"我说。我想到了我的父亲，他在冰激凌店里，突然在意大利面下面发现一颗小小的巧克力冰激凌球时，也会说那是双赢的局面。用一个想法换两个想法。真稀奇。

海科·米库拉又给自己加满了葡萄酒。瓶子立在一个冷却器里面，那是他某次在哥本哈根的一家饭店里看到的，然后立刻买了下来。冷却器底部有一个小小的发电机负责制冷。最后他发现这是个垃圾——噪声太大了，一个晚上要消耗四节电池。他放弃了进入这个商业领域的念头。或许是看到了那个冷却器，他换了话题。

"说到双赢，你前面说要和我做一笔交易。"

"对。"我绷直身体，"我知道我们最好还是保持距离。再者，继续上学，我可能都不能顺利毕业。我们一直无法和平共处。或许刻薄是你能对我做的唯一一件事。"

那一刻，海科·米库拉试图对我微笑，可惜没有成功。我也不想承担所有的责任。毕竟，多年以来我都要和他们那父亲、母亲和儿子组成的联盟进行抗争，我们相处不来，他们也有责任。对于发生在杰弗里身上的事，我是那个施暴者，但我也是米库拉一家家庭恐怖行为的受害者，一个被排斥的人。那不是我的选择。

这对我来说不公平。我是没有人要的孩子,在夹缝中生存,何其无辜。海科明白这一点。他紧紧地抿着嘴唇,从牙齿缝里挤出一个微弱的声音:"你说得对。"

"无论怎么说,我都会自愿、平静地离开,像你们期待的那样。我会适应学校。我也会成为我弟弟名副其实的姐姐。"

"好。"海科伸展着腰说。他是一个经验丰富的商人,知道这是交易的一半。他需要为此付出什么。

"为此,我希望你能帮助我爸爸。我看到他已经赎罪了。他没有得到妈妈,也没有得到我,我被囚禁了十四年。可以这么说。"

"你想怎么样?"

"你去买下他所有的遮阳篷。所有的。这样他就能得到自由。"

"他不会同意的。你怎么会这么想?我不能去找他,去告诉他:'老朋友,你的遮阳篷真好,现在我要全部买下来。'他会感觉自己被羞辱了。好像我在向他炫耀我能轻而易举地做到这一点。"

"你不必自己动手。我也希望他不知道是你干的。"

"那我要那些东西做什么?"

我打了个响指,露出灿烂的金式微笑说:"菲德尔·卡斯特罗。"

他高高地扬起了眉毛:"他告诉了你这个?我已经完全忘记了。菲德尔·卡斯特罗。"他笑了起来。看着海科身上的马达启动起来,是一件神奇的事。一个轮子接一个轮子,几分钟之内他就构思好了一门生意,甚至还包括品牌名称。这方面他最擅长。海科慢慢地点着头,微笑地看着我说:"我考虑一下。"

他用四天的时间拟好了商业计划,找好了商业伙伴。这台机器现在被他的野心和创业精神点燃了,它运转自如,克服了一切阻力,在滚滚浓烟之下运行着。

首先,他派了两个"手下"去罗纳德·巴本那里购买遮阳篷布。后来我父亲也和我描述了事情的经过。天知道我多么希望自己当时在场。他们是在一个下午去的。他们敲了他的门,这让他很惊讶,因为,除了克劳斯、阿希姆和吕茨,没有人去找过他。那两个人自称叫莱内曼(Leinemann)和格尔茨(Goertz),声称他们在驶过一个露台时看到了上面漂亮的遮阳篷,是橙红色的,他们也想要。他们去按了门铃,打听到了他的地址。现在他们想要所有的遮阳篷,嗯,包括那些蓝绿色的。他们对那些节杆、滑轮、安装统统不感兴趣,只想要篷布。

我能想象,当时的罗纳德一定会困惑地说:"所有的?就是说我以后就一个都没有了。我不能把仓库里的东西都卖给你们,那样我就售空了。我无法再继续进货。它们是世界上最后一批了。"

"正是如此,这是这种篷布的最后一批货了。"莱内曼先生解释说。罗纳德·巴本越发不安了,他才刚把生意做起来就要结束了吗?他们难道就不需要其余的东西吗?

"只要这些篷布。所有的篷布。"格尔茨说道。我父亲不得不先坐下来喝杯水,然后他说:"但是价格不便宜。你们想要买光我的仓库,就得掏腰包了。"

"这我们知道。"

"五千欧。"我父亲自豪地报价。听完,莱内曼走出仓库,和海科通了一个很短的电话,然后和我父亲说要商议一下价格。他们不能接受五千欧元,说:"巴本先生,我们的预算和您的报价略有差异。我们想按我们的预算来。""那好吧。那就四千欧。"巴本继续用他骄傲的语气说。

"我们的预算是二十五万欧。"莱内曼先生说。

"是在开玩笑吧。"

"这是我们的预期价格。"

"真稀奇。"

罗纳德·巴本以二十五万欧的价格卖掉了他所有的孟买款和哥本哈根款。后来他和我说,他那样做只是因为他觉得我会那样要求他,因为他的金会觉得那是个好买卖。第二天,去了一辆卡车,运走了所有的篷布。那个礼拜剩下的几天里巴本都在忙着把仓库里剩余的东西运到旁边的废品回收站。阿利克、吕茨和阿希姆都去帮了忙。他又另外有了五千欧元的收入。最后,剩下的就只有一个纸箱,里面装满了他细心挑选出来的螺丝。

晚上他和我通了电话,背景音是章鱼和阿希姆唱的"钱,钱,钱"。他还在东西难辨的情绪中,无法理解整件事。

"你能理解吗?"

"值得开心啊!"

"我不知道,我觉得太奇怪了!"

"爸爸,我觉得太好了。你现在自由了!"

接着是一个有些奇怪的停顿。我能听到两个醉汉的吼叫,但是我父亲一言不发。然后他说:"我还要维修。我留下了那些螺丝,有六百多颗。我还会用到它们。"

这是我压根没有想到的——终身质保。卖掉篷布让他变得富有,可是他不在乎。他还会继续那样的生活——被那些该死的螺丝牢牢钉在鲁尔区。而他似乎不像我这般为此烦恼。

"没关系的。我认为我可以度个假。"我父亲现在开心地说。我知道他不会那样做,至少那不会是我所理解的假期。或许他会去往埃森,买一个冰激凌球,然后躺在格鲁加公园(Grugapark)的草坪上。

"你觉得他们想用篷布做什么?"在我们挂电话之前,他若有所思地问。我回答说自己不知道。但是我撒谎了。我很清楚。

当我想到并提起菲德尔·卡斯特罗的时候,海科的大脑瞬间咯噔作响。几个小时之内,他就把这个名字打造成了大规模的餐饮理念。有来自佛罗里达的冰茶,有迈阿密的古巴餐厅里的美食,有他的宏伟蓝图。

短短三个月之后,科隆的霍亨索伦林(Hohenzollernring)街上第一家菲德尔·卡斯特罗餐厅就开张了。今天,每一座德国的大型城市都有这样的餐厅。但在当时,那是一个全新的创意——自打引入有水族箱和青梅酒的中餐馆以后,就再也没有有创意的餐厅了。

海科让一个古巴厨师在家里为他做了几周的菜来设计菜单。菜单听着很有古巴特色,但绝对不会挑战科隆客人的胃。他尝试了各种各样的菜品,用更实惠、不那么有异国情调的东西代替了芭蕉、木薯那样典型的古巴食材。西班牙餐厅的塔帕斯（Tapas）在菲德尔·卡斯特罗变成了炸丸子（Croquetas），到现在还有八种不同的馅料供食客选择。那种东西每天能卖出上万份，你甚至能买到冷冻的。

可以说，菲德尔·卡斯特罗把古巴的生活方式带到了欧洲。海科·米库拉让马耳他（Malta）、瓜拉波（Guarapo）、莫吉托（Mojito）和自由古巴（Cuba Libre）变成了流行的饮料。近年来的朗姆酒饮料潮流也是受到了菲德尔·卡斯特罗餐厅饮料单的启发才兴起的。科隆的第一家特色餐厅就如同击中步行街的陨石一般。

这也有装饰的原因。海科对自己的才能非常自信，把餐厅装饰得既有加勒比海氛围，又有20世纪70年代社会主义国家的装饰特点。那是一种狂野原始的混合风格，不论是高学历的酒精爱好者，还是周末派对动物们都很喜欢。尤其打眼的是长凳和座椅上的罩子，那是一种明亮的橙红色和蓝绿色的织物制成的，别的地方都没有。客人们都纷纷问它是哪里来的，海科只是微笑着说："你们不用惦记。这是我们的独家设计。"

第一家餐厅成功之后，又陆续开了很多家。四年之内，海科在德国开了一百三十四家菲德尔·卡斯特罗餐厅。今天，十六个联邦州总共有三百八十一家店。不久前，还在莫斯科机场开了一家。

我父亲对此一无所知。我十分怀疑他曾经是否踏进过某家菲德尔·卡斯特罗。或许他曾经在开车的时候看到过某个房顶上的那个标志——上面有戴着帽子、嘴里叼着一支烟的菲德尔·卡斯特罗，他咧着嘴大笑，顽皮地闭着一只眼睛。可能巴本注意到过某家店，但是因为他只吃煎香肠，这就不存在让他见到他的那些织物的风险。

我确定，不然他一定会给我打电话，告诉我，他去过一家吵吵嚷嚷的餐厅，那里的人居然用那样的织物罩着他以前的仓库里的家具。

"真稀奇。"我会这样回答，然后转换话题。

在我十八岁生日那天，海科把他公司的百分之五的股份作为礼物送给了我，因为那主意是我给他出的。这意味着我在理论上变得很有钱。但是我不需要钱。我的自由更重要。在寄宿学校生活了五年之后，我完成了一次环球旅行，然后开始参加职业培训。

我成了一名演员。如果不是因为和罗纳德·巴本在一起的那个暑假和即兴戏剧，我怎么也不会想到做这个。从那之后，一切就变得顺理成章了。这是我最擅长的，也是最喜欢的事。

我一直都住在我工作的地方，在汉堡待了几年，然后是柏林、慕尼黑和维也纳。有时候我会打开电视，给我父亲打电话，我们会认真地讨论角色和影片。他还是拥有了一台电视和网络。作为一个很晚才接触信息技术的人，他对网购尤其感兴趣——通过网络可以怎样将遮阳篷销往全球？

我父亲很少给我打电话，除非有什么离开了这个世界。首先离开的是他的汽车。那辆斯巴鲁"力狮"在 2012 年春季，在波鸿的 A40 高速的路肩上宣告离世。"吕茨说车子坏了，再也开不了了。你知道他们说什么吗？"

"你再买辆新的。"

"对对，就是这样的。说说而已。"

他买了一辆大众 Polo，因为他不再需要那么多的装货空间。他只有螺丝了。然后是章鱼的去世。

我父亲打电话给我，告诉我葬礼的日期。我去不了，这让我很遗憾。那时候我正在苏黎世工作，要扮演契诃夫的《三姐妹》中的奥尔加。如果是亲戚去世，我会赶回去，但是不会赶去参加我父亲的酒友的葬礼。

后来他又和我讲了那场葬礼上发生的事。章鱼是在一个周三的晚上被一辆捷克的卡车撞死的，当时他离开罗西的比尔森啤酒屋往家里走，司机没有注意到可怜的章鱼。偏巧他那天是步行。多年以来他都是骑自行车，只有那一次没骑，因为一个轮胎瘪了。他能在喝了一百杯比尔森之后直着骑行，但是唯一的那次步行要了他的命。多么奇怪。

直到葬礼，大家才知道章鱼的真实姓名。他叫金特·马里亚·冯·戈登特豪（Günther Maria von Goddenthow），来自古老的波罗的海的贵族家庭。所以他赢了那次打赌，尽管是在死后。几个亲戚出席了他的葬礼，都喝得醉醺醺的。两个姐妹、几个表亲，还有看起来差不多百岁的叔叔。"不管你信不信。"我父亲在电话那头说，"我们站在墓旁，听牧师讲话。大家都很受触动。就在那个最神圣的时刻，他的姐妹希尔德贡德（Hildegund）打开了她的手袋，朝里面呕吐，又合上。她心平气和。章鱼会喜欢的。"

"克劳斯没有往墓里撒土,他用最大的悲痛往棺木上扔了四个有着没有付钱的标记的啤酒垫。"

每年我会去看望我父亲一两次。工业园几乎没有怎么变过,但不知道什么时候开始,物流公司那里铺上了沥青,水洼消失不见了。对面的仓库多年来一直都在,就像从前一样,还是用一个巨大的帘子将不同的区域隔开,尽管已经派不上用场。他还是和从前一样开车行驶在鲁尔区,为客户替换螺丝,尽管人数越来越少。公寓易主之后,维修服务通常就解除了,因为没有人会想到把罗纳德·巴本的电话号码写进房屋交易协议里。遮阳篷慢慢地被换掉了,电话也越来越少。

我们开着车到处跑,吃冰激凌、听音乐。有一年圣诞节的时候我去看望他。那时候我爱上了柏林乐团的一位同行,他叫罗伯特,他不太情愿地跟着我一起去了。罗纳德·巴本在空荡荡的仓库里竖了一棵巨大的圣诞树,他还预订了一张桌子——这让我开心极了,因为这张桌子曾经是翁纳的雅典卫城的。那是我们吃洋葱香肠的首选地。父亲和我坐在那里,开心极了,但是罗伯特看起来和我们是疏远的。他不理解我们。不久以后我就和他分手了。

我有时候问罗纳德·巴本他还有什么计划,但他好像听不懂这个问题。他只是平静地生活着,直到上上周。

仓库

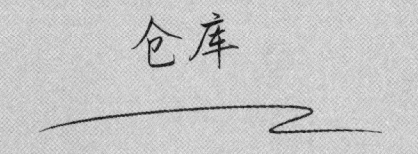

我父亲去世了，就像他活着的时候那样，悄无声息地，不打扰任何人。他没有生病，没有开车撞上停在某处的卡车，没有自杀。他也没有说再见。

是吕茨打电话告诉我的。他从巴本的电话簿里找到了我的号码，用一种难得的温柔的语气说："你父亲死了。"接电话的时候我正在科隆的一家超市里。那段时间我在科隆排练。奇怪的是，我居然一直都清晰地记得当时我正在想该买轻度还是中度成熟的豪达牌奶酪，之后才是震惊和悲伤，它们在我的全身蔓延，似乎要击穿我脚底的地板，我恍惚地感觉到自己又回到了从前哈恩瓦尔德的房间里。排练的那段时间我就住在米库拉家里，住了四个月。原本我打算周末就去看望父亲。他很期待，还准备给我烤大理石花纹蛋糕。我们已经约好了。他怎么能提前死了呢？

吕茨告诉我的时候，我很冷静，因为我不相信他的话。我觉得，吕茨或许误以为他死了。或许，巴本开车出门了，几天没回家。虽然这个想法本身就代表我觉得他已经死了。他死了，而不是出远门了。但是在那一刻，我不想承认。

"胡说八道！"

"金，我很抱歉。"

吕茨大约一小时前去的仓库，他想找罗纳德·巴本借工具。他先在门外喊。

"巴佩？巴佩！喂？"

然后，他走了进去，直接走到了帘子后面仓库的第一个区域。吕茨找到了他需要的工具，又回到前面，给罗纳德写了张字条放在厨房的柜子上，上面写着："我借走了你的柏林剪刀，还有橙色的电缆盘。不过它们本来就是我的。吕茨。"

不知为何，仓库里安静得让吕茨感到诧异，况且仓库前面还停着车。通常，有人喊的话，罗纳德·巴本会醒来，再说当时已经11点多了。于是，吕茨走进了卧室。我父亲就躺在那里，仿佛睡着了，没有盖被子，和衣躺着，好像他只是想小憩片刻。他可能感觉有些不舒服，要稍微休息一下。他没想告诉他的朋友吕茨或者打电话叫救护车。他不想麻烦别人。于是，他在床上躺下，睡着了。

"罗纳德？罗纳德？罗纳德！该死的！"

吕茨立即打电话叫了救护车，阿希姆也赶了过来，他们俩试图抢救罗纳德·巴本。后来，医生赶到了，确认他已死亡，死于心脏骤停。很快，吕茨就给我打了电话。我开车回到哈恩瓦尔德，通知了妈妈和海科。他们正在花园里测试一台荒谬的高尔夫训练设备。

妈妈和我抱在一起，海科关掉了设备，说了一句："好样的。"

然后他走了过来，提出要陪我一起去，但是我并不想。没来得及和罗纳德·巴本推心置腹地交谈令海科感到痛苦。这事不该一拖再拖，谁知道那个人会因为心脏骤停突然离世。我简单地收拾了一下，借了海科的车赶去杜伊斯堡。他已经被抬走了，他的车还停在仓库的前面。我停好了车，却不敢走进去。我在外面站了一会儿，决定先去罗西的比尔森啤酒屋。我想喝酒。我的一生当中这句话总共也就说了不超过三次。

我预料到了会见到柜台后面一直面露疲惫的克劳斯，还有吕茨，如果他没有其他事的话。阿希姆一般下午才会来。谁在那儿不重要，我只是需要他们中的某一个。或许他们中的某一个可以陪着我走进仓库。我不确定自己一个人能不能做到。

我按下门铃，门沉重地打开了，我走进了昏暗的比尔森啤酒屋。首先看到的是克劳斯棱角分明的脸，他正疲惫地看着我。但是，他并不是站在柜台后面，而是蹲在柜台前面的一张高脚凳旁边。柜台后面站着的是阿利克。

"嗨，金。"阿利克说。

"你好。"我说。

克劳斯站起身来，拥抱了我。这让我感觉好了一些。接着，我看到了他身后的吕茨。吕茨也站了起来，拥抱了我。最后，阿利克从柜台后面走了出来。他当然也老了一些，鬓发剪短了，似乎还有脱发的苦恼，我能看到他头发下面的缝隙。他还有了小肚子。但是，他那遗传自他父亲的漂亮的棕色眼睛和遗传自他母亲的细长嘴巴依旧没变，和十四岁时如出一辙。他拥抱了我，好像我是个在外漂泊多年而现在回来了的人。然后，我们开始喝酒。

尽管罗纳德·巴本顶多出于礼貌喝一小杯，甚至可能一小杯都喝不完，我们还是选择用这样的方式去怀念他。吕茨和我又说了一遍他如何发现我父亲去世的细节，说他看起来走得很安详："信不信随你。"

之后，每个人都分享了他们和我父亲共同经历的那些令人难忘的事。他们说他是一个伟大的奇迹。

"为什么？"我问道。我自己也是这样认为的，但是，我很好奇阿希姆为什么也这样觉得。他是下班之后才来找我们的。

"他压根不适合待在这里，但他还是在这里待了三十年。就是这里。他原本可以过上安逸的生活，有一位太太、一辆房车。然而，他却死于心脏病。他从不喝酒，也从不吸烟。"

"你看，多不值得。"克劳斯沮丧地说。

"不值得？"

"放弃喝酒、抽烟。"

"不该是五十二岁呀！"阿希姆说道。听起来似乎是在责备我父亲。他说得对，巴本还年轻，而且，巴本还很健康。他没有超重，从不生病。我觉得他根本没有理由突然离世，他没有资格死去。我们在啤酒屋里待的时间越长，我越这样觉得。后来，我还是去了仓库。

阿利克陪着我。我们在沙发上坐下，开始聊天。

阿利克没有结婚，也终究没有读大学。那个假期结束之后，他不知道怎么地和克劳斯走到了一起。刚开始他只是帮点忙，后来他负责了柜台的事，成年后，他也负责采购。最终，五年前他接手了啤酒屋。他很想重新装修一下，但是克劳斯不肯。他每天都会来检查阿利克做得对不对。

"回收呢？那可是你的远大理想。"我问他。

阿利克耸了耸肩，然后笑了："以前我的确是那样想的。我也不知道。我觉得干回收很好。"

"也没有谢里夫太太？"

"曾经有过。但是后来不行。随便了。我还年轻。"他尴尬地说，"在比尔森啤酒屋没机会认识什么女人。"

阿利克对自己的现状似乎很满意。我很希望他那天晚上可以留下来，但是我不敢问他。后来，他回家了，我则在沙发上睡着了。

次日早晨，我在仓库里漫无目的地走。我煮了咖啡，打开收音机，坐在巴本的书桌旁。我看着他那张插了很多大头针的鲁尔区的地图，流下了眼泪。后来，我开始列清单，罗列我接下来该做的事。直到那一刻，我才开始考虑我要做什么。毕竟我是他的遗产继承人，无论遗产是什么。

所有的遗产都在仓库那儿，基本上就是我所能看到的一切。几天之后，我才知道我错了。仓库以外还有，那就是他在杜伊斯堡储蓄银行的账户。

海科的财务主管帮我处理所有的事务，他郑重其事地告诉我罗纳德·巴本是一个有钱人。在发现了互联网这个神奇的世界之后，罗纳德·巴本开始在网上炒股，他对股价的涨跌有着相当敏锐的直觉。但是，他显然只是把它当作一个游戏，他也从来没有和我说起过，那就像只是我父亲的一个秘密爱好。他不乱花钱，说明他对自己的银行账户里有多少钱并不感兴趣。他只是想要捉弄那个体系，并且还成功了。他从有权有势的人那里拿走他们的钱，自己却不想成为有权有势的人。他利用了某种资源，却没有用它们做坏事。甚至可以说，他以最粗俗的方式嘲弄了资本主义的原则。

或许，他是为了我，为了我尚未出生的孩子才那样做的。不管怎么说，他给我留下了一笔相当惊人的财富，还有那个我正在里面漫步的仓库。他熟悉里面的一切。随着时间的推移，他把前半部分改造得更加舒适宽敞，他买了厨房设备和音响设备，桌上还放着一台昂贵的电脑。

作为一个居无定所的演员，我没有自己的房子用来摆放他的家具。我在柏林租了一间公寓，租借了很多年，我又把它转租了出去，多年以来没再去住。我的生活用品基本上可以用三四个箱子就能装下。

检查完仓库前面的区域后，我又检查了外面用帆布罩住的旧家具，决定让人把它们运到回收站去。之后，我再次走进仓库，走到帘子的后面。以前，那里堆满了遮阳篷，现在，空气中满是尘埃，尘埃之中，是他的工作台、一张上面放着一份设计图纸的桌子、之前摆放在我的小隔间里的架子、五台他自己设计制造的奇怪设备。可能他打算上门销售它们，但吃了闭门羹。另外，还有一台大型机器。

那台机器就站在仓库的正中央,我花了一段时间才想明白他打算用它做什么:制造螺丝。但是,他没有成功。地上和垃圾桶里都是他的实验品。他有各种各样的螺纹切削磨具,他试着用不同的材料制造那种和他的命运息息相关的螺丝。可是,螺丝要么太软,拧入的时候容易变形;要么太硬,毁了螺纹。或者,它们太沉太重;或者,它们在制造的时候就断掉了。我父亲使出浑身解数为购买者提供遮阳篷的终身质保,却因为螺丝失败了。这也意味着,在用完最后一颗螺丝之后,他的工作结束了。没有了工作,他也就自由了。

想到这一点,我又跑到了仓库前面的区域。他的书桌上放着一本账册,里面有他生前的最后一次维修记录。我打开它寻找。那正好是两天前,维修索尔加拉家的遮阳篷。我还记得他们。他们是遮阳篷的马克思主义者。那是十七年前的事了。索尔加拉家得到了罗纳德·巴本的最后一颗螺丝。

为了进一步确定,我又走到外面,打开大众 Polo 车的后备厢检查,里面有一个空了的箱子和一些工具,但没有螺丝。我在车里找,在仓房里找,在工作台下找,在卧室里找,甚至在浴室里找,最后我终于明白:罗纳德用完了所有的螺丝,他再也没有螺丝了,只剩下一句话——结束了。最终,终身维修无关遮阳篷的寿命,而是关乎他的生命。

他开车回到家,记录下最后一次维修服务,然后,合上了账册。接着,他煎了火腿,查看了股市,眺望着远方,再之后,躺到了床上。第二天,他的生命之火熄灭了。就在他原本可以决定是否要改变人生方向的那一刻，他重新躺了下来，因为他觉得那样很奇怪。他闭上了眼睛，死去了。他一定不是故意那样做的，一定不是。否则，他一定会提前和我道别。他一定会让我阻止他，一定会的。或者，他已经厌倦了他经受的惩罚，它们已经耗尽了他毕生的力气。最后的最后，我还是对他一无所知，这完全符合罗纳德·巴本的个性。

我喝着咖啡，看着仓库，终于想到了自己该做什么。不，其实不是想到了什么，而是突然间崩溃了。我开始满仓库地走，看着仓库的每一个角落，又忽然大笑起来。我需要立刻打开音乐。

我走向他的音响。他最后一次听的是一张老旧的唱片。我打开盖子，让针头落下，音乐响了起来。想起那次我走向他，握着他的手，我们开始跳舞。是曼弗雷德·克鲁格的歌声。

当我看到你时
我就会开心
无论你是否在意
就是如此
当我看到你时
我就会醒来
你的盈盈浅笑
能卸下我的武装，让我醒来
我不清楚
你是否理解

你是否会感到难过
当你失去我时

　　阿利克喜欢这首歌，但是他对我颇为不解。"怎么了？你为什么这么开心？"他问道。他似乎觉得我的做法很不合适。"我知道自己在做什么。我相信爸爸会喜欢的。你也会喜欢。我邀请你与我一起。"

　　我觉得，他似乎比我自己更明白我这个模棱两可的邀请的意图。不管怎样，他微笑着看着我，我把头靠在他的肩膀上。我们跳着舞，直到音乐结束。然后，我和他讲述了我的设想。很显然，没有什么计划，我们巴本家的人是不会提前规划的。

　　"我们把仓库改建成剧院，中间是舞台和观众席，后面是衣帽间和仓库，前面是门厅和餐厅。我们要拆掉仓库顶部那个破旧的卷帘门，扩大空间。餐厅还有一个户外区域，大概就在以前水洼的位置。"我说得很快，阿利克听得入迷。

　　"仓房外面的空地足够停车。你知道谁来负责餐饮吗？"

　　"不知道。"

　　"你。"

　　"我？"

　　"你。突尼斯和俄罗斯美食。我继父会给我们提供咨询。海科懂这个。我们把这里变成剧院和餐厅。你明白吗？我们保留几样我爸爸的东西。就是这个，他的账册。它们是我曾经的演出季节目单，里面是我俩一起上演过的剧目。没有他就没有这一切。我们把这些账册放进一个陈列柜，把他那台无用的大型的螺丝加工设备放在门厅。"我激动得喘不过气来。

"那会是一个什么样的剧院？"阿利克问道。我从他的声音里听出来他有一点心动了："一个即兴剧剧院。是我爸爸和我的开端。"

"啊，很好。"阿利克说，他打消了最后的一丝疑虑，"那会花掉很多钱。"

"钱都无所谓，真的。相信我。"我说。那一刻我还不知道我的遗产到底有多少。

"剧院叫什么名字？"

"巴本剧院。"

当天晚上，我就和海科讲了我的设想。他的表现完全出乎我的预期。总的来说，他认为投资艺术就是扔钱，艺术家都是书呆子，观众则是没什么品位的客人，他们更喜欢坐在剧院大厅里，这样不利于销售饮料。但是，他喜欢关于巴本剧院的设想。"我喜欢这个故事。"他说。故事就是投资的一切。

他也喜欢将托木斯克和突尼斯美食进行融合的想法。海科大脑中的机器又可以咯噔作响了。说做就做。我会完成我在科隆的工作，我们会找一个建筑师，下周我们就会和政府商议。

葬礼就是在前天举行的。

父亲躺在梅德里希墓园的棺材里，如他所期待的那样。我们很少谈论死亡。但是，有一次我问起他是否愿意被火化。那时我们正从雷克灵豪森开车前往赫滕（Herten）。天气太热了，我觉得坐在他的车里就像被火化一般。于是我问了他。他瞪大眼睛说："火化？不。天哪。想一想那得多热啊。天哪。会汗流浃背到死。真稀奇！"

我们一行至少有十二人。海科、妈妈和杰弗里也来了，我很高兴。我们不经常见面。杰弗里已经二十六岁了，在读大学，我忘了他读的什么专业。只要见面，我们都会拥抱彼此，一起大笑，只是很少见面罢了。杰弗里带来了他的女朋友，一个文静又漂亮的女孩。阿利克是和他母亲一起来的。他父亲不能参加基督教葬礼，就让他带来了问候。令我惊讶的是我祖父母的出现。我们素未谋面，是海科给他们打的电话。我直到前天才初会了他们。太晚了。当然了，还有克劳斯、阿希姆和吕茨。

墓碑悼词是我选的。除了我妈妈、海科和我，没人读得懂，但我无所谓。墓碑上刻着他的名字、生卒日期和两行字：

*有的人活的时间短*
*世界说，他走得太早*

海科弯下腰轻声地对我说："你真细心。他一定会喜欢。"
"对。"我也轻声地说。我相信。

我们在我父亲敞开的坟墓前听牧师说着祷词，之后，我发现阿希姆和吕茨在我身后窃窃私语。我原本想转身让他俩闭嘴，但是，最终我还是让他们继续说了下去。他们也只能做这些了。

"你认为他现在戴着眼镜吗？"

"什么？在棺材里？"

"当然是在棺材里。他是不是戴着一副眼镜？"

"胡说。肯定没有。"

"打赌？"

# 感谢

亚娜·雅各布斯（Jana Jacobs）、莱安德·豪尔曼（Leander Haußmann）、蒂尔曼·斯宾勒（Tilman Spenler）、克里斯托夫·魏勒（Christoph Weiler）。

图书在版编目（CIP）数据

卖遮阳篷的人 /（德）扬·魏勒著；邱娟译 . — 成都：天地出版社，2024.6
ISBN 978-7-5455-8254-3

Ⅰ.①卖… Ⅱ.①扬… ②邱… Ⅲ.①长篇小说–德国–现代 Ⅳ.① I516.45

中国国家版本馆 CIP 数据核字（2024）第 044664 号

著作权合同登记号 图进字：21-24-004

Copyright © Jan Weiler, 2022
This edition arranged with c/o Marcel Hartges Literatur-und Filmagentur through Andrew Nurnberg Associates International Ltd.

MAI ZHEYANGPENG DE REN

## 卖遮阳篷的人

| 出 品 人 | 杨　政 |
| --- | --- |
| 作　　者 | ［德］扬·魏勒 |
| 译　　者 | 邱　娟 |
| 责任编辑 | 袁静梅 |
| 责任校对 | 梁续红 |
| 封面设计 | 扁　舟 |
| 责任印制 | 白　雪 |

| 出版发行 | 天地出版社 |
| --- | --- |
| | （成都市锦江区三色路 238 号 邮政编码：610023） |
| | （北京市方庄芳群园3区3号 邮政编码：100078） |
| 网　　址 | http://www.tiandiph.com |
| 电子邮箱 | tianditg@163.com |
| 经　　销 | 新华文轩出版传媒股份有限公司 |
| 印　　刷 | 天津旭丰源印刷有限公司 |
| 版　　次 | 2024年6月第1版 |
| 印　　次 | 2024年6月第1次印刷 |
| 开　　本 | 880mm×1230mm 1/32 |
| 印　　张 | 10.5 |
| 字　　数 | 226千字 |
| 定　　价 | 45.00元 |
| 书　　号 | ISBN 978-7-5455-8254-3 |

版权所有◆违者必究

咨询电话：（028）86361282（总编室）
购书热线：（010）67693207（营销中心）

如有印装错误，请与本社联系调换。